Samantha, verzweifelt gesucht

AF235672

## Über den Autor

René Falk wurde 1955 geboren. Er ist ein echter Rheinländer und lebt in Troisdorf, einem Nachbarort von Köln. Schon sehr früh zeigte sich seine Neigung zum Schreiben von Kurzgeschichten, vor allem im Bereich SF und Fantasy. In späteren Jahren richtete sich sein Interesse mehr auf das Genre Krimis & Thriller und bald begann er selbst damit, Kriminalromane zu schreiben. Er legt großen Wert darauf, seine Leser zu unterhalten, und wenn ihm dies mit seinen Geschichten gelingt, hat er sein Ziel erreicht.

# Samantha
## verzweifelt gesucht

*René Falk*

Bibliografische Information der Deutschen Nationalbibliothek: Die Deutsche Nationalbibliothek verzeichnet diese Publikation in der Deutschen Nationalbibliografie; detaillierte bibliografische Daten sind im Internet über http://dnb.dnb.de abrufbar.

*René Falk*
Samantha, verzweifelt gesucht

Umschlaggestaltung: *Bryan Gehrke, Buchcovers.de*
Text und Innenillustrationen: *René Falk*

Herstellung und Verlag:
BoD – Books on Demand, Norderstedt

ISBN: 978-3-7557-3301-0

# Inhaltsverzeichnis

Über dieses Buch......................................................7

Kapitel 1...................................................................8

Kapitel 2.................................................................24

Kapitel 3.................................................................42

Kapitel 4.................................................................58

Kapitel 5.................................................................73

Kapitel 6.................................................................90

Kapitel 7...............................................................103

Kapitel 8...............................................................118

Kapitel 9...............................................................131

Kapitel 10.............................................................144

Kapitel 11.............................................................158

Kapitel 12.............................................................173

Kapitel 13.............................................................187

Kapitel 14.............................................................202

Kapitel 15.............................................................218

Kapitel 16.............................................................229

Schlusswort des Autors........................................241

Das Ermittlerteam................................................243

# Über dieses Buch

Die elfjährige Samantha, Tochter eines millionen-
schweren Industriellen, wird am letzten Schultag vor
den großen Ferien auf dem Heimweg entführt. Noch
am selben Tag melden sich die Kidnapper bei den
verzweifelten Eltern und nennen ihre Forderung, die
im Wesentlichen aus der Zahlung eines hohen Lösegeldes besteht. Es folgt eine nahezu aussichtslose
Jagd auf die offenbar bestens informierten Entführer,
die den Ermittlern ständig einen Schritt voraus sind,
und die fieberhafte Suche nach dem auf lebenswich-
tige Medikamente angewiesenen Kind.

# Kapitel 1

»So, Kinder!« Frida Johansson schlägt demonstrativ das Lesebuch zu, aus dem sie ihrer Schulklasse in der letzten Stunde vor den großen Ferien eine ihrer Lieblingsgeschichten vorgelesen hatte, um auf diese Weise die Zeit bis zum Ende des regulären Unterrichts totzuschlagen. Das leise Gekicher aus den hinteren Sitzreihen wegen ihrer hörbar lispelnden Aussprache, die ihrer dänischen Herkunft geschuldet ist, hat die bei ihren Kindern äußerst beliebte junge Lehrerin wie immer geflissentlich ignoriert.

»Die Schulglocke hat zwar noch nicht geläutet, doch ich denke, ihr könnt trotzdem schon mal eure Sachen zusammenpacken. Und vergesst nicht, vor Verlassen des Klassenzimmers die Masken aufzusetzen. Seid auf den Fluren bitte leise und haltet den vorgeschriebenen Abstand zueinander. Und immer schön hintereinandergehen! Wir sehen uns dann in sechs Wochen in der siebten Klasse. Das ist gleich nebenan, daher wird sich hoffentlich keiner von euch verlaufen«, lächelt sie.

In der fünften Reihe links schnellt sofort der Arm einer der Schülerinnen in die Höhe. »Fahren Sie in den Ferien wieder nach Dänemark, Frau Johansson?«, will das Mädchen unter den umgehend einsetzenden Geräuschen von eingepackten Schulheften, Büchern und anderer Schreibutensilien sowie dem Klicken der Verschlüsse zahlreicher Schultaschen wissen. Wie es aussieht, hat sie es nicht so eilig wie die meisten ihrer Mitschüler, den Klassenraum zu verlassen, denn sie lässt ihre Schulsachen vorerst unangetastet und den Rucksack unbeachtet auf dem Fußboden stehen.

»Ja, Alina«, nickt die Lehrerin eifrig, wobei ihre Augen förmlich zu strahlen beginnen. »Ich werde wie in jedem Jahr meine Eltern in Harboøre an der dänischen Nordseeküste besuchen. Eine Großmutter habe ich dort auch noch. Dann habe ich sehr viel Gelegenheit zum Entspannen, denn der Ort ist klein und mit Tourismus ist in diesem Sommer wohl eher nicht zu rechnen. Und was ist mit dir, Samantha?«, wendet sie sich an die Schülerin, die mit gesenktem Kopf auf dem Platz rechts neben der Fragestellerin sitzt. Das ansonsten lebhafte Kind wirkt heute in sich gekehrt und bedrückt. »Ich weiß ja, dass es mit dem Verreisen momentan nicht ganz einfach ist. Aber deine Familie besitzt doch immerhin Ferienhäuser in Spanien und in Griechenland, soweit mir bekannt ist. Habt ihr denn da gar nichts geplant?«

»Doch, schon«, brummelt Samantha missmutig, ohne den Kopf zu heben. »Aber dann fahren wir nur wieder von der einen Festung in eine andere. Und ich darf ja sowieso nirgends alleine hin, da sind nämlich ständig irgendwelche Angestellte meines Vaters bei mir, um auf mich aufzupassen. So macht das doch alles keinen Spaß!« Sie verstaut wortlos ihre Bücher in der Schultasche und erhebt sich zum Zeichen, das dieses Thema für sie durch ist, von ihrem Platz.

»Die meisten Mädchen aus unserer Klasse würden liebend gerne mit dir tauschen, Sam!«, wendet sich Alina an die Freundin, nachdem beide draußen vor der Schule die lästigen Masken abgenommen haben. »Du bist ein Einzelkind, deine Eltern sind stinkreich und kaufen dir immer die angesagtesten Klamotten. Glaub mir, da geht es anderen Kindern wesentlich schlechter. Ich zum Beispiel habe ja noch drei jüngere Geschwister, wie du weißt, und mein Vater ist nur ein einfacher Arbeiter. Da ist sowieso nicht jedes Jahr ein Urlaub am Meer drin. Du kannst auch echt froh sein, dass du auf eine normale Schule gehen darfst. Andere Kinder reicher Eltern werden weit weg von zu Hause auf eins dieser Eliteinternate geschickt!«

»Eine ›von Kaltenbach‹ zu sein, ist nicht immer nur eitel Sonnenschein, Lina«, schüttelt Samantha traurig den Kopf. »Ich wäre viel lieber ein normales Mädchen wie du. Ständig habe ich die Aufpasser meines Vaters an den Hacken, allein kann ich nur innerhalb der Mauern unseres Grundstücks herumlaufen. Zum Glück ist das Land groß genug, um mit dem Pferd auch mal einen ausgedehnten Ausritt zu unternehmen. Aber dabei muss ich mich ebenfalls extrem vorsehen, wie du weißt.«

Sie schaut sich aufmerksam um und dann auf ihre Armbanduhr, die alleine schon ein kleines Vermögen gekostet haben dürfte. »Vaters Chauffeur ist wohl noch nicht hier, wie es aussieht. Ich bin ja auch heute etwas früher dran als sonst. Was meinst du, sollen wir ihm eine Nase drehen und schnell zur Eisdiele gehen? Ich lade dich natürlich ein!«

»Bekommt der Mann denn keinen Ärger, wenn du einfach so abhaust, ohne Bescheid zu sagen?«, wagt Alina einen halbherzigen Einwand. In der Sonne sind es heute mehr als dreißig Grad, und weil das Freibad nicht geöffnet hat, ist die Aussicht auf eine Riesenportion Eis mit der besten Freundin geradezu verlockend!

»Ach was, der wird dann eben auf mich warten, und wir sind in einer halben Stunde bestimmt längst wieder hier!« Mit diesen Worten setzt sich Samantha von Kaltenbach zielsicher in Bewegung und steuert die ungefähr fünfhundert Meter entfernte Eisdiele an, die allerdings in entgegengesetzter Richtung zum Heimweg liegt. Alina Thaler, beste Freundin seit Kindergartentagen, schließt sich ihr bereitwillig an.

\* \* \*

Frida Johansson ist in Gedanken bereits weit fort. Fast vermeint sie, schon jetzt den appetitanregenden Geruch des leckeren Brotes zu riechen, das ihre Großmutter Jette so gerne backt und von dem sie niemals genug bekommen kann. Ein paar dringende Sachen hat sie aber noch zu erledigen, bevor sie dann morgen früh endlich am Kölner Hauptbahnhof den Intercity Richtung Norden besteigen kann.

Sie freut sich sehr auf die alte Heimat. Dänemark ist schön, trotzdem das Klima und die Nordsee an der Westküste mitunter rau sein können. Das hatte wohl ihr ursprünglich aus Schweden stammender Opa Ole ebenso gesehen, als er in jungen Jahren dort seinen Urlaub verbrachte, sich spontan in das Land und Oma Jette verliebte und für immer blieb.

Beinahe sechs Jahrzehnte sind seitdem vergangen und Frida denkt mit Wehmut an die vielen lustigen Geschichten, die ihr Großvater zu erzählen wusste, als sie noch ein Kind war. Im letzten Herbst ist dieser freundliche alte Mann ganz überraschend von ihnen gegangen. Groß und kräftig wie ein Baum, ist er dann auch wie einer gestorben: Er fiel bei der von ihm so geliebten Gartenarbeit um und war tot.

Sie wird jäh aus ihren Gedanken gerissen, weil sie fast über eine ihrer Schülerinnen gefallen wäre. Das Mädchen sitzt weinend mit ausgestreckten Beinen an der Mauer auf dem Bürgersteig und zittert wie Espenlaub. Ihre Bluse ist zerrissen und aus einer Platzwunde an der Stirn und einer schlimmen Schürfwunde am Knie sickert Blut. Ihr eigener Rucksack und die Schultasche ihrer Freundin, erkennbar an einem auffälligen Aufkleber, liegen etwas abseits im Rinnstein, doch von dem zweiten Mädchen ist weit und breit nichts zu sehen.

Rasch schaut die Lehrerin sich nach Hilfe um, aber es ist sonst niemand da und die Schule, zu der dieses Mäuerchen gehört, ist hundert Meter von der Wohnbebauung entfernt. »Oh, mein Gott!«, entfährt es ihr erschrocken und sie hockt sich vor das Kind, um sich aus der Nähe vom Ausmaß der Verletzungen zu überzeugen. »Was ist denn nur passiert, Alina? Und wo ist Samantha?«

Das Mädchen schaut sie mit glasigen Augen an, es ist nicht erkennbar, ob sie ihre Klassenlehrerin überhaupt bewusst wahrnimmt. »Sam ist fort«, flüstert Alina Thaler mit bebenden Lippen. »Diese Männer haben sie einfach mitgenommen!«

*** 

Tobias fixiert lächelnd seine Kollegin, die seit einer Stunde immer wieder verstohlen auf die Uhr schaut und zwischendurch einen nervösen Takt mit den Fingerspitzen auf der Tischplatte trommelt.

»Du kannst es wohl gar nicht mehr erwarten, zu deinen beiden Kindern nach Hause zu fahren, was?«, grinst er sie offen an. Seit der spektakulären Rettung des zweijährigen Nicklas Kemper durch Denise vor drei Monaten befindet sich der nunmehr elternlose Junge in ihrer und Svens Obhut, bis das Jugendamt eine endgültige Vormundschaft ausspricht oder das Familiengericht in der von ihr und ihrem Mann beantragten Adoptionsangelegenheit entscheidet.

»Hast du denn schon etwas vom Gericht gehört?«, fragt er sie aus diesem Grund neugierig. Er weiß, wie sehr ihr Herz mittlerweile an dem Kleinen hängt, und ihre emotionale Beteiligung war seinerzeit auch nicht zu übersehen gewesen.

»Andreas Stumpf sitzt in Untersuchungshaft und wartet auf seinen Prozess«, erwidert sie abwesend, seine Frage missverstehend. »Einen Mord wird man ihm nicht nachweisen können, meinte Staatsanwalt Stein. Da aber alle von uns erbrachten Beweise die Tötung von Dennis Holm lückenlos belegen, sei eine Verurteilung wegen Totschlags in einem besonders schweren Fall nahezu gesichert, was laut § 212 StGB automatisch eine lebenslange Freiheitsstrafe nach sich ziehe. Die Körperverletzung mit Todesfolge, die ihm bezüglich der Mutter von Nicklas zur Last gelegt wird, fiele dabei eigentlich kaum noch ins Gewicht, sagte Stein. Sie würde aber, sollte der Richter unserer Einschätzung des Tathergangs folgen, für mindestens drei weitere Jahre Freiheitsentzug sorgen, wobei diese dann jedoch mit der höheren Strafe verrechnet würden. Der kommt so bald nicht mehr raus!«

»Das weiß ich doch alles selbst, Denise. Ich hatte ja auch das Familiengericht gemeint«, präzisiert Tobias seine Frage nachsichtig. »Wie macht sich Nicklas denn eigentlich in der neuen Umgebung? Hat er sich gut bei euch eingelebt?«

»Ach so, klar! Bis das Gericht eine Entscheidung verkündet, kann es noch einige Zeit dauern, meinte unser Anwalt. Nachdem aber nach den Großeltern mittlerweile auch der leibliche Vater einer Adoption zugestimmt hat und Andreas Stumpf ohnehin kein Sorgerecht besitzt, werden die sicher hoffentlich bald ein positives Urteil fällen. Das Jugendamt hat zumindest schon mal eine Empfehlung zu unseren Gunsten ausgesprochen. Nicklas blüht jedenfalls förmlich auf, seit er bei uns ist und fragt auch nicht mehr so oft nach seiner richtigen Mutter. Und Leonie ist sowieso ganz begeistert von ihrem neuen kleinen Bruder!«

»Am Montag beginnen in Nordrhein-Westfalen die Sommerferien, statistisch gesehen ist dann in Sachen Gewaltverbrechen normalerweise auch weniger los. Die Chancen stehen demnach mehr als gut, dass du heute einmal früh ins Wochenende gehen und zu deinen Kindern kannst!«

Als hätte er es förmlich herbeigeredet, klingelt in diesem Augenblick das Telefon auf seinen Schreibtisch. »Hauptkommissar Heller?«, meldet er sich kurz angebunden, um dann der Stimme am anderen Ende der Leitung einige Sekunden wortlos zu lauschen. »Danke, Herr Weingarten. Wir werden uns sofort darum kümmern«, beendet er kurz darauf das höchst einseitige Gespräch und schaut seine Partnerin dann mit gefurchter Stirn an.

»Ich habe schlechte Nachrichten, Denise. Es sieht leider ganz danach aus, als würde das heute doch nichts mit einem pünktlichen Dienstschluss werden. Das war gerade die Polizeiwache in Lohmar. Vor dem Gymnasium gab es einen Überfall auf zwei Schülerinnen, und eins der beiden beteiligten Mädchen ist dabei offenbar entführt worden!«

* * *

Die Fahrt führte Denise und Tobias aber weder zu der Schule in Lohmar, wo sich nach Angabe von Polizeikommissar Patrick Weingarten der Vorfall zugetragen hatte, noch zur dortigen Polizeiwache. Alina Thaler, eines der beiden betroffenen Mädchen und einzige Tatzeugin, wurde von den herbeigerufenen Sanitätern nämlich wegen eines extremen Schockzustandes und einigen leichten Verletzungen vorsorglich in das Siegburger Krankenhaus eingeliefert.

Das Helios-Klinikum ist kaum zwei Kilometer vom Dienstgebäude der Kriminalpolizei entfernt, sodass die Ermittler bereits nach einer Viertelstunde der Klassenlehrerin gegenüberstehen, die Alina verletzt auf dem Bürgersteig vor dem Gymnasium gefunden hatte. Frida Johansson erwartet sie auf dem Flur der Abteilung für innere Medizin im zweiten Stock, wo sie bei deren Ankunft unruhig umherwandert.

»Der Stationsarzt ist noch bei ihr«, informiert die junge Frau die Kommissare fahrig, nachdem sie sich vorgestellt und ordnungsgemäß ausgewiesen haben. Sie zeigt dabei auf das Zimmer, vor deren Tür sie gerade stehen. »Alina scheint aber bis auf den erlittenen Schock und ein paar leichten Blessuren so weit in Ordnung zu sein. Viel größere Sorgen bereitet mir hingegen das Schicksal ihrer besten Freundin. Nach dem wenigen, was ich bisher aus dem Kind herausbekommen habe, wurde Samantha von maskierten Männern direkt vor ihren Augen in ein Auto gezerrt und ist seitdem verschwunden!«

»Wissen die Eltern denn schon Bescheid?«, erkundigt sich Denise Malowski und schaut sich suchend um. Sie wundert sich ein wenig darüber, dass außer der Lehrerin offenbar niemand hier ist, um nach dem Mädchen zu sehen. Sollte mit einem *ihrer* Kinder etwas sein, würde sie alles stehen und liegen lassen.

»Oh, mein Gott!« Die junge Frau hält sich erschrocken die Hand vor den Mund. »Das habe ich ja in der Aufregung total vergessen!« Sie angelt mit zitternden Fingern nach ihrem ausgeschalteten Handy, vertippt sich aber vor lauter Nervosität zweimal hintereinander bei der Eingabe der PIN.

»Lassen Sie nur, Frau Johansson!«, hält Denise sie vor einem dritten Fehlversuch zurück, der unweigerlich eine Sperre des Telefons nach sich gezogen hätte. »Ich denke, das Klinikpersonal wird dies im Falle des eingelieferten Mädchens übernehmen und die Eltern von … Samantha, richtig? Darum kümmern wir uns dann später selbst, aber zuerst müssen wir dringend mit Alina sprechen. Sie ist eine wichtige Zeugin.«

»Brauchen Sie mich hier noch? Ich wollte nämlich eigentlich morgen früh für die Dauer der Sommerferien zu meinen Eltern nach Dänemark fahren. Ich hoffe, das geht in Ordnung.«

»Das stellt kein Problem dar«, beruhigt Tobias sie. »Sie haben die Tat ja ohnehin nicht selbst miterlebt. Wir nehmen jetzt schnell ihre Personalien auf und Sie nennen uns kurz die Umstände, unter denen Sie ihre Schülerin gefunden haben. Dann steht ihrer Reise nichts mehr im Wege, denke ich. Geben Sie mir oder meiner Kollegin aber bitte Ihre Handynummer, bevor Sie uns verlassen. Für den Fall, dass sich wider Erwarten doch noch weitere Fragen ergeben sollten.«

»Wenn Sie mir bitte zunächst Samanthas vollständigen Namen nennen würden?«, übernimmt Denise wieder die Gesprächsführung und zückt gleichzeitig ihren Notizblock und den Kugelschreiber. »Und auch die Adresse der Eltern, falls Sie die parat haben.«

»Das Mädchen heißt Samantha von Kaltenbach, Frau Kommissarin. Die Anschrift habe ich nicht im Kopf. Dazu müssten Sie das Schulsekretariat aufsuchen, aber das ist um diese Zeit bestimmt nicht mehr besetzt.«

»Ist das etwa eine Tochter *der* von Kaltenbachs?«, entfährt es Tobias. »In dem Fall weiß ich nämlich, wo die wohnen. Das riesige Anwesen der schwerreichen Adelsfamilie ist zudem kaum zu verfehlen!« Er wirft seiner Partnerin unauffällig einen ernsten Blick zu, den sie mit einem angedeuteten Kopfnicken erwidert. Wenn sich das bewahrheiten sollte, haben sie es höchstwahrscheinlich mit einer sorgfältig geplanten Entführung zu tun!

\*\*\*

Eine halbe Stunde später sind Denise Malowski und Tobias Heller bereits auf dem Weg zu den Eltern des entführten Mädchens. Sie hatten vom diensthabenden Arzt zwar die Erlaubnis erhalten, kurz mit Alina Thaler zu sprechen, doch er hatte ihr zuvor ein Beruhigungsmittel verabreicht und sie war ziemlich schläfrig, als sie das Krankenzimmer betraten. Das wenige, was sie ihnen mitteilen konnte, bevor ihr die Augen zufielen, lässt die Ermittler jedoch nachdenklich werden.

Demnach waren die zwei Mädchen auf dem Weg zur nahen Eisdiele, weil der Chauffeur, der Samantha normalerweise auf Anweisung ihres Vaters von der Schule abholt, noch nicht erschienen war und sie sich so die Zeit bis zu seiner Ankunft vertreiben wollten. Allerdings hatte ihre Klassenlehrerin sie dieses Mal eine gute Viertelstunde vor dem regulären Ende des Unterrichts gehen lassen, weshalb die Abwesenheit des Fahrers erklärbar war.

Die beiden waren aber noch keine zwanzig Meter weit gekommen, als plötzlich eine schwarze Limousine mit quietschenden Reifen am Straßenrand hielt und zwei vermummte Gestalten heraussprangen, die Samantha sofort ergriffen und ins Auto zerrten. Der Wagen habe genauso ausgesehen wie der des Chauffeurs, weshalb die Mädchen zunächst arglos gewesen seien. Alina, die ihrer Freundin helfen wollte, wurde von einem der Männer brutal weggestoßen. Sie fiel hin und zog sich eine Schürfwunde am Knie und eine Platzwunde am Kopf zu. Das Nummernschild hatte sie nicht erkennen können.

Wenige Augenblicke später fand die Lehrerin das Mädchen auf dem Weg zu ihrem Wagen zitternd und weinend auf dem Gehweg vor. Von der schwarzen Limousine war ihren Angaben gemäß zu diesem Zeitpunkt nichts mehr zu sehen gewesen. Sie rief sofort einen Rettungswagen und die Polizei.

»Wir haben es demnach mit mindestens zwei Entführern zu tun, Tobi«, fasst Denise die wenigen bekannten Fakten zusammen. »Drei, wenn der Fahrer keiner der beiden von Alina Thaler beschriebenen Männer war und am Steuer sitzen geblieben ist.«

»Davon ist sogar auszugehen, Denise! Die Schule ist zwar etwas abgelegen, trotzdem muss eine solche Aktion ungemein schnell ablaufen, um kein unnötiges Aufsehen zu erregen. Anhalten, Kind ergreifen, losfahren. Wir können also wohl von drei Entführern ausgehen, wovon dieser Chauffeur durchaus einer gewesen sein könnte!«

»Du meinst, der hängt da irgendwie mit drin?«, wölbt seine Kollegin die Augenbrauen. »Möglich wäre es natürlich, die Kidnapper scheinen jedenfalls ziemlich gut vorbereitet gewesen zu sein.«

»Na ja, es wäre ansonsten immerhin ein merkwürdiger Zufall, dass diese Kerle ein Auto für die Entführung benutzt haben, das haargenau so aussah wie der von Samantha erwartete Wagen aus dem Fuhrpark ihrer Eltern! Zumindest müssen sie sich vorher gut informiert haben, da stimme ich dir zu. Und dann ist da noch etwas faul: Der *echte* Fahrer hätte doch jederzeit auftauchen können! Wahrscheinlich wollten sie ursprünglich ganz normal vor der Schule auf ihr Opfer warten, dazu mussten sie jedoch sicher sein, nicht gestört zu werden. Sie wurden dann aber durch das viel zu frühe Unterrichtsende überrascht und mussten improvisieren. Wenn du mich fragst, war das eine durch und durch geplante Aktion! Wir werden nicht umhinkommen, Alina Thaler morgen noch einmal zu befragen.«

* * *

»Was ist *das* denn?«, entfährt es Denise entgeistert, nachdem Tobias den Dienstwagen auf halber Strecke zwischen Lohmar und Overath von der L84 auf einen breiten, asphaltierten Weg gelenkt hat. Ein Privatweg, wie einem großen Schild mit unmissverständlichen Warnhinweisen deutlich zu entnehmen ist. »Das ist die reinste Festung, dagegen ist Fort Knox nur ein müder Abklatsch!«

Ihre Verblüffung ist nicht unbegründet, denn in Fahrtrichtung durchzieht eine sicher doppelt mannshohe Betonwand das Gesichtsfeld, so weit das Auge reicht oder zumindest auf eine Breite von mehreren hundert Metern. Wenn das auf allen vier Seiten der Fall ist, muss das davon eingefasste Grundstück geradezu riesig sein.

Im Näherkommen werden außerdem voluminöse Stacheldrahtrollen oben auf der Mauerkrone sichtbar sowie ein gutes Dutzend oder mehr bewegliche Überwachungskameras. Deren Linsensysteme drehen sich sofort synchron in ihre Richtung und folgen dem Fahrzeug unbeirrt bis zu einer sicherlich vier Meter breiten, geschlossenen Einfahrt. Vor dem zweiflügeligen und massiv aussehenden stählernen Tor findet ihre Fahrt zunächst ein jähes Ende.

Tobias lässt das Fenster auf der Fahrerseite herab und betätigt die an einer in den Boden versenkbaren Säule angebrachte Rufanlage, wobei er sorgfältig ihre Dienstausweise vor die Kamera hält. »Das, Denise, ist sehr wahrscheinlich der Grund für die Entführung Samanthas: Geld!«, beantwortet er endlich ihre Frage, während sie auf eine Reaktion seitens der Bewohner dieses Anwesens warten.

Doch diese fällt vollkommen anders aus, als von ihnen aufgrund des ersten Eindrucks erwartet. Mit allem hätten sie gerechnet, von bewaffneten Sicherheitsleuten, die sie hier in Empfang nehmen, bis hin zu einer völligen Ignoranz ihrer Anwesenheit. Nicht aber damit, dass das Tor einfach aufschwingt und man ohne Nachfrage zum Grund ihres Besuches den Weg freigibt. Tobias schaut seine Partnerin verblüfft an und lässt dann das Auto langsam ins Innere der Festung rollen. »Es scheint, als hätte man uns bereits erwartet«, spricht Denise seine Gedanken aus.

»Wow, schau dir das an!«, haucht sie Sekunden später beeindruckt. Vor ihnen breitet sich beidseitig des Fahrweges, der jetzt einem Kiesweg gewichen ist, ein schier endloser englischer Rasen aus, wobei jeder einzelne Grashalm auf Streichholzlänge gestutzt ist. Gruppen von kunstvoll zu Statuetten geschnittenen Buchsbaumhecken lockern das Ganze stilvoll auf.

Etwa fünfzig Meter voraus erhebt sich eine prächtige zweigeschossige Villa im Landhausstil, die sich perfekt in das malerische Gesamtbild einfügt. Einen kleinen Stilbruch stellt allerdings der Zwei-Personen-Helikopter dar, der direkt daneben auf einem extra dafür angelegten Hubschrauberlandeplatz geparkt ist. Links von ihnen erkennt Denise in der Ferne die Silhouette eines dichten Wäldchens, an dessen Rand sie Ross und Reiter entlang galoppieren sieht. »Das ist atemberaubend schön! Wie viele Gärtner hier wohl beschäftigt sein mögen?«

»Ich habe bis jetzt wenigstens sieben bewaffnete Sicherheitsleute mit Hunden gezählt, die hier herumlungern und uns beobachten, seit wir durch das Tor gekommen sind«, bemerkt Tobias unbeeindruckt und zeigt in die entsprechenden Richtungen. Seinem geschulten Auge entgeht nichts. »Außerdem gibt es hier ebenfalls überall Überwachungskameras.«

Jetzt erst fallen auch ihr die zwischen einiger der Buchsbaumhecken versteckten Männer und Frauen auf, die in ihren Tarnanzügen fast mit der Umgebung verschmelzen. Sie hatte sich wohl zu sehr von der idyllischen Landschaft einlullen lassen. Die Kameras bleiben ihr jedoch weiterhin verborgen, aber Tobias hat diesbezüglich unbestritten eine weitaus bessere Wahrnehmung als sie. Sie schätzt rasch die verbleibende Zeit und nimmt ihr Smartphone zur Hand.

»Das ist etwas viel Aufwand für einen normalen Menschen, findest du nicht auch?«, wendet sie sich nachdenklich an ihn, während sie auf ihrem Handy herumtippt. »Ist das nicht reichlich übertrieben, was der hier veranstaltet?« Sie steckt das Telefon wieder ein, mit dem sie den Mann gegoogelt hatte. »Der sieht eigentlich ganz manierlich aus.«

»Alexander von Kaltenbach hat mit Forschungen auf dem Gebiet der künstlichen Intelligenz schon vor fast zwanzig Jahren einen Haufen Kohle gemacht«, weiß Tobias zu berichten. Mittlerweile sind sie vor dem Haus angekommen und er stellt den Motor ab. »Vielleicht ist der Mann ja nur etwas paranoid. Anzeichen für irgendwelche mafiösen Umtriebe sind aber nicht vorhanden, wenn du das meinst. Soweit es mir bekannt ist, hat das BKA sich seinerzeit eingehend mit seiner Person beschäftigt und keine Unregelmäßigkeiten feststellen können.«

»Ich werde meine Schwester danach fragen«, nickt Denise, während sie den Sicherheitsgurt ablegt und vorsorglich ihre Dienstwaffe überprüft. »Jetzt bin ich aber wirklich mal sehr gespannt auf diesen Herrn!« Ihr Wunsch soll schneller erfüllt werden, als gedacht. Denn kaum, dass sie und Tobias ausgestiegen sind, erscheint der Hausherr persönlich in der Tür, um die Besucher in Empfang zu nehmen. Sein Gesicht spiegelt zwar eine gewisse Besorgnis wider, jedoch keine der Situation angemessene Panik.

# Kapitel 2

## *An einem unheimlichen, finsteren Ort*

Samantha kommt langsam wieder zu sich und zuckt sofort zusammen, als sie etwas über ihr Gesicht krabbeln spürt. Etwas mit vielen Beinen! Angewidert wischt das Mädchen zuerst eine eklige große Spinne von ihrer Stirn und öffnet dann vorsichtig die Augen, was ihr aber erst nach mehreren Versuchen gelingen will. Ihr ist schrecklich schwindlig und um sie herum dreht sich alles, als säße sie auf einem Karussell.

*Wo bin ich?* Das Letzte, woran sie sich erinnert, ist ihre Freundin Alina, mit der sie laut schwatzend zur Eisdiele unterwegs war. Aber was ist dann passiert? Wenn sie doch nur nicht solch einen Brummschädel hätte!

*Die Männer!* Unvermittelt fällt ihr alles wieder ein. Viktor, ihr Aufpasser, kam mit reichlich überhöhter Geschwindigkeit und quietschenden Reifen um die Straßenecke gefegt und hielt am Straßenrand an. Zumindest nimmt sie an, dass das ihr Chauffeur war, denn wegen der getönten Scheiben der Limousine konnte sie den Fahrer natürlich nicht erkennen. Das Auto war aber seines, da ist sie sich sicher!

Dann ging plötzlich alles sehr schnell: Zwei maskierte Männer sprangen aus dem hinteren Teil des Fahrzeugs und zerrten sie unter den Augen ihrer vor Entsetzen förmlich zu Stein erstarrten Freundin auf den Rücksitz. Jemand presste ihr sofort einen stinkenden Lappen auf Mund und Nase, worauf sie das Bewusstsein verlor. Das Letzte, woran sie sich erinnern kann, ist Alina, die blutend auf dem Gehweg lag. Dann wurde es dunkel.

Sehr viel heller ist es jetzt aber auch nicht, wie das verängstigte Kind feststellt, nachdem es erneut die Augen geöffnet hat. Der Schwindel hat etwas nachgelassen und Samantha riskiert nun einen vorsichtigen Blick in ihr Verlies. Es scheint sich um einen Kellerraum zu handeln, etwa drei auf vier Meter messend. Eine Lampe gibt es offenbar nicht, lediglich durch ein winziges, vergittertes Fenster direkt unter der Decke kommt etwas Sonnenlicht herein. Es muss wohl noch derselbe Tag sein, wahrscheinlich später Nachmittag.

Außer einer Matratze mit dem weißen Laken, auf dem sie das Bewusstsein wiedererlangt hat, erkennt sie in dem schummrigen Dämmerlicht des Raumes einen alten, wackligen Holztisch mit einem ebensolchen Stuhl und eine chemische Toilette, wie man sie beim Camping benutzt. Auf dem Tisch sieht sie eine Plastikschüssel, mehrere Plastikflaschen mit Wasser und ein paar Handtücher. Die Tür ist massiv und verschlossen, wie sie durch einen zaghaften Versuch feststellt. Mutlos lässt sich das Kind bäuchlings auf das immerhin saubere Bettlaken fallen, wo es bitterlich zu weinen beginnt.

Hinter ihr fällt jetzt hörbar die Tür ins Schloss. *Wann wurde sie geöffnet?* Samantha setzt sich sofort aufrecht hin und blickt der Gestalt, die sich nun vor ihr aufgebaut hat, trotzig entgegen. Sie ist selbst aus ihrer Perspektive sehr viel kleiner, als sie die Männer in Erinnerung hat, die sie gekidnappt haben, aber ebenso vermummt. *Eine Frau? Mit dem Fahrer wären es dann schon vier Entführer*, überlegt das Mädchen.

Durch die schwarze Skimaske, die nur die Augen freilässt, klingt die Stimme dumpf, könnte aber weiblich sein. »Du wirst ein paar Tage unser Gast sein«, sagt sie völlig emotionslos. »Wenn deine Eltern tun, was wir von ihnen verlangen, wirst du bald wieder zu Hause sein. Du kannst deiner Mutter und deinem Vater nun eine Botschaft hinterlassen!«

Mit diesen harschen Worten hält die mutmaßliche Frau ihr ein elektronisches Aufzeichnungsgerät vor das Gesicht und schaltet es mit einem Daumendruck ein. »Bitte, holt mich hier raus!«, schluchzt Samantha angsterfüllt in das Mikrofon.

\* \* \*

»Was soll das denn jetzt heißen, meine Tochter ist *wahrscheinlich* entführt worden?«, braust Alexander von Kaltenbach auf, nachdem Tobias Heller ihn mit den zugegebenermaßen dürftigen Fakten konfrontiert hat. »Geht es vielleicht auch etwas genauer?« Er hatte sie nach der Begrüßung in sein Arbeitszimmer gebeten und von dort zunächst seine Frau zu erreichen versucht, die mit ihrem Pferd auf dem weitläufigen Anwesen unterwegs sei, wie er sagte. Offenbar hat sie jedoch ihr Handy ausgeschaltet.

»Bitte beruhigen Sie sich«, beschwichtigt Denise Malowski ihn, für langwierige Diskussionen ist jetzt nicht die richtige Zeit. Sie hat Samanthas Vater aber genauestens beobachtet, während ihr Partner ihn ins

Bild setzte, und seine Reaktion erscheint ihr absolut authentisch. Er ist offenbar tatsächlich ahnungslos. »Viel mehr wissen wir momentan leider nicht, da die einzige Zeugin dieses Vorfalls ein elfjähriges Kind ist, das zudem einen Schock erlitten hat und derzeit im Krankenhaus liegt und schläft. Wir hatten vorhin den Eindruck, von Ihnen erwartet zu werden«, wechselt sie das Thema. »Ist das korrekt?«

»Nun, ich hatte vermutet, in der Schule sei irgendetwas vorgefallen und Sie wären deswegen jetzt hier. Außerdem wusste ich unseren erfahrensten Sicherheitsmann bei meiner Tochter. Was hätte da schon passieren sollen?«

»Sie meinen damit sicher Ihren Chauffeur. Ist er bewaffnet?«, will Denise wissen. Nach allem, was sie bisher gesehen hat, wäre das jedenfalls nicht ungewöhnlich.

»Ja, natürlich. Deshalb hatte ich mir auch keine großen Sorgen gemacht, selbst als die beiden überfällig waren. Samantha versteht es nämlich sehr gut, den Mann um den kleinen Finger zu wickeln, wenn es ihr in den Kram passt. Ich nahm daher an, sie hätte ihn mal wieder zu einem Besuch in der Eisdiele überredet, da es heute sehr heiß ist und die Schulferien begonnen haben. Erst, als Sie vorhin hier vorfuhren, kam ich auf Gedanken, es könne etwas passiert sein. Was gedenken Sie jetzt zu unternehmen, um meine Tochter wiederzufinden?«, wendet er sich abrupt mit finsterer Miene an Tobias Heller.

»Zunächst müssten wir uns ein möglichst genaues Bild davon machen, was überhaupt geschehen ist«, informiert dieser ihn. »Dazu ist es vordringlich erforderlich, Ihren Chauffeur zu befragen, doch der ist ja offenbar ebenfalls verschwunden. Haben Sie schon versucht, ihn zu erreichen?«

»Selbstverständlich habe ich das, er geht nicht ans Telefon!« Von Kaltenbach hebt ratlos die Schultern und schaut zum wiederholten Male nervös auf seine Armbanduhr. Offenbar sehnt er die Rückkehr seiner Frau herbei.

»Wir werden umgehend sein Handy orten lassen«, nickt Denise Malowski. »Und das Ihrer Tochter, falls sie eines hat. Kam Ihnen das Schweigen Ihres Fahrers denn nicht verdächtig vor? Ganz so sorglos, wie Sie hier tun, scheinen Sie nämlich nicht zu sein, wenn ich mir Ihre Sicherheitsvorkehrungen ansehe!«

»Ein Handy besitzt Samantha nicht, wir wollten ihr aber eines zum Geburtstag schenken. Die Sicherheitsvorkehrungen dienen vornehmlich der Abwehr von Industriespionen, da ich hier Backups meiner Forschungsergebnisse aufbewahre. Die sind von unschätzbarem Wert, müssen Sie wissen. Ich hätte aber doch niemals gedacht, dass jemand so weit gehen und Samantha entführen würde!«

*Und trotzdem lässt du deine halbwüchsige Tochter jeden Tag von einem bewaffneten Bodyguard zur Schule bringen und wieder abholen*, denkt Denise erbost, weil sie sich von ihm veralbert fühlt. *Das kannst du meiner Oma erzählen!*

»Jetzt, wo Sie es erwähnen, finde ich es schon recht merkwürdig, dass er sich nicht mehr meldet«, fährt von Kaltenbach nach einer kleinen Pause nachdenklich fort. »Er hat aber nichts damit zu tun, davon bin ich überzeugt! Allerdings hat sich der Vorfall bereits vor zwei Stunden zugetragen, wie Sie vorhin sagten. Es hat sich jedoch bisher niemand wegen einer Lösegeldforderung mit mir in Verbindung gesetzt, und das wäre doch im Falle einer Entführung die logische Folge, oder?« Es ist seiner verkniffenen Miene anzusehen, dass er sich verzweifelt an die unwahrscheinliche Möglichkeit eines Irrtums klammert und dass sich alles irgendwie in Wohlgefallen auflöst.

Doch diese Hoffnung soll sich nicht erfüllen, denn in diesem Augenblick klingelt, als hätte er es herbeigeredet, das Festnetztelefon auf dem Schreibtisch. Alexander von Kaltenbach fährt schon beim ersten Ton heftig zusammen und lässt damit erkennen, dass seine bisherige Gelassenheit nur vorgetäuscht war. Tobias Heller hingegen reagiert mit der gewohnten Kaltblütigkeit. Er hebt warnend die Hand und aktiviert zunächst auf seinem Handy die Sprachaufzeichnung. »Schalten Sie bitte die Mithöreinrichtung ein«, fordert er den schreckensbleichen Mann anschließend mit einem Kopfnicken auf, das Gespräch entgegenzunehmen. »Und keinen Ton von unserer Anwesenheit!«

\* \* \*

Die Stimme ist elektronisch verzerrt und klingt irgendwie androgyn, eine eindeutige Zuordnung zu einem Geschlecht ist den gebannt lauschenden Zuhörern deshalb auf Anhieb nicht möglich.

»*Wir haben Ihre Tochter!*«, dröhnt es aus dem Lautsprecher. »*Wenn Sie sie wiedersehen wollen, halten Sie sich genau an unsere Anweisungen, die Sie morgen früh in Ihrem Briefkasten vorfinden werden. Und schalten*

*Sie auf keinen Fall die Polizei ein!*« Atemlose Sekunden der Stille folgen der verstörenden Botschaft. Als alle denken, der unbekannte Anrufer habe einfach aufgelegt, ertönt unvermittelt die angsterfüllte Stimme eines Kindes: »*Bitte, holt mich hier raus!*«, schluchzt das Mädchen und man kann ihre große Angst hören. Anschließend wird die Verbindung abrupt unterbrochen.

»Alexander von Kaltenbach hat die Stimme seiner Tochter eindeutig identifiziert«, informiert Tobias Heller die Kollegen im Besprechungsraum, während er sein Smartphone mit dem aufgezeichneten Telefonat wieder einsteckt. »Auch die Mutter, die kurz darauf ahnungslos von ihrem Ausritt heimkam, hat das zweifelsfrei bestätigt, als ich ihr die Aufzeichnung vorgespielt habe. Wir müssen demnach jetzt endgültig von einer Entführung ausgehen!«

»Was ist mit diesem Chauffeur/Bodyguard?«, will Donner wissen. »Ist der in der Zwischenzeit wenigstens wieder aufgetaucht?«

»Negativ, Chef!«, schüttelt Denise Malowski den Kopf. »Er scheint wie vom Erdboden verschluckt zu sein. Er geht nach wie vor nicht ans Telefon und die Umfrage im Umfeld der Schule, die Tobias und ich im Anschluss an unseren Besuch bei den Eltern durchgeführt haben, hat auch nichts gebracht. Niemand will etwas von einer Entführung mitbekommen haben. Hast du das Handy schon orten können?«, wendet sie sich übergangslos an Amara Jones. Die IT-Spezialistin aus Jürgen Vogels Forensik-Team nimmt vor allem wegen der Analyse der Sprachnachricht ebenfalls an der eilig einberufenen Krisensitzung teil.

»Keine Chance«, gibt die Informatikerin mit ihrer tiefen, rauchigen Stimme zurück. Die junge Frau ist so schnell nicht aus der Ruhe zu bringen. »Das Mobiltelefon ist entweder ausgeschaltet oder zerstört.«

»Niemand verschwindet einfach so von der Bildfläche!«, erregt sich der Kommissariatsleiter. »Schon gar nicht, wenn es sich um einen dermaßen zuverlässigen Mitarbeiter handelt, wie sein Brötchengeber es behauptet! Der Mann ist entweder an der Entführung beteiligt gewesen und stellt sich jetzt tot, oder er ist es tatsächlich. Ich denke, wir können ein zufälliges Zusammentreffen der Ereignisse ausschließen. Eventuell wurde er aber auch lediglich überwältigt und benötigt nun dringend unsere Hilfe. Ihr besorgt euch daher umgehend ein Bewegungsprofil seines Handys von heute und sucht die Orte auf, an denen er sich in den vergangenen Stunden aufgehalten hat!«

Christina ›Chrissie‹ Ohlsen schaut demonstrativ auf die Uhr an der Wand. »Das wird eng, Chef. Es ist schon nach 17:00 Uhr und die Handyprovider haben meist keinen telefonischen Support mehr über diese Zeit hinaus. Und morgen ist Samstag!«

»Dann macht ihr denen gefälligst Feuer unter dem Hintern! Hier wurde ein elfjähriges Kind entführt, da verstehe ich keinen Spaß! Außerdem zählt hier jede Minute, wie ihr wisst! Dass euer Wochenende gestrichen ist, brauche ich ja sicher nicht zu erwähnen, oder?«

»Ausgerechnet jetzt hat Horst Urlaub!«, brummt Wolfgang Müller unzufrieden. »Seine Art zu denken wäre in dieser Situation mehr als hilfreich, außerdem ist er ein Meister der Recherche!«

»Ach was«, würgt Donner den Einwand sofort ab, »der Kollege Weiland kann auch nicht zaubern und in puncto Recherche kann Chrissie ihm durchaus das Wasser reichen! Es muss eben dieses Mal ohne unser Genie gehen. Apropos«, wendet er sich an Amara Jones. »Meinst du, die Stimme des Kidnappers so weit entzerren zu können, dass eventuell eine Identifikation möglich ist? Zumindest wüssten wir dann, ob es sich um einen Mann oder um eine Frau handelt.«

»Ich werde es selbstverständlich versuchen, kann aber nichts versprechen«, gibt Jones zurück. »Diese Stimme wurde nämlich höchstwahrscheinlich von einem Vocoder generiert, das kann ich aus diversen charakteristischen Merkmalen, wie zum Beispiel der Sprachmelodie heraushören. Solche Systeme sind heutzutage zwar fast perfekt, aber eben nicht ganz!«

»Schade. Ihr vier macht euch anschließend umgehend an die Beschaffung der Funkzellenauswertung. Findet diesen Viktor Zöller!«, wendet er sich an seine Ermittler. »Wenn wir Glück haben, weiß Samanthas Chauffeur mehr als das Mädchen, das die Entführung miterleben musste. Wolfgang und Chrissie: Ihr fahrt morgen früh zuallererst ins Krankenhaus, um Alina Thaler noch einmal zu befragen. Denise und Tobias: Ihr beide fungiert ab sofort als Verbindungsleute zu den Eltern der entführten Samantha von Kaltenbach. Seid rechtzeitig vor Ort, bevor die Forderungen der Kidnapper eintrudeln. Achtet auf den Überbringer! Nehmt außerdem einen Fachmann der Forensik mit, vielleicht kann man den Standort der Entführer lokalisieren, wenn sie das nächste Mal anrufen.«

* * *

Tobias nimmt einen schwarzen Filzstift zur Hand und stellt sich vor das neue Flipchart, das er und Denise seit einigen Wochen in ihrem Büro haben. Mit diesem im Grunde recht einfachen Hilfsmittel sind sie bezüglich der Aufarbeitung von Recherchen nicht mehr auf das Whiteboard im Besprechungsraum angewiesen, was im täglichen Leben vieles vereinfacht. In der linken Hand hält er die erst vor wenigen Minuten per Telefax hereingekommene Funkzellenauswertung von Viktor Zöllers Handy. Sie war, wie Chrissie bereits befürchtet hatte, alles andere als leicht zu beschaffen gewesen und erst ein Anruf in der Chefetage brachte den gewünschten Erfolg. Bürokratie ist offenbar doch nicht das Vorrecht behördlicher Einrichtungen, aber Tobias kann überaus überzeugend sein, wenn es darauf ankommt.

Er bringt zunächst eine dicke senkrechte Linie auf dem Papier an. »Das ist unsere Zeitlinie«, erläutert er seinen drei Zuhörern. Dann trägt er ganz oben eine Uhrzeit ein, die er von dem Blatt abliest und die das Einbuchen des Handys von Samanthas Bodyguard/Chauffeur in der zum Gymnasium gehörenden Funkzelle kennzeichnet. Unmittelbar darunter folgt eine weitere Zeitangabe für dasselbe Mobiltelefon, das jetzt jedoch fast vier Kilometer von der ersten Peilung entfernt gesichtet wurde. Die drei nächsten Zeiten markieren schließlich das tatsächliche Unterrichtsende, den kurz darauf stattgefundenen Überfall auf die Kinder und den regulären Schulschluss.

»Diese Zeitachse ist zwar nicht ganz maßstabsgerecht, aber wir können daraus trotzdem sehr gut erkennen, dass sich Viktor Zöller, beziehungsweise sein Handy, exakt eine halbe Stunde vor dem planmäßigen Ende des Unterrichts zumindest in unmittelbarer Nähe der Schule aufgehalten hat«, erläutert er Denise, Chrissie und Wolfgang die schlichte Grafik. »Dort hat er höchstwahrscheinlich pflichtgemäß auf das Erscheinen seiner Schutzbefohlenen gewartet.«

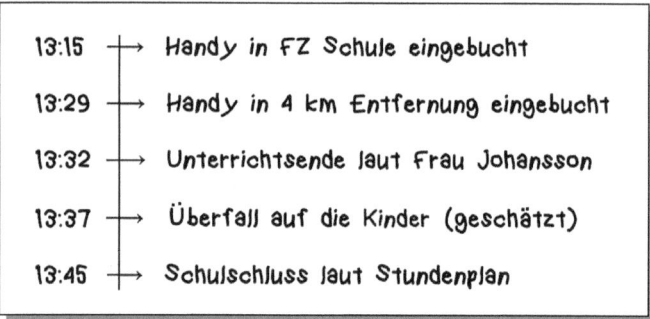

13:15 ⟶ Handy in FZ Schule eingebucht

13:29 ⟶ Handy in 4 km Entfernung eingebucht

13:32 ⟶ Unterrichtsende laut Frau Johansson

13:37 ⟶ Überfall auf die Kinder (geschätzt)

13:45 ⟶ Schulschluss laut Stundenplan

»Aber kaum eine Viertelstunde später ist er plötzlich am anderen Ende der Stadt«, stellt Chrissie stirnrunzelnd fest. »Man benötigt allein schon an die zehn Minuten zur Bewältigung dieser Strecke!«

»Richtig. Irgendwas ist demnach kurz nach seiner Ankunft geschehen, was ihn veranlasst hat, sofort wieder wegzufahren und das Kind im Stich zu lassen. Wir müssen dringend herausfinden, was passiert ist oder warum er das sonst gemacht haben könnte.«

»Vielleicht wurde er kurzfristig telefonisch abberufen«, schlägt Denise eher halbherzig vor.

»In diese Einöde? Ich habe auf der Karte nachgeschaut, da wohnt niemand. Dort gibt es nur ein paar abbruchreife Lagerhallen, sonst nichts. Ein Anruf seines Arbeitgebers lässt sich ohne das Mobiltelefon ohnehin momentan nicht beweisen, da der Provider nur die abgehenden Gespräche aufgelistet hat. Wir werden Herrn von Kaltenbach daher gleich morgen früh danach fragen.«

»Der Überfall fand acht Minuten nach der zweiten Uhrzeit von oben statt«, überlegt Wolfgang. »Wenn man sich sehr beeilt, reicht das gerade so eben aus, von dort, wo Zöller zuletzt war, zurück zur Schule zu fahren. Das Signal wurde aber laut der Funkzellenauswertung danach nicht mehr angemessen.«

»Die Fakten lassen eigentlich nur zwei Schlussfolgerungen zu«, meldet sich Denise erneut zu Wort. »Entweder hat der Chauffeur da draußen sein Telefon ausgeschaltet und ist schnell zurück zur Schule, um mit ein paar Komplizen das Kind zu entführen. Das hätte er jedoch einfacher haben können. Oder aber, er wurde unter einem Vorwand an diesen einsamen Ort gelockt, wo man sich seines Fahrzeugs bemächtigte, zur Schule fuhr und Samantha entführte. Der Plan wird gewesen sein, sie arglos in das Auto einsteigen zu lassen.«

»Und durch das vorzeitige Unterrichtsende wäre man dabei fast zu spät gekommen und musste sie auf offener Straße abfangen«, nickt Tobias. »So könnte es hinkommen. Zöller hat auf seiner Fahrt zu dem zweiten Standort außerhalb der Stadt mehrere Funkzellen tangiert, jedoch nicht angehalten. Wir kennen daher zwar seinen Weg, aber wenn wir etwas über seinen Verbleib herausfinden wollen, müssen wir uns jetzt dorthin begeben, wo das Handy zuletzt angemessen wurde!« Er schaut auf die Uhr. »Ihr habt doch bestimmt noch Zeit, oder?«, wendet er sich in lauerndem Tonfall an Chrissie und Wolfgang.

»Wieso sollen wir denn zu viert rausfahren?«, hebt Denise fragend die Augenbrauen. »Reichen wir beide dafür nicht aus?«

»Du, beste aller Partnerinnen, fährst jetzt brav nach Hause, damit dein Mann und deine Kinder auch noch was von dir haben, wo schon das Wochenende größtenteils wegfällt. Morgen früh um sieben sehen wir uns dann hier in alter Frische wieder. Und keine Widerrede!«, fügt er lächelnd mit erhobenem Zeigefinger hinzu, weil sie bereits ihren Mund zu einem Protest geöffnet hat.

\* \* \*

»Es wundert mich ehrlich gesagt ein wenig, dass Denise die Entführung einer elfjährigen Schülerin einfach so wegsteckt«, meldet sich Chrissie Ohlsen vom Rücksitz zu Wort. »Bei Nicklas hatte sie dagegen fast einen Aufstand gemacht und Himmel und Hölle in Bewegung gesetzt, ihn zu finden!«

»Das war eine völlig andere Sachlage«, gibt Tobias Heller zurück. »Nicklas war ja erst zwei Jahre alt und seine Mutter tot. Niemand wusste, wo der Kleine war und ob er nicht hilflos herumirrte. Da haben halt ihre Hormone etwas verrückt gespielt. Samantha wurde jedoch entführt, wir sind also über das Schicksal des Mädchens informiert und die Eltern leben noch! Da ist sie ganz die professionelle Ermittlerin, als die wir sie alle kennen. Und das ist auch gut so.«

»Warum? Weil sie sonst jedes elternlose Kind, das wir finden, zu Hause anschleppen würde?«, lässt sich Wolfgang Müller vom Beifahrersitz vernehmen.

»Das auch«, grinst Tobias. »Aber vordringlich, weil wir alle in dieser Sache unbedingt einen kühlen Kopf bewahren müssen. Die Tatsache, dass die Kidnapper maskiert waren, lässt zwar hoffen, dass sie es wirklich nur auf ein Lösegeld abgesehen haben und das Kind anschließend freilassen, aber solange das nicht geschehen ist, müssen wir alles Menschenmögliche unternehmen, ihnen auf die Spur zu kommen!«

Denise hatte sich schließlich nur allzu gerne dem ›Vorschlag‹ ihres Partners gefügt und gutgelaunt den Heimweg angetreten. Der Weg führt die drei verbliebenen Kommissare jetzt aus dem Ort hinaus in ein ehemaliges Industriegebiet, das nach dem Willen der Stadtplaner demnächst einer modernen Wohnsiedlung weichen soll.

Die zuvor hier ansässigen Firmen wurden bereits vor Jahren zwangsumgesiedelt und die zurückgelassenen Fertigungs- und Lagerhallen warten seither auf ihren Abriss. Aber so schnell mahlen die Mühlen der Stadtverwaltung nicht, und so wurde das etwa vier Hektar große Gelände mit der Zeit ein Tummelplatz so manch zwielichtigen Gesindels.

»Also, hier würde ich nach Einbruch der Dunkelheit ohne meine Pistole nicht einen einzigen Schritt machen«, bringt es Chrissie auf den Punkt, nachdem Tobias den Dienstwagen vor einem maroden zweigeschossigen Gebäude am Straßenrand angehalten hat. Die Koordinaten stimmen mit der Handypeilung bis auf wenige Meter überein.

»Ich frage mich nur, was dieser Kerl hier draußen gewollt hat«, brummt Wolfgang, während er seinen Sicherheitsgurt ablegt. »Zumal er zu dem Zeitpunkt eigentlich auftragsgemäß Samantha von der Schule abholen sollte!«

»Ich mache mir erheblich größere Sorgen um das entführte Kind!«, gibt Chrissie ernst zurück. Sie ist bereits ausgestiegen und überprüft sorgfältig ihre Dienstwaffe und den korrekten Sitz der Schutzweste. »Während wir in aller Seelenruhe nach ihrem Chauffeur suchen, ist Samantha seit mehr als fünf Stunden in den Händen skrupelloser Kidnapper und ängstigt sich womöglich zu Tode!«

»Wir können derzeit leider nichts anderes tun«, beschwichtigt Tobias die Kommissarin. »Solange wir keinen Schimmer haben, wer hinter der Entführung stecken könnte, müssen wir jeder Spur folgen. Und der Bodyguard ist momentan unser einziger Anhalts-punkt, zumal seine Beteiligung völlig ungeklärt ist. Morgen, wenn sich die Kidnapper mit ihren Forde-rungen und den Austauschmodalitäten melden, sind wir einen Schritt weiter. Und vergiss nicht, dass diese Verbrecher auf gar keinen Fall mitbekommen dürfen, dass wir uns mit der Angelegenheit befassen!« Er winkt den beiden mit der Pistole. »Los jetzt, zuerst schauen wir uns in dem Gebäude hier vorne um. Und achtet bitte darauf, keine Spuren zu vernichten! Wir bleiben aber besser zusammen, man weiß ja nie!«

»Na, dann fangen wir doch am besten gleich hier vorne damit an!«, nickt Chrissie und fotografiert mit ihrem Handy einige Reifenabdrücke unmittelbar vor dem Gebäude aus unterschiedlichen Perspektiven. Als Maßstab legt sie einen Geldschein daneben. »Die stammen augenscheinlich von zwei verschiedenen

Fahrzeugen und sind definitiv von heute, da es letzte Nacht geregnet hat!«

»Gut gesehen, aber jetzt lasst uns erstmal drinnen nachschauen«, drängt Tobias zur Eile. Einer unheilvollen Vorahnung folgend, nähert er sich behutsam von der Seite dem einzigen sichtbaren Eingang, der sich als finsteres Loch vor ihnen auftut. Sich gegenseitig Deckung gebend, betreten die drei Ermittler nacheinander mit vorgehaltenen Waffen den fensterlosen Innenraum.

Dieser besteht aus einem geschätzt etwa zweihundert Quadratmeter großen Saal, der durch die Türöffnung naturgemäß nur spärlich erhellt wird. Innerhalb weniger Sekunden machen sie sich ein Bild von ihrer Umgebung: In regelmäßigen Abständen sind mächtige Betonpfeiler eingelassen, die die Decke zum Obergeschoss stützen. Ansonsten ist der Raum bis auf eine Treppe im hinteren Bereich und dem üblichen Unrat, der sich an solchen Lokalitäten im Laufe der Zeit ansammelt, auf den ersten Blick leer.

Bei näherem Hinsehen sind jedoch Spuren eines Kampfes kaum zu übersehen. »Hier ist offenbar Blut, Tobias!«, zeigt Wolfgang auf einige charakteristische Spritzer und Flecken auf dem Estrich. »Und das da vorne sind eindeutig Schleifspuren!« Durch die allgegenwärtige Staubschicht sind sie gut zu erkennen, sie führen vom Eingang weg zu einem der Betonpfeiler in vier oder fünf Metern Entfernung.

»Schon gesehen. Passt bitte auf, wo ihr hintretet, und sucht dort vorne nach weiteren Spuren!«, weist er ihn an. »Ich bleibe währenddessen hier stehen und gebe euch notfalls Feuerschutz, falls jemand hinter dem Pfeiler lauern sollte.« *Jetzt könnte ich gut Denise an meiner Seite gebrauchen, um auch die Türöffnung im Auge zu behalten*, denkt er bedauernd. *Ich muss eben besonders wachsam sein.*

Seine diesbezügliche Sorge erweist sich aber schon bald als unbegründet. Die beiden haben nämlich in der Zwischenzeit ihr Ziel erreicht und den etwa einen Meter dicken Betonpfeiler umrundet, wobei Chrissie die linke Seite genommen hat und Wolfgang von rechts gekommen ist. Gleich darauf taucht der blonde Struwwelkopf der Kommissarin schon wieder auf. »Kommst du mal?«, ruft sie ihm zu. »Das hier solltest du dir unbedingt selbst anschauen!«

* * *

Zuerst fällt ihm der faustgroße, ausgefranste Blutfleck an dem Pfeiler auf. Er ist in einer Höhe, wo sich bei einem Menschen mit über 1,80 Meter Körpergröße der Hinterkopf befindet, wenn dieser rücklings davor auf dem Fußboden sitzt. Einige kurze braune Haare von Streichholzlänge kleben darin. Im Umkreis von einem Meter liegen zwei zerrissene Kabelbinder, an einem davon haftet ebenfalls Blut.

Etwas abseits sind die traurigen Überreste eines Handys verteilt. Genau so sieht seiner Ansicht nach ein Smartphone aus, nachdem jemand kräftig darauf getreten ist und es mit dem Absatz zermalmt hat. All das nimmt Tobias zur Kenntnis, ohne auch nur ein Teil angefasst zu haben, denn dafür gibt es Spezialisten. Wortlos zieht er sein Mobiltelefon hervor, um die Forensik anzurufen.

»Ich denke, dass hier unser gesuchter Bodyguard festgehalten wurde«, entwickelt Chrissie Ohlsen in der Zwischenzeit eine Theorie. »Viktor Zöller wurde vermutlich bereits am Eingang hinterrücks niedergeschlagen, was die Blutspritzer erklärt. Dann hat man ihn hierher geschleift, mit den Kabelbindern gefesselt, entwaffnet und einfach hier zurückgelassen. Das kaputte Handy ist sicher seines.«

»Aber wo ist er dann jetzt hin?«, fragt sich Tobias Heller, der sein Telefonat soeben beendet hat und zu den beiden getreten ist. »Dazu fällt mir eigentlich nur ein, dass er sich wahrscheinlich irgendwie befreien konnte. Solche Kabelbinder zu zerreißen, erfordert eine Menge Kraft und ist sehr schmerzhaft, doch es muss ihm wohl gelungen sein. Davon wird das Blut an die Fesseln gekommen sein.« Er greift erneut zum Telefon, während Chrissie weitere Fotos vom Tatort anfertigt. »Ich rufe seinen Arbeitgeber an, vielleicht ist er ja mittlerweile dort aufgetaucht!«

Eine Minute später legt er enttäuscht wieder auf und schiebt das Handy in die Tasche. »Alexander von Kaltenbach hat nichts mehr von seinem Chauffeur gehört, seit er losgefahren ist, um Samantha von der Schule abzuholen«, berichtet er den Kollegen in aller Kürze, was er erfahren hat. »Sobald die Spurensicherung eingetroffen ist, machen wir uns aber schleunigst vom Acker. Morgen gibt es sicher eine Menge für uns zu tun, dazu sollten wir besser ausgeschlafen sein.«

# Kapitel 3

»Glaubst du wirklich, die Hinterlassenschaften in dem alten Gemäuer gestern Abend sind von Viktor Zöller?«, erkundigt sich Denise Malowski bei ihrem Partner. Beide sind in aller Frühe zum Anwesen der Familie von Kaltenbach aufgebrochen, um auf keinen Fall die Ankunft der Instruktionen für die Lösegeldübergabe zu verpassen, die der unheimliche Anrufer gestern avisiert hatte. Direkt hinter ihnen fährt ein Fahrzeug der Forensik. Die beiden von Jürgen Vogel abgestellten Spezialisten sind dafür zuständig, im unwahrscheinlichen Fall einer wiederholten telefonischen Kontaktaufnahme seitens der Entführer deren Standort zu lokalisieren.

Donner hatte seinen leitenden Ermittlern jedoch nach eingehender Beratung im Kommissariat nahegelegt, den Boten, sofern sie ihn denn überhaupt zu sehen bekämen, unbehelligt ziehen zu lassen. Auch auf die ›zufällige‹ Verkehrskontrolle durch eine Funkstreife, die Tobias Heller vorgeschlagen hatte, solle man verzichten. Die Kidnapper müssten so lange wie irgend möglich über eine Beteiligung der Polizei im Unklaren gelassen werden. Die Kommissare Ohlsen und Müller sind derweil zum Helios-Klinikum unterwegs, um ihre einzige Zeugin ein weiteres Mal zum Tathergang zu befragen.

»Wer soll es denn sonst gewesen sein?«, antwortet Tobias schulterzuckend. »Dort aufgehalten hat er sich laut Funkzellenauswertung seines Handys auf jeden Fall. Und es passt auch alles perfekt zusammen. Zöller wurde ja bekanntlich zuvor in der Nähe der Schule ›gesehen‹, fuhr dann aber aus irgendeinem Grund wieder fort. Kurz darauf wird Samantha in ein Auto gezerrt, von dem Alina sagt, es habe ausgesehen wie das von ihrem Chauffeur. Was liegt da näher, als die Vermutung, man habe ihn unter einem Vorwand dorthin gelockt, um an seinen Wagen zu gelangen? Hoffentlich kann Amara noch die Daten auf dem zerstörten Handy retten, dann hätten wir bezüglich eines entsprechenden Anrufs eventuell Gewissheit!«

»Vielleicht ergibt die DNA-Analyse des Blutes vom Tatort etwas, wir sollten von Kaltenbach nach genetischem Vergleichsmaterial fragen. Wesentlich näher an das entführte Mädchen bringt uns das aber auch nicht«, fügt sie leise hinzu.

Tobias wendet ihr kurz das Gesicht zu. »Ist alles in Ordnung mit dir?«, erkundigt er sich besorgt bei ihr. »Du wirkst sehr bedrückt, ist es wegen Samantha?« Denise zeigt sich in letzter Zeit etwas dünnhäutig, wenn es um Gewalt jeglicher Art gegen Kinder geht.

»Das auch. Danke übrigens nochmal, dass du mich gestern früher nach Hause geschickt hast«, wechselt sie unvermittelt das Thema. »Ich bin viel zu wenig bei meinen Kindern, und sie werden so wahnsinnig schnell groß!« Dann verfällt sie wieder in das nachdenkliche Schweigen, welches sie schon während der ganzen Fahrt auszeichnete.

Tobias, der trotz seiner gerne zur Schau gestellten Unbekümmertheit genau weiß, wann man auch mal den Mund halten sollte, nickt nur stumm dazu und konzentriert sich wieder auf die Straße. In wenigen Minuten sind sie am Ziel. Werden sie am Ende dieses Tages das Kind gefunden haben?

\* \* \*

Alina Thaler sitzt bei ihrem Eintreten aufrecht im Bett vor dem Tablett mit ihrem Frühstück und macht einen wesentlich mundereren Eindruck als gestern. Einen direkten Vergleich haben Christina Ohlsen und Wolfgang Müller naturgemäß nicht, da sie dem Kind heute erstmals gegenüberstehen, sie wurden jedoch von Denise Malowski und Tobias Heller vor deren Abfahrt entsprechend instruiert. Die Eltern des Mädchens sind ebenfalls schon anwesend, sodass das Krankenzimmer recht voll ist.

»Sollen wir hinausgehen, während Sie mit unserer Tochter sprechen?«, schlägt die Mutter sofort vor, als sie erkennt, wie eng es jetzt in dem kleinen, nur für eine Patientin eingerichteten Zimmer geworden ist.

»Es wäre uns lieber, wenn wenigstens ein Elternteil dabei bleibt«, schüttelt Müller den Kopf. »Wir wollen Alina zwar nur als Zeugin befragen, aber sie ist erst elf Jahre alt. Ohne Ihr Einverständnis dürfen wir das außerdem auch gar nicht.«

»Die Erlaubnis hatte ich Ihnen doch schon gestern telefonisch gegeben! Aber wenn Sie unbedingt darauf bestehen … Gehst du so lange raus, Stefan?«, wendet sie sich an ihren Mann. »Ich bin ja sehr viel kleiner als du, dann haben wir mehr Platz hier drinnen«, lächelt sie mit einem bezeichnenden Blick auf die massige Gestalt des Oberkommissars, der diese nonverbale Anspielung auf sein Gewicht ungerührt zur Kenntnis nimmt.

Chrissie Ohlsen setzt sich mangels einer anderen Sitzgelegenheit einfach zu der Patientin auf die Bettkante. Mit ihrem Partner ist sie übereingekommen, dass sie die Befragung dieses Mal durchführt, weil sie als Frau wahrscheinlich einen besseren Draht zu der kleinen Zeugin hat. »Wie geht es dir denn heute?«, erkundigt sie sich zunächst bei dem Mädchen, das sie mit großen Augen unverwandt anschaut.

»Sind Sie wirklich eine richtige Kommissarin?«, fragt Alina sie bewundernd. »Ich möchte später auch mal Polizistin werden, aber alle sagen, ich sei zu klein dafür!«

»Es kann ja nicht jeder solch ein riesiger Teddybär sein wie mein Kollege hier«, lacht Chrissie. »Aber es stimmt, sehr viel kleiner als ich darfst du tatsächlich nicht sein, wenn du zur Polizei gehen willst. Genau genommen müsste es sogar ein Zentimeter mehr sein, doch das ist eine andere Geschichte. Und jetzt erzähl mal, woran du dich erinnerst. Das ist nämlich ganz extrem wichtig für unsere Ermittlungen, weißt du? Du möchtest doch bestimmt auch, dass wir deine beste Freundin bald wiederfinden, nicht wahr?«

»Es ging alles so furchtbar schnell«, erinnert sich Alina. »Frau Johansson hatte uns eine Viertelstunde früher freigegeben und wir wollten zur Eisdiele, weil Sams Chauffeur noch nicht da war. Sonst steht er mit seinem Auto immer schon vor der Schule, wenn wir herauskommen.«

Das Mädchen runzelt jetzt in voller Konzentration die Stirn. »Ja, richtig! Und dann kam uns plötzlich diese Limousine entgegen und Sam sagte: *Schade, das ist Viktor. Wird wohl doch nichts mit dem Eis!* Aber es war nicht der Chauffeur. Stattdessen sprangen zwei maskierte Männer heraus. Die packten sie und waren verschwunden, bevor ich einmal Atem holen konnte. Das war alles, wirklich! Ach ja, einer der Männer hat mich weggeschubst und ich bin hingefallen.«

»Ist dir an ihm irgendwas Ungewöhnliches aufgefallen? Er musste dich ja immerhin anfassen, als er dich weggestoßen hat. Denk bitte noch einmal sehr gut nach, Alina!«

»Nein ... Doch, warten Sie! Jetzt fällt es mir wieder ein: Er hatte Handschuhe an, aber sein Ärmel war etwas hochgerutscht, und da kam so ein Tattoo an seinem Handgelenk zum Vorschein. Es sah irgendwie aus wie eine feuerspeiende Schlange mit Flügeln!«

Wolfgang Müller hantiert, einer spontanen Eingebung folgend, einige Sekunden mit seinem Diensthandy herum und hält ihr dann ein Bild aus der Fotogalerie hin: »Sah es ungefähr so aus?«

Das Mädchen macht große Augen. »Ja, es sah sogar genau so aus!«, ruft es aufgeregt. Plötzlich beginnt sie scheinbar unmotiviert zu weinen. »Bitte, Sie müssen sie finden!«, fleht sie Chrissie unter Tränen an. »Sam braucht doch ihre Tabletten, sonst stirbt sie!«

Die Kommissare wechseln einen bestürzten Blick. Von lebenswichtigen Medikamenten hatte Alexander von Kaltenbach nichts gesagt! »Was ist das denn für eine Krankheit?«, hakt Christina Ohlsen sofort nach. »Und weißt du, ob deine Freundin ausreichend von ihrer Medizin bei sich hatte, als die Männer sie mitgenommen haben?«

»Das schon, aber die Tabletten waren doch in der Schultasche!«, schluchzt das Kind. »Sam hat Häma … Hämo … Ich hab vergessen, wie das heißt. Jedenfalls, wenn sie sich verletzt, hört es nicht auf zu bluten, bis nichts mehr drin ist!«

»Hämophilie«, wirft Wolfgang Müller ein. »Auch Bluterkrankheit genannt.« Er greift erneut zu seinem Handy, um Tobias rasch eine entsprechende SMS zu schreiben, damit dieser sich bei Samanthas Eltern erkundigen kann. »Sei unbesorgt«, tröstet er das in Tränen aufgelöste Kind. »Deine Freundin weiß ja, dass sie sich vorsehen muss. Sie wird daher bestimmt gut auf sich aufpassen.«

*  *  *

Zur selben Zeit – Tobias Heller lenkt soeben den Dienstwagen vor den Forensikern auf den Privatweg, der zum Anwesen der Familie von Kaltenbach führt – klopft es forsch an Donners Bürotür, die er wegen der sommerlichen Temperaturen wie immer offengelassen hat. *Nanu*, denkt er, weil er sich allein im Kommissariat wähnt. *Es ist doch momentan niemand von der Rasselbande hier!*

Als er den Blick von seinem Computermonitor löst und den Kopf hebt, steht ein bis auf die blondierten Haare identisches Ebenbild seiner nach Tobias dienstältesten Ermittlerin vor ihm. »Hauptkommissarin Kowalski, was für eine angenehme Überraschung!«, begrüßt er Denise Malowskis Zwillingsschwester gut gelaunt und weist einladend auf die Besucherstühle vor seinem Schreibtisch.

»*Erste* Hauptkommissarin, Peter«, berichtigt ihn die Besucherin automatisch, während sie sich ohne Umstände hinsetzt. »Und wir waren, wenn ich mich recht erinnere, schon beim ›Du‹ angelangt. Hat Denise euch denn nichts von meiner Beförderung im vergangenen Monat erzählt?«

»Das muss sie wohl ›vergessen‹ haben«, schmunzelt der Kommissariatsleiter. »Na, dann einen herzlichen Glückwunsch! Jetzt kann man euch wenigstens am Dienstgrad unterscheiden. Du bist aber bestimmt nicht extra den weiten Weg von Wiesbaden hierhergekommen, um einen kleinen Plausch unter Kollegen zu halten, Bettina?«, argwöhnt er mit hochgezogenen Augenbrauen. Dass eine hochrangige Beamtin des BKA ausgerechnet jetzt hier aufschlägt, kann kein Zufall sein. Selbst dann nicht, wenn es sich um die Schwester einer seiner Mitarbeiterinnen handelt!

»Okay, lass uns nicht unnötig um den heißen Brei herumreden«, nickt Bettina Kowalski mit ungewohnt ernster Miene. »Du vermutest ganz richtig, ich bin in der Tat wegen der Entführung hier. Denise hat es mir gestern Abend am Telefon erzählt«, interpretiert sie seinen fragenden Blick vollkommen korrekt.

Dass die Schwestern sich privat über Kriminalfälle unterhalten, ist leider nichts Ungewöhnliches. »Und das Bundeskriminalamt will uns den Fall entziehen und selbst die Leitung übernehmen«, knurrt Donner missgestimmt, wobei er sich angriffslustig vorbeugt. »Habe ich recht?«

»Ganz so krass würde ich es zwar nicht ausdrücken, aber ja. Es handelt sich hierbei um einen Vorfall von nationalem Interesse und du kannst dich im Grunde glücklich schätzen, dass der BND noch nicht Wind von der Sache bekommen hat.«

Sie erhebt sich unvermittelt von ihrem Platz und schließt zunächst sorgsam die Bürotür, bevor sie in verschwörerischem Ton fortfährt: »Die Forschungen von *Kaltenbach Industries* unterliegen nämlich der allerhöchsten Geheimhaltung. Wir befürchten daher, dass die Kidnapper es *darauf* abgesehen haben, und nicht etwa auf Geld. Deshalb werde ich mit sofortiger Wirkung die Leitung für die Dauer der Ermittlungen übernehmen. Jedenfalls offiziell«, schwächt sie ihre Aussage ab, als sie in sein verkniffenes Gesicht blickt.

*Jetzt wird mir auch klar, weshalb dieser Mensch sein Anwesen in eine uneinnehmbare Festung verwandelt hat*, schießt es Peter Donner unvermittelt durch den Kopf. »Und inoffiziell?«, wendet er sich mit sorgenvoll gefurchter Stirn an die Kollegin vom BKA. Entführungen von Kindern sind schon tragisch genug, aber nie hätte er gedacht, dass der neue Fall von solch einer immensen Tragweite ist, dass sich innerhalb weniger Stunden eine Bundesbehörde einschaltet.

»Inoffiziell bleibt zunächst alles beim Alten«, beruhigt sie ihn lächelnd. »Ich weiß ja, wie effizient deine Truppe ist. Im Falle eines Misserfolgs kannst du dafür die ganze Schuld auf mich abwälzen. Und auch sonst hat diese Vorgehensweise nur Vorteile für dich. Ich bin nämlich ermächtigt und in der Lage, innerhalb kürzester Zeit nahezu in beliebiger Menge Personal und technisches Equipment herbeizuschaffen.

Falls deine Leute aber etwas vermasseln sollten, werde ich selbstverständlich umgehend eingreifen.«

»In Ordnung«, gibt sich Donner geschlagen. »KOK Weiland befindet sich im Urlaub, du kannst also sein Büro benutzen, solange es dauert. Es ist zwar winzig, aber etwas anderes habe ich nicht.«

»Das wird genügen, Peter. Und nun würde ich mir gerne die Ermittlungsberichte anschauen!«

* * *

Derweil betreten Denise und Tobias in Begleitung der beiden mit umfangreichem technischen Equipment ausgestatteten Spezialisten die Villa. Sie sind in jeder Hinsicht ahnungslos, denn die Überraschung, die nachher im Kommissariat auf sie wartet, ist beileibe nicht die Einzige für heute. Im Arbeitszimmer, in das Alexander von Kaltenbach seine vier Besucher auch jetzt persönlich führt, steht nämlich vor dem voluminösen Schreibtisch aus Mahagoni ein athletisch gebauter Mann in militärisch anmutender Haltung und blickt ihnen aus stahlblauen Augen mit unverhohlener Neugierde entgegen.

Um den kantigen Schädel trägt er einen riesigen, turbanartigen Verband sowie dicke Bandagen an den Handgelenken. Die Ermittler vermuten in ihm mit einiger Berechtigung den verschollenen Chauffeur, zumal er exakt der Beschreibung entspricht, die sein Arbeitgeber ihnen gestern gab.

Tobias verwundert es beim Anblick dieser hünenhaften Gestalt nicht, dass Zöller offenbar in der Lage war, die Kabelbinder nur mit der Kraft seiner muskulösen Arme zu zerreißen. Noch um einige Zentimeter größer als Kollege Müller und ebenso breit, ist garantiert kein Gramm Fett an seinem gestählten Körper zu finden. Trotzdem wurde er von den Unbekannten überwältigt. Man kann daher äußerst gespannt auf seine Geschichte sein und wo er die ganze Nacht über gewesen ist. Doch zunächst signalisiert sein Diensthandy eine eingehende SMS, die er stirnrunzelnd zur Kenntnis nimmt.

Die Spezialisten machen sich in der Zwischenzeit stumm an den beiden Telefonen auf dem Schreibtisch zu schaffen. Die Fangschaltung und die elektronischen Aufzeichnungsgeräte waren zuvor selbstverständlich abgesprochen worden. »Meine Frau lässt sich für heute entschuldigen«, wendet der Hausherr sich derweil an Denise. »Sie ist mit ihren Nerven verständlicherweise total am Ende und hat deshalb von unserem Hausarzt vorhin ein Beruhigungsmittel verabreicht bekommen. Sie schläft momentan.«

»Warum haben Sie uns verschwiegen, dass Ihre Tochter auf Medikamente angewiesen ist?«, konfrontiert Tobias ihn mit der soeben per Kurzmitteilung erhaltenen Information, nachdem er das Telefon mit finsterer Miene eingesteckt hat. Zuvor ließ er Denise aber einen Blick darauf werfen, worauf sie verständnislos den Kopf schüttelte. »Sie hätten uns das *sofort* sagen müssen! Es ändert nämlich alles, da wir jetzt unter enormem Zeitdruck stehen!«

»Weil … Ich dachte …«, stottert der Gescholtene verwirrt. »Das ist seit ihrer Geburt dermaßen allgegenwärtig, dass ich wohl einfach vergessen habe, es zu erwähnen. Sie hat den Gendefekt von ihrer Mutter geerbt, was ja für sich schon extrem selten ist. Sie hat aber immer ausreichend von ihren Tabletten dabei! Wenn sie die regelmäßig einnimmt, ist sie gegen kleinere Verletzungen für mehrere Tage geschützt. Und Samantha ist diesbezüglich äußerst gewissenhaft! «

»Ist Ihnen denn nie in den Sinn gekommen, dass Ihre Tochter gar nicht in der Lage sein könnte, ihre Medikamente zu nehmen?«, fährt Denise ihn erbost an. »Sie hatte die Tabletten laut ihrer Freundin in der Schultasche, und die haben die Entführer am Tatort zurückgelassen! Außerdem braucht es keine offenen Wunden, so viel ich weiß. Bei Hämophilie reichen oft schon Hämatome, um langsam aber sicher innerlich zu verbluten!«

»Wie konnte das überhaupt passieren?«, wechselt Tobias schnell das Thema, bevor die Emotionen überkochen. Dabei schielt er verstohlen auf einen Monitor an der Wand. Den nach wie vor stumm und bewegungslos in der Ecke stehenden Chauffeur ignoriert er zunächst, es gibt Wichtigeres. Auf dem in mehrere Abschnitte unterteilten, großformatigen Bildschirm ist unter anderem auch die Übertragung einer Überwachungskamera am Tor aufgeschaltet. Es ist aber derzeit keine Menschenseele vor der Mauer zu sehen.

Alexander von Kaltenbach, der unter den Worten der Hauptkommissarin mehrfach zusammengezuckt ist, atmet erleichtert auf und schaut ihn stattdessen verwirrt an. »Ich meine, warum besucht ihre Tochter überhaupt ein ganz normales Gymnasium und nicht etwa eines dieser Eliteinternate?«, präzisiert Heller seine Frage. »Ist das in Ihren Kreisen nicht üblich?«

Er wirft einen raschen Blick auf die Uhr auf dem Schreibtisch. *Gleich acht, langsam könnten sich die*

*Kidnapper aber wirklich mal rühren*, denkt er nervös. *Uns läuft mal wieder die Zeit davon!* Einer der Techniker gibt mit erhobenem Daumen den Abschluss der Arbeiten an der Telefonanlage bekannt.

In diesem Augenblick kommt Leben in das bis dahin statische Monitorbild. Tobias hebt warnend die Hand und enthebt damit Alexander von Kaltenbach zumindest vorläufig einer Antwort auf die Frage, die ohnehin von eher untergeordneter Bedeutung für die Ermittlungen ist. Alle verfolgen jetzt gespannt das Geschehen vor der Einfahrt, auch der Chauffeur und die beiden Techniker.

Dort wirft ein Junge, ein buntes Basecap auf dem Kopf und augenscheinlich noch minderjährig, einen Umschlag in den neben dem Tor angebrachten Briefkasten. Sich mehrfach hastig umschauend, steigt er anschließend auf sein Fahrrad und radelt geschwind davon. Sein Gesicht war zuvor jedoch für mehrere Sekunden im hochauflösenden Kamerabild deutlich zu erkennen gewesen!

Eine der Kameras aus dem Innenbereich zeigt jetzt eins jener Elektrofahrzeuge, wie sie auch von Golfern benutzt werden, quer über den Rasen zum Tor eilen. Dort springt sofort ein Bediensteter heraus, nimmt den Umschlag an sich und rast mit Höchstgeschwindigkeit zum Haupthaus zurück. Offenbar hat von Kaltenbach seine Leute entsprechend instruiert.

Tobias greift zum Handy und wählt eine zuvor eingespeicherte Nummer. »Hauptkommissar Heller hier«, meldet er sich knapp. Am anderen Ende ist der Fahrer eines von ihm ohne Wissen des Vorgesetzten und gegen dessen ausdrückliche Anordnung auf die

Landstraße beorderten Streifenwagens. »Da kommt gleich ein Junge auf einem Fahrrad bei euch vorbei. Schaut doch bitte mal nach, ob sein Drahtesel den Vorschriften entspricht. Ich glaube, sein Rücklicht ist kaputt. Und vergesst nicht, seine Personalien aufzunehmen und ihn zu fragen, was er um diese Uhrzeit hier draußen macht!«

»Was denn?«, gibt er sich betont harmlos, als er in das entgeisterte Gesicht seiner ebenfalls ahnungslosen Partnerin blickt. »Du glaubst doch nicht im Ernst daran, dass dieses Jüngelchen etwas mit der Entführung zu tun hat? Außerdem ist sein Rücklicht tatsächlich kaputt und wir dürfen uns diese Gelegenheit einfach nicht entgehen lassen! Je nachdem, was die Kollegen von der Streife zu hören kriegen, können wir anschließend immer noch darüber nachdenken, ob wir ihn uns vornehmen oder nicht! Irgendjemand muss ihm ja schließlich diesen Umschlag gegeben haben. Womöglich kann er uns seinen Auftraggeber beschreiben!«

Denise starrt ihn nur mit versteinerter Miene an, die Lippen wütend zusammengekniffen. *Sie ist stinksauer*, stellt Tobias fest und duckt sich unwillkürlich unter ihrem Blick. Dann wendet sie sich wortlos ab. *Ich hätte sie einweihen sollen. Ihr stummer Zorn ist schlimmer, als würde sie mich anschreien. Das hast du ja wieder ganz toll hinbekommen, Tobias! Dabei hatte ich es doch bloß gut gemeint, so kann sie sich wenigstens keinen Ärger einhandeln.*

Für weitere, ohnehin zu nichts führenden Überlegungen dieser Art bleibt ihm keine Zeit mehr, denn in diesem Augenblick wird heftig die Zimmertür aufgestoßen und derselbe Bedienstete wie vorhin auf der Videoaufnahme überreicht den zuvor geholten Briefumschlag seinem Dienstherrn, den dieser wortlos an ihn weiterreicht. Tobias streift sich jedoch erst Handschuhe über, bevor er ihn entgegennimmt und unter den aufmerksamen Blicken der Anwesenden mit aller gebotenen Vorsicht öffnet.

* * *

»Ich kann nicht glauben, dass du das getan hast!«, schimpft Denise, nachdem er den Wagen in der dafür vorgesehenen Parkbucht hinter dem Dienstgebäude abgestellt hat. Während der gesamten Rückfahrt zum Kommissariat hatte sie verbissen geschwiegen und ihn keines Blickes gewürdigt.

»Ich war eben der Meinung, dieses Risiko eingehen zu können«, verteidigt er sich trotzig. »Und ich bin es immer noch!«

»Dann lass es mich präzisieren«, faucht sie aufgebracht. »Ich kann nicht glauben, dass du das *ohne mich* entschieden hast. Wir sind schließlich Partner!«

»Sorry, ich wollte dich nur schützen. Ich dachte, es reicht aus, wenn der Chef einem von uns den Kopf abreißt. Das war wohl reichlich dumm von mir.«

»Ich hätte es nicht besser sagen können«, brummt sie und kann sich jetzt ein Grinsen kaum verkneifen. Wenn Tobias zerknirscht ist, wirkt er wie ein Schuljunge, der bei einem Streich erwischt wurde. Lange böse sein kann man ihm sowieso nicht. »Ich kann aber sehr gut selbst auf mich aufpassen. Du hättest es mit mir absprechen müssen! Wir sind zwar nicht immer einer Meinung, doch dann diskutieren wir das aus und finden gemeinsam eine Lösung. So machen Partner das nämlich!«

»Okay, das ist angekommen. Alles wieder gut?«

»Natürlich, du Hornochse! So, und jetzt lass uns hineingehen, wir haben nur noch etwas mehr als drei Stunden Zeit, um auf die Forderungen der Kidnapper in angemessener Weise zu reagieren!«

* * *

### An einem unbekannten, tristen Ort

Samantha hatte die ganze Nacht nicht geschlafen und sich stattdessen starr vor Angst wimmernd auf ihrer Matratze zusammengerollt. Und wenn ihr doch einmal vor Erschöpfung die Augen zugefallen waren, träumte sie sofort von der Entführung und schreckte nach wenigen Sekunden schreiend aus ihrem grauenvollen Alptraum auf.

Gegen Morgen muss sie dann aber schließlich doch eingeschlafen sein, denn als sie jetzt die von den vielen Tränen brennenden Augen öffnet, ist es schon Tag. Die teure Armbanduhr, die ihre Eltern ihr zum zehnten Geburtstag geschenkt hatten, hat man ihr zwar abgenommen, doch ein gleißender Lichtstrahl, der durch das kleine, vergitterte Fenster hoch oben unter der Decke hereinbricht und an der gegenüberliegenden Wand tanzt, sagt ihr zweierlei: Dass dort Osten sein muss und die Sonne vor nicht allzu langer Zeit aufgegangen ist.

Sie sehnt sich nach einer Nachricht ihrer Eltern, weiß aber in ihrem tiefsten Inneren, dass sie diese nicht erhalten wird. Kurz entschlossen wischt sie sich die Tränen mit einem der Handtücher ab, das sie mit etwas Wasser aus einer Plastikflasche benetzt hat. Dann zerrt sie den wackligen Holztisch aus der Ecke, fegt sämtliche darauf liegenden Gegenstände zu Boden und schiebt ihn mühsam an die Wand mit dem Fenster. Aber sie ist zu klein, ihre Nasenspitze befindet sich gerade einmal in zwei Metern Höhe, wenn sie auf dem Tisch steht und sich auf die Zehenspitzen stellt. Die winzige Fensteröffnung ist noch ein ganzes Stück darüber.

Sämtliche Bedenken bezüglich ihres gesundheitlichen Handicaps fallenlassend, holt sie nun zusätzlich den alten Stuhl dazu und wuchtet ihn mit Schwung auf die Tischplatte. Jetzt kann sie durch die Gitterstäbe hindurchsehen. Aber nur für zwei Sekunden, dann kippt das altersschwache Sitzmöbel unter ihr weg und sie landet unsanft eine Etage tiefer auf dem Steinboden. Mehr zu Tode erschrocken, als dass sie nach dem Sturz aus anderthalb Metern Schmerzen verspürt, tastet sie ihren Körper hektisch nach Blutergüssen oder sonstigen Verletzungen ab.

# Kapitel 4

Das für Denise unerwartete Zusammentreffen mit Bettina war zunächst ungewohnt frostig ausgefallen. Tobias bekam von ihrem Streit, den die beiden zwar heftig gestikulierend, aber in gedämpften Ton ausgetragen hatten, nicht viel mit. Doch offenbar ging es darum, dass seine Partnerin sich von ihrer Schwester hintergangen fühlte, weil diese eine vertrauliche Information sozusagen gegen sie verwendet hatte, indem sie kurzerhand für das Bundeskriminalamt die Leitung der Ermittlungen übernommen hatte.

Erst, nachdem der Kommissariatsleiter seinen bis auf den im Urlaub befindlichen Horst Weiland vollzählig angetretenen Mitarbeitern die etwas komplizierte Sachlage erklärt hatte, war Ruhe eingetreten und man vertrug sich dann auch schnell wieder. Das Eingreifen des BKA, so Donner, sei in diesem speziellen Fall nicht nur absolut unumgänglich, sondern im Gegenteil sogar hochwillkommen, da sie nun auf nahezu unbegrenzte personelle und vor allem technische Unterstützung zurückgreifen könnten.

Um keine wertvolle Zeit zu vergeuden, forderte Bettina Kowalski zunächst telefonisch besagte Hilfe bei ihrer Heimatbehörde an, nachdem sie den von Denise Malowski und Tobias Heller mitgebrachten Erpresserbrief kurz überflogen hatte. Bis diese Unterstützung einträfe, meinte sie, habe man jetzt ausreichend Gelegenheit, über das geplante Vorgehen zu diskutieren und gemeinsam einen möglichst detaillierten Einsatzplan zu entwerfen.

»Zunächst einmal«, fährt sie fort, »muss alles für die Unversehrtheit des entführten Mädchens unternommen werden. Hierbei kommt die Nachricht, dass Samantha von einem Medikament zur Blutgerinnung abhängig ist, im Grunde zu einem äußerst günstigen Zeitpunkt! Ihr Vater kann dadurch nämlich, wenn er um 14:00 Uhr, wie in dem Schreiben von den Kidnappern gefordert, Kontakt mit ihnen aufnimmt, diese um die Beschaffung der Tabletten bitten. Es wird in deren eigenem Interesse liegen, das Wohl des Kindes bis zur abschließenden Lösegeldübergabe zu gewährleisten. Herr von Kaltenbach wird deshalb zusätzlich auf einem täglichen, überprüfbaren Lebenszeichen Samanthas bestehen. Wir hingegen bleiben so lange wie möglich unsichtbar.«

»Womit wir schon beim Thema angelangt wären«, unternimmt Donner einen Versuch, die Gesprächsführung an sich zu reißen. Er zeigt auf das Dokument am Whiteboard. Es handelt sich um eine Kopie, da das Original sich in der Forensik befindet, wo es auf eventuelle Spuren untersucht wird. Dies gilt ebenfalls für eine Haarspange, die dem Brief beigefügt war und die von Samantha gestern getragen wurde.

»Das in dem Schreiben erwähnte Procedere lässt darauf schließen, dass der geplante Austausch sich über mehrere Tage hinziehen wird«, führt er seinen Gedanken sogleich fort. »Heute soll Samanthas Vater ja zunächst nur ein Angebot zur Höhe des Lösegeldes abgeben, das er zu zahlen bereit ist, und danach erst wollen die Entführer sich erneut mit Anweisungen melden, und zwar dann wieder per Kurier! Das kann dauern!«

»Das ist auch so eine merkwürdige Sache«, wirft Wolfgang Müller ein. »Laut diesen Instruktionen soll er allein mit einem ganz bestimmten Fahrzeug aus seinem Fuhrpark an einer mit GPS-Koordinaten auf den Meter genau bezeichneten Stelle am Rheinufer erscheinen und mit einem CB-Funkgerät auf einer vorgegebenen Frequenz die Verbindung aufnehmen. Auch ist es ungewöhnlich, ihn die Höhe des Lösegeldes selbst bestimmen zu lassen, und ihn dann per Post darüber zu informieren, ob ihnen diese Summe angenehm ist. Außerdem ist CB-Funk bereits seit einer kleinen Ewigkeit nicht mehr modern und die entsprechenden Geräte sind demzufolge zeitnah kaum zu bekommen. Die Entführer müssen gewusst haben, dass er ein solches Funkgerät im Keller hat!«

»Das mit dem Geld kann ich mir auch nicht so recht erklären«, hebt Bettina Kowalski die Schultern. »Die schreiben wörtlich: ›*Überlegen Sie gut, was Ihnen Ihre Tochter wert ist!*‹. Sowas ist mir in meiner ganzen Laufbahn noch nicht untergekommen. Der Rest ist hingegen logisch, man möchte auf diese Weise eine nachverfolgbare Nachrichtenkette vermeiden. Der ausgewählte Platz für die heutige Kontaktaufnahme ist zudem weithin einsehbar, sodass die Entführer in der Nähe lauernde Polizisten frühzeitig entlarven würden. Wir werden trotzdem eine Möglichkeit der Teilnahme finden. Das mit dem Funkgerät lässt außerdem den Schluss zu, dass man ganz genau über die persönlichen Verhältnisse Bescheid weiß. Eventuell könnte ein ehemaliger Bediensteter dahinterstecken, auch das sollten wir im Auge behalten!«

»Mir ist da etwas eingefallen«, meldet sich Chrissie Ohlsen zu Wort »Das Medikament für Samantha ist doch garantiert verschreibungspflichtig. Sobald wir einen ungefähren Anhaltspunkt haben, wo sich die Kerle verkrochen haben, sollten wir die Apotheken in dieser Gegend abklappern. Ich könnte mir vorstellen, dass uns das zu ihnen führt!«

»Das ist ein guter Vorschlag«, nickt Bettina. »Das machen wir, sobald wir etwas mehr wissen. Ich lasse aber jetzt schon mal vorsorglich entsprechende Flyer drucken, die wir dann an alle infrage kommenden Apotheken versenden.«

»Ich schlage außerdem vor, dass wir uns bei dem Kurierdienst umhören, für den der Junge arbeitet, der den Brief mit den Anweisungen überbracht hat«, fügt Tobias Heller hinzu. »Irgendjemand muss die Sendung ja bei denen aufgegeben haben!«

»Meinst du den Fahrradkurier, den anzuhalten ich euch erst heute Morgen strikt verboten hatte?«, grollt Donner mit unheilverkündendem Unterton.

»Tobias und ich hatten zuvor das Für und Wider ausgiebig erörtert und waren zu der Ansicht gelangt, dass dadurch kein Schaden entstehen konnte«, lässt sich Denise jetzt vernehmen und wirft dabei ihrem Partner einen warnenden Seitenblick zu. Die fette Lüge kommt ihr völlig glatt über die Lippen. »Die Funkstreife hat den Kurier offiziell angehalten, weil sein Rücklicht kaputt war, und ihn nebenbei unauffällig ausgefragt. Selbst für den unwahrscheinlichen Fall, dass er doch zu den Entführern gehört, werden diese kaum Verdacht schöpfen, zumal dort oft Polizei unterwegs ist. Wir wissen aber jetzt, dass der Junge für einen Kurierdienst gearbeitet hat, und brauchen uns mit ihm selbst gar nicht zu befassen. Dadurch wird das ohnehin geringe Risiko noch einmal minimiert.«

»Das *dynamische Duo* ist sich natürlich wieder mal einig!«, ätzt der Kommissariatsleiter. »Was denn auch sonst? Alles andere hätte mich ehrlich gesagt sehr gewundert!«

»Du solltest die Eigeninitiative deiner Mitarbeiter zu schätzen wissen, Peter!«, ergreift Bettina das Wort und gibt ihm damit gleichzeitig zu verstehen, wer hier momentan das Sagen hat. »Ich jedenfalls heiße ihre Vorgehensweise im Nachhinein gut, wir können jeden noch so kleinen Hinweis gebrauchen. Und das sage ich nicht, weil Denise meine Schwester ist!«

»Okay, kommen wir dann zu diesem Bodyguard«, seufzt Donner ergeben und schaut dabei nervös auf die Wanduhr. Es ist 11:52 Uhr, also noch genügend Zeit bis zum geplanten Einsatz. »Ihr sagtet vorhin, er sei heute Morgen überraschend in einem reichlich ramponierten Zustand bei seinem Arbeitgeber aufgetaucht. Hat er etwas Erhellendes zu dem Überfall auf seinen Schützling beitragen können?«

»Nicht viel. Was er aussagte, bestätigt aber zumindest unsere eigene Theorie zum Tathergang«, übernimmt Tobias Heller die Antwort. »Demnach war er wie üblich eine halbe Stunde vor dem Unterrichtsende an der Schule. Er hatte es sich gerade bequem gemacht, als er einen Anruf von der Mutter einer Klassenkameradin Samanthas erhielt. Sie teilte ihm mit, dass der Unterricht eine Stunde früher beendet gewesen sei. Ihre Tochter habe ihre Freundin mit zu sich nach Hause genommen, und diese halte sich daher nun bei ihr auf. Er fuhr dann zu der Adresse, die ihm die Frau durchgab.«

»Sagte sie ihren Namen?«

»Thaler«, hebt Denise die Schultern. »Wir gehen ohnehin davon aus, dass es ein Fake war. Wir wissen aber nun, dass mindestens eine weitere Person beteiligt ist, denn die Entführer waren laut der Aussage von Alina Thaler ja beide Männer. Hinzu kommt noch der Fahrer der Limousine, falls es sich nicht um diese Frau gehandelt hat.«

»Die Kenntnis des Namens der Freundin und der Handynummer des Chauffeurs deuten ebenfalls auf Insiderinformationen hin«, fährt Tobias mit seinem Bericht fort. »Viktor Zöller begab sich umgehend zu der angegebenen Adresse, fand dort aber nur diese Lagerhalle. Als er sie sich anschauen wollte, bekam er hinterrücks eins über den Schädel und verlor das Bewusstsein. Stunden später gelang es ihm, seine Fesseln zu zerreißen. Infolge einer Schädelfraktur und einer starken Gehirnerschütterung brach er auf der Straße erneut zusammen und erwachte erst am nächsten Morgen im Krankenhaus, das er gegen den ausdrücklichen Rat der Ärzte sofort wieder verließ, um sich bei seinem Arbeitgeber zu melden.«

»Die Spurenlage belegt die Aussage dieses Mannes zumindest«, interpretiert Jürgen Vogel den auffordernden Blick Donners, eine Stellungnahme dazu abzugeben, völlig korrekt. »Die Kabelbinder wurden definitiv durchgerissen, was auf eine unmenschliche Kraftanstrengung hindeutet und auch nicht ohne schwerste Verletzungen an den Handgelenken abgegangen sein dürfte. Das Blut auf dem Fußboden und das an den Fesseln stammt von ein und derselben Person. Ein DNA-Vergleich wird, sofern es gewünscht ist, Gewissheit bringen. Die Reifenabdrücke vor dem Grundstück sind definitiv von gestern und gehören zu zwei verschiedenen Autos, vermutlich einem PKW der Marke Toyota und einer Stretch-Limousine von Mercedes, was dem von Zöller verwendeten Gefährt entspräche.«

»Danke, Jürgen, das war recht aufschlussreich«, nickt Donner ihm zu. »Eventuell könnte man die gefundenen Reifenprofile noch mit denen anderer Fahrzeuge aus Alexander von Kaltenbachs Fuhrpark abgleichen, doch das halte ich momentan eher nicht für erforderlich. Wir haben Dringenderes zu tun und viel zu wenig Zeit. Ich werde aber auf jeden Fall die Kollegen von der Streife anweisen, sich nach dieser Limousine umzuschauen, die muss ja irgendwo abgeblieben sein. Ist Amara mit ihrer Analyse der Sprachaufzeichnung schon weitergekommen?«

»Da ist nichts zu machen, sagt sie. Es ist ihr zwar gelungen, die Stimme zu entzerren, aber diese wurde, wie sie ja bereits vermutet hatte, mit einem Vocoder künstlich hergestellt. Aus diesem Grund gibt es keine verräterischen Hintergrundgeräusche, was bei den wenigen Sekunden von Samanthas Hilferuf übrigens auch nicht der Fall ist.«

»Nun gut«, übernimmt Bettina Kowalski wieder mit einem vernehmlichen Räuspern die Moderation. »Ich denke, dass wir auf eine DNA-Analyse der Blutspuren für den Augenblick verzichten können. Die Aussage Zöllers erscheint mir plausibel. Gibt es sonst noch irgendetwas von Belang von eurer Seite? Ich würde ansonsten jetzt gerne zur Einsatzbesprechung übergehen. Soeben kam eine SMS herein, dass die von mir angeforderten Spezialisten in spätestens einer halben Stunde hier sein werden!«

»Wir haben da womöglich noch was«, meldet sich Wolfgang Müller unerwartet zu Wort und kramt in einer Dokumentenmappe. »Alina Thaler konnte sich heute an einige Dinge erinnern, die sie gestern unter dem erlittenen Schock vergessen hatte. Eines davon ist ein ziemlich auffälliges Tattoo, das sie bei einem der Männer gesehen hatte. Er trug es am Unterarm direkt über dem Handgelenk und sie hat es auf einem Foto gleich wiedererkannt«, fügt er bedeutungsvoll hinzu und heftet einen Ausdruck davon an die Tafel. »Ich dachte, das könnte euch interessieren!«

»Das … Das kenne ich!«, haucht Denise Malowski erschrocken. Sie hat persönlich sehr negative Erinnerungen daran, und das seit ihrer frühesten Kindheit. Die Männer, die sie im zarten Alter von drei Jahren entführten, trugen dieselben Drachenbilder an den Armen! »Exakt dieses Tattoo hatten die sogenannten Drachenbrüder, erinnert ihr euch? Dass du das überhaupt noch auf deinem Handy hast!«

»Dieses Bild hatten wir damals wegen der Zeugenbefragungen alle mobil dabei«, entsinnt sich Chrissie.

Sie hatte erst kurz vorher als Kommissaranwärterin angefangen. »Und Wolfgang wirft halt nie was weg!«

»Aber von den Drachenbrüdern lebt keiner mehr! Der Anführer wurde 2016 ermordet, einer verstarb 2008 an einem Schlaganfall und der dritte 2017 an Krebs. Weitere Mitglieder gab es nicht, zumal die heute an die siebzig Jahre alt wären. Der rechtsradikale Politiker Herbert Berger, der diese Terrorgruppe finanziert hatte und auch für den Tod ihres Anführers verantwortlich ist, verbüßt derzeit eine lebenslange Freiheitsstrafe!«

»Und was ist mit dem Sohn?«, will Donner wissen. Wie alle im Raum, Bettina Kowalski eingeschlossen, erinnert er sich lebhaft an die Vorkommnisse von vor fünf Jahren. »Der hatte doch auch jemanden getötet und Chrissie, die ihm zu neugierig geworden war, so schwer verletzt, dass sie wochenlang im Koma lag.«

»Der ist in der geschlossenen Psychiatrie«, gibt die Kommissarin einsilbig zurück. Sie hat Michael Berger aus nachvollziehbaren Gründen seit damals nicht aus ihrem persönlichen Fokus verloren und ist daher auf einem aktuellen Wissensstand. »Bei dem Tattoo, das Alina bei einem der Kidnapper gesehen hat, kann es sich aber durchaus auch um eine rein zufällige Übereinstimmung handeln, da solche Motive momentan wieder sehr beliebt sind.«

»Die Kenntnis über das Tattoo hilft uns im Augenblick nicht viel weiter. Wir könnten höchstens Herrn von Kaltenbach fragen, ob er jemanden mit einem solchen Drachenmotiv kennt«, beschließt Bettina mit einem Blick zur Uhr. »Außerdem soll er uns schnellstmöglich die Aufnahmen der Überwachungskameras der ganzen letzten Woche zur Verfügung stellen. Es könnte ja sein, dass das Anwesen vor der Entführung observiert wurde. So, jetzt ist es aber endgültig an der Zeit für die Einsatzbesprechung! Wir sollten mindestens eine Stunde vorher an Ort und Stelle sein, um keinen Verdacht zu erregen, und unser Lockvogel muss auch noch verkabelt werden. Das erledigen meine Spezialisten aber unterwegs. Sobald sie eingetroffen sind, geht es deshalb sofort los!«

* * *

**Samstag, 3. Juli. 13:55 Uhr**

»Können Sie mich hören, Herr von Kaltenbach?«, fragt Bettina Kowalski über Funk an, um ein letztes Mal die Verbindung zu testen. Sehen kann sie seinen Wagen nicht, da sie sich dreihundert Meter entfernt von der Stelle am Rheinufer, die von den Kidnappern für die heutige Kontaktaufnahme vorgesehen wurde, auf die Lauer gelegt hat. Die kodierte Frequenz, über die sie mit ihm kommuniziert, ist zudem auf diesen Radius begrenzt, sodass eine äußerst minimale und nur theoretische Gefahr einer Ortung besteht.

Dem ausgefeilten Plan gemäß, den sie gemeinsam mit Donners Ermittlern ausgetüftelt hatte, sind zwei hochmoderne Funkpeilwagen aus dem Fundus des BKA ein Stück rheinaufwärts in Ufernähe stationiert. Die Spezialisten in den als handelsübliche Wohnmobile getarnten Spezialfahrzeugen sollen im Falle einer Antwort der Entführer deren Standort zu lokalisieren versuchen. Mit etwas Glück könnte die Triangulation des Signals eine metergenaue Ortung ergeben.

Eine wechselseitige Kommunikation ist zwar laut den detaillierten schriftlichen Instruktionen eigentlich nicht vorgesehen, aber man hofft, die Kidnapper mit der dringenden Bitte um Beschaffung des lebenswichtigen Medikamentes und der Forderung nach einem täglichen Lebenszeichen ihrer Geisel aus der Reserve locken zu können.

In der berechtigten Annahme, dass die Entführer aufgrund der geringen Reichweite mobiler CB-Funkgeräte nicht weiter als zwei oder allerhöchstens drei Kilometer entfernt sein werden, haben sich die vier Kommissare mit jeweils einem Kollegen vom Bundeskriminalamt auf ebensoviele Zivilfahrzeuge verteilt und warten beidseitig des Flusses an den Eckpunkten eines gedachten Quadrates von zweitausend Metern Kantenlänge auf ihren Einsatz.

Wenn ihre Berechnungen stimmen, wird man im ungünstigsten Fall nicht weiter als einen Kilometer vom Standort der Erpresser entfernt sein. Sobald eine bestätigte Peilung vorliegt, kommt Alexander von Kaltenbach die schwierige Aufgabe zu, die Entführer hinzuhalten, bis der am nächsten stationierte Posten sie erreicht hat und sich unauffällig an ihre Fersen heften kann. So weit zur Theorie.

»Ich höre sie laut und deutlich, Frau Malowski!«, ertönt die leicht nervös klingende Antwort in ihrem Ohr. Die Verwechslung mit ihrer Schwester ist insofern verständlich, als Alexander von Kaltenbach noch nichts von einer Zwillingsschwester weiß und ihre Stimmen bis auf eine geringfügig andere Sprechweise gleich klingen.

»Gut«, gibt sie zurück, ohne das Missverständnis aufzuklären. Dafür ist später immer noch Zeit und von großer Wichtigkeit ist es ohnehin nicht. »Uhrenvergleich! Bei mir ist es jetzt genau 13:56!«

»Check!«, ertönt es nach zwei Sekunden.

»Okay! Um Punkt 14:00 funken Sie die Entführer wie gefordert an und nennen denen die von Ihnen vorgesehene Lösegeldsumme«, erinnert sie ihn ein letztes Mal an das vorangegangene Briefing. »Es wird höchstwahrscheinlich keine Antwort erfolgen, daher werden Sie umgehend auf Samanthas Krankheit zu sprechen kommen und die Kidnapper auffordern, das Medikament zu beschaffen. Vergessen Sie nicht, ein tägliches Lebenszeichen zu verlangen! Lassen Sie sich notfalls irgendetwas einfallen, um eine Reaktion zu provozieren. Wir benötigen unbedingt eine Antwort! Haben Sie das so weit verstanden?«

»Ich will es versuchen!« Die Stimme im Kopfhörer zittert hörbar. Dafür, dass eventuell das Leben seiner Tochter auf dem Spiel steht, hält er sich aber tapfer.

»Sie machen das schon! Viel Glück!« Bettina wechselt auf eine andere Frequenz. »Es geht los!«, wendet sie sich an die Männer in den Peilfahrzeugen und an die Kollegen auf den Lauerposten. »Bringen wir das Kind nach Hause, Leute!« Es klingt beinahe wie ein Schlachtruf.

\* \* \*

»Hier spricht Alexander von Kaltenbach!«, ertönt es jetzt aus ihrem Ohrhörer, nachdem sie wieder auf den vorherigen Kanal umgeschaltet hat. Es ist Punkt 14:00 Uhr.

»Sprechen Sie weiter!«, ermuntert sie ihn, weil er eine Pause macht. Er wartet wahrscheinlich routinemäßig auf eine Bestätigung, wie das bei Konversationen dieser Art normalerweise üblich ist. Eine solche ist von den Erpressern jedoch zumindest heute nicht vorgesehen. »Sagen Sie einfach ihr Sprüchlein auf, Sie machen das wirklich sehr gut!« Die Gefahr, dass ihre Unterhaltung über Funk mitgehört wird, ist nicht gegeben, da ihr Gesprächspartner selbstverständlich ebenfalls einen Ohrstöpsel trägt. Und solange er die Sendetaste an seinem Mikro nicht betätigt, geht seine Stimme ja nicht über den Äther.

»Äh … Ja. Also, ich biete Ihnen für die Freilassung meiner Tochter Samantha ein Lösegeld in Höhe von einer halben Million Euro!« Wieder eine Pause, eine Reaktion erfolgt erwartungsgemäß auch jetzt nicht.

Bettina hat zwar im Gegensatz zu ihrer Schwester keine Kinder, aber trotzdem eine gewisse Vorstellung davon, wie der Vater einer elfjährigen Tochter sich in dieser Situation fühlen muss. Er spricht praktisch ins Leere, ohne zu wissen, ob er überhaupt gehört wird. Und währenddessen ängstigt sich Samantha womöglich zu Tode, das Kind ist immerhin schon seit vierundzwanzig Stunden in der Gewalt der Verbrecher! »Weiter!«, fordert sie ihn ungeduldig auf. Von seiner Glaubwürdigkeit hängt jetzt alles ab! »Erwähnen Sie das Medikament!«

»Ich bitte Sie!«, fleht der verzweifelte Vater in das Mikrofon seines Funkgeräts. »Samantha ist dringend auf ein lebenswichtiges Medikament angewiesen! Sie müssen es ihr beschaffen! Sie kann sterben, wenn sie es nicht regelmäßig einnimmt!« Anschließend liest er die genaue Bezeichnung langsam und deutlich von einem Zettel ab, wie Bettina weiß. »Und ich bestehe darauf, bis zur Übergabe des Lösegeldes täglich ein nachprüfbares Lebenszeichen meiner Tochter zu erhalten!«, schließt er seine Rede fast trotzig ab.

»Hervorragend, das war sehr überzeugend!«, lobt die Erste Hauptkommissarin ihn sofort. »Also, wenn das nicht geholfen hat, weiß ich es auch nicht!« Indes bleibt es im Äther aber weiterhin stumm. Es herrscht eine unheilvolle Stille, nur das übliche Hintergrundrauschen ist zu hören. Bettina wagt kaum, zu atmen.

Eine endlose Minute vergeht ereignislos, dann die Zweite und noch eine Dritte. Schließlich, als sie ihre Hand schon zum Funkgerät ausstrecken will, um den Einsatz abzublasen, knackt es plötzlich vernehmlich in von Kaltenbachs Empfänger und eine tiefe männliche Stimme sagt hastig genau fünf Worte: »Warten Sie weitere Instruktionen ab!« Kaum zwei Sekunden hat das gedauert, danach ist es endgültig still.

»Habt ihr das mitbekommen?«, erkundigt sie sich umgehend bei den in ihren Peilfahrzeugen lauernden Spezialisten. Die Durchsage war zwar nur kurz, doch bei den beiden handelt es sich um wahre Zauberer.

»Klar, aber wir hatten aufgrund der geringen Zeitdauer keine Gelegenheit, unsere Antennen genügend exakt auf das Signal auszurichten«, erhält sie von dem Kollegen auf der anderen Rheinseite eine halbwegs erwartete Antwort. »Das infrage kommende Gebiet ist daher mindestens einen Quadratkilometer groß. Es liegt aber auf jeden Fall auf deiner Seite, ich gebe dir die Koordinaten des Zentrums durch.«

»Wir sind am nächsten dran«, meldet sich Denise Malowski sofort, nachdem der Mann den leider nur unzureichend angepeilten Standort durchgegeben hat. »Wir machen uns umgehend auf den Weg!«

»Wir schließen uns an«, fügt Tobias Heller hinzu, der sich mit seinem BKA-Kollegen auf derselben Seite befindet und augenscheinlich nicht viel weiter davon entfernt ist. Im Klartext heißt das nichts anderes, als dass die Kidnapper sich die ganze Zeit über in ihrer Nähe aufgehalten haben müssen, da Alexander von Kaltenbach, die beiden Peilfahrzeuge und sie selbst im Zentrum des überwachten Planquadrates stehen! Entschlossen dreht Bettina Kowalski den Zündschlüssel, um sich ebenfalls an der Jagd zu beteiligen.

# Kapitel 5

»Wir hatten nicht den Hauch einer Chance, diese Kerle heute zu erwischen!«, bringt Tobias Heller das wenig erfreuliche Ergebnis der Aktion auf den Punkt. »Dazu war das angepeilte Gebiet mit einem Quadratkilometer Fläche viel zu groß.« Er zeigt auf die Karte, die er sofort nach seiner Rückkehr angefertigt hatte.

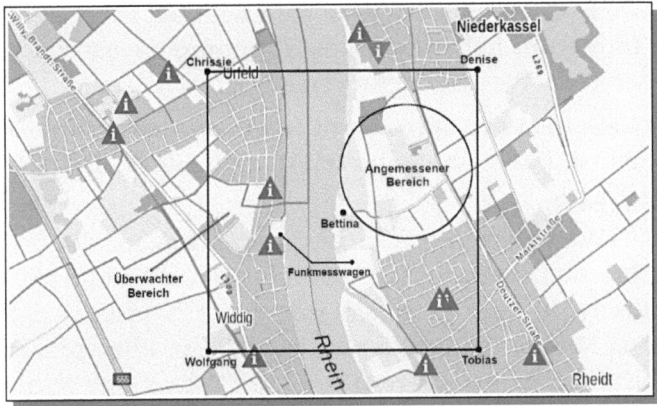

Als Grundlage hatte er dafür bewusst eine Funkzellenkarte der Bundesnetzagentur verwendet. »Ja, wenn wir die versprochene ›metergenaue Peilung‹ erhalten hätten«, malt er mit den Fingern Anführungszeichen in die Luft. »Dann wäre Denise in einer oder längstens zwei Minuten dort gewesen, sie war nur einen Kilometer entfernt.«

»Das Signal war zu kurz«, nimmt Bettina Kowalski ihre Ortungsspezialisten in Schutz. »Es war ja schon eine wahre Glanzleistung von ihnen, innerhalb der zwei Sekunden überhaupt eine grobe Peilung vorzunehmen. Und der genaue Standort hätte uns ohnehin nur dann etwas genutzt, wenn es von Kaltenbach gelungen wäre, die Entführer in ein Gespräch verwickeln und sie dadurch lange genug an Ort und Stelle zu bannen. Ich sage es nicht gern, aber das war eine Pleite auf der ganzen Linie!«

»Es war ja kein vollständiger Fehlschlag, Bettina«, widerspricht Donner ihr mit verkniffener Miene. Das Unbehagen, momentan im eigenen Kommissariat die zweite Geige zu spielen, ist ihm deutlich anzusehen. »Immerhin haben wir eine Stimmprobe von einem der Kerle. Was sagt denn von Kaltenbach dazu?«

»Der hat den Sprecher nicht erkannt, wenn du das meinst. Das habe ich ihn selbstverständlich als Erstes gefragt!«

»Wir haben aber noch etwas erreicht«, meldet sich Chrissie Ohlsen. »Es ist uns gelungen, die Kidnapper aus der Reserve zu locken! Jede Wette, dass die in den drei Minuten Funkstille bei irgendwem Rücksprache gehalten haben. Warum wohl hat Tobias eine seiner ach so beliebten taktischen Karten, mit denen er uns ständig ›beglückt‹, ausgerechnet auf eine Funkzellenkarte gepinselt?«, grinst sie anzüglich.

»Ja, warum eigentlich, Tobias?«, hebt Donner die Augenbrauen. Es gibt wenig, was sein Stellvertreter ohne irgendwelche Hintergedanken tut. »Das würde mich auch brennend interessieren!«

»Zunächst einmal finde ich es merkwürdig, dass man sich durch die Forderung nach dem Medikament derart aus der Fassung bringen ließ, wo man doch so gut über die Familienverhältnisse informiert zu sein scheint«, gibt Heller zurück. »Das sollten wir zumindest im Hinterkopf behalten! Aber du hast recht, Chrissie. Ich bin in der Tat davon überzeugt, dass die Entführer überrascht waren und sich zunächst rückversichert haben. Die ungeplante Antwort über Funk war wohl eher ein Ausrutscher. Es bedeutet aber, und da hat Chrissie wieder recht, dass es uns gelungen ist, die Kidnapper aus der Reserve zu locken. Und jetzt kommt mein Plan: Wie ihr auf der Grafik seht, gibt es im Umfeld des angemessenen Bereichs nur drei oder bestenfalls vier relevante Funkzellen, und die sollten wir umgehend auswerten lassen!«

»Um dann was genau zu erfahren?«, unterbricht Donner ihn unwirsch. »Den Standort der Kidnapper zum Zeitpunkt der Kontaktaufnahme zu kennen, bringt uns jetzt nichts mehr! Oder glaubst du etwa, dass die sich immer noch dort aufhalten?«

»Ich hatte dabei selbstverständlich keine Triangulation im Sinn! Aber es wäre bestimmt möglich, die Nummer herauszufinden, die angerufen wurde. Und wenn wir die erst haben, ist mit ein wenig Aufwand auch bald die Funkzelle bekannt, in der das entsprechende Handy eingebucht war. Oder es handelt sich dabei vielleicht sogar um eine Festnetznummer, was noch besser wäre! Das Zeitfenster für die Abfrage ist zum Glück sehr klein, es umfasst weniger als fünf Minuten.«

»Hm!«, brummt Wolfgang Müller. »Die Sache hat leider nur einen ganz gewaltigen Haken, Tobias. Wir werden nämlich garantiert keinen Gerichtsbeschluss für die Funkzellenauswertung erhalten. Wir kennen ja die Mobilfunknummer nicht, weshalb *alle* innerhalb dieser fünf Minuten in den Sendemasten eingebuchten Mobiltelefone und die damit aufgebauten Verbindungen überprüft werden müssen. Und das ist nicht erlaubt!«

»Das entspricht nicht ganz den Tatsachen«, erhebt Bettina Kowalski ihre Stimme und setzt damit dieser Diskussion ein abruptes Ende. »Die Entführer haben sich noch nicht zum Lösegeldangebot geäußert, und solange das nicht geschehen ist, gehen wir weiterhin davon aus, dass sie hinter den geheimen Forschungsergebnissen von *Kaltenbach Industries* her sind. Ich darf dazu nichts Genaueres sagen, aber es handelt sich dabei unter Umständen um eine Angelegenheit von nationalem Interesse!«

Sie schaut bedeutungsvoll in die Runde, bevor sie weiterspricht. »In diesem Fall habe ich durchaus die Möglichkeit, eine solche Funkzellenauswertung per Gerichtsbeschluss anordnen zu lassen. Allerdings werden wir uns darauf einrichten müssen, dass es einige Tage dauern wird, bis wir ein Ergebnis haben. Solange keine neuen Anweisungen der Entführer zur Lösegeldforderung vorliegen, sind uns bis dahin die Hände gebunden. Daher werden wir die bereits angesprochenen Flyer schon jetzt an alle Apotheken im Umkreis von, sagen wir zwanzig Kilometern verschicken. Oder fällt euch noch etwas anderes ein, das wir in der Zwischenzeit tun können?«

* * *

Wie sich schnell herausstellte, gibt es doch noch einiges zu tun, bis sich die Entführer erneut melden würden, was aber höchstwahrscheinlich nicht vor morgen früh der Fall sein dürfte. Nachdem das ein Sonntag ist, haben sich alle widerspruchslos in ihr Schicksal ergeben, und sich endgültig vom Wochenende verabschiedet.

Christina Ohlsen und Wolfgang Müller werden in den nächsten Stunden und Tagen reichlich mit dem naturgemäß umfangreichen Videomaterial der Überwachungsanlage der letzten Woche zu tun haben, das ein Bediensteter Alexander von Kaltenbachs vorhin im Kommissariat abgeliefert hatte.

Denise Malowski und Tobias Heller sind derweil, jetzt mit dem Segen ihres offiziellen Chefs, auf dem Weg zur Zentrale des Kurierdienstes in Lohmar, der für die Zustellung der Instruktionen der Kidnapper von heute Morgen verantwortlich ist. Nach erneuter eingehender Beratung war man gemeinsam zu der Überzeugung gelangt, dass dies höchstwahrscheinlich unverfänglich sei. Im Falle einer ohnehin äußerst fraglichen Beteiligung des jugendlichen Fahrradkuriers an der Entführung wäre die heutige Reaktion der Kidnapper sicherlich ganz anders ausgefallen.

Bettina Kowalski, die sich heute Nachmittag noch eine Unterkunft suchen wollte, nahm mit Freuden das Angebot ihrer Schwester an, für die Dauer der Ermittlungen bei ihr zu wohnen. Sofern es in den kommenden Tagen überhaupt für irgendeinen ein Bett zu sehen geben würde, heißt das.

»Wie geht es dir damit eigentlich?«, will Tobias von seiner Partnerin wissen, die neben ihm stumm ihren Gedanken nachhängt. Wie so oft in letzter Zeit.

»Samantha? Sie ist seit gestern verschwunden. Bei der Suche nach einer vermissten Person sind die ersten achtundvierzig Stunden von elementarer Bedeutung, wie du ja selbst weißt. Aber hier liegt die Sache anders, da uns bekannt ist, dass sie entführt wurde. Zudem haben wir heute einen großen Sieg errungen, da man nun gezwungen sein wird, nach *unseren* Regeln zu spielen. Solange diese Leute nicht bekommen haben, was sie wollen, ist das Mädchen daher hoffentlich außer Gefahr.«

»Das meinte ich nicht, Denise.« Tobias hat sich in der langen Zeit ihrer Zusammenarbeit so sehr daran gewöhnt, dass ihre Gedanken sich stets in die gleiche Richtung bewegen, dass ihm nun schon zum zweiten Mal der Fehler unterlaufen ist, sich etwas ungenau ausgedrückt zu haben. *Irgendetwas scheint sie sehr zu beschäftigen*, denkt er. »Ich wollte eigentlich von dir wissen, wie du damit umgehst, dass deine Schwester hier sozusagen das Kommando übernommen hat.«

»Na ja, erst war ich schon stinksauer, dass sie eine Information, die ich ihr am Telefon gegeben hatte, ausnutzt, um sich hier als Ermittlungsleiterin aufzuspielen«, äußert sie sich nach einigen Sekunden des Nachdenkens. »Doch mittlerweile verstehe ich ihre Beweggründe. Ich glaube zwar nicht so recht an die Geschichte mit dem ›nationalen Interesse‹ – und ich denke, sie tut das im Grunde auch nicht – aber sie kann uns eine Unterstützung bieten, von der wir normalerweise nur träumen können.«

»Und ohne Bettina bekämen wir garantiert keinen Gerichtsbeschluss für eine umfangreiche Funkzellenauswertung«, erinnert Tobias sie an ein wesentliches Detail. »Davon verspreche ich mir eine ganze Menge!« Plötzlich glaubt er, zu wissen, was seine Partnerin in den letzten Tagen so sehr beschäftigt. »Ist es wegen der Beförderung? Bist du deshalb so nachdenklich, weil deine Schwester eine bekommen hat und du nicht? Du hättest uns doch sonst bestimmt davon erzählt!«

»Ach was«, brummt Denise. »Das hab ich wohl nur vergessen. Ich hatte einfach viel um die Ohren und es erschien mir auch nicht so wichtig.« Für den Rest der Fahrt schaut sie stumm aus dem Seitenfenster.

Lohmar gehört mit Hennef und Windeck zu den drei flächenmäßig größten Gemeinwesen im Rhein-Sieg-Kreis, bei gleichzeitig verhältnismäßig geringer Bevölkerungsdichte, was die Fahrwege zwischen den insgesamt dreißig Stadtteilen mit ihren über hundert dazugehörenden Weilern und Höfen zum Teil recht lang werden lässt. Der Kurierdienst, den Denise und Tobias jetzt aufsuchen, befindet sich außerhalb der Ortschaft Kirschheiderbroich unweit der L84 südlich des Anwesens der Familie von Kaltenbach, welches von hier vier Kilometer entfernt ist. Die Fahrt hierhin hatte über die A3 kaum eine Viertelstunde gedauert.

Das schmucklose Ladenlokal, vor dem Tobias den Dienstwagen abstellt, ist eher unscheinbar und in ein normales Wohngebäude integriert, was Denise an die eigene Wohnsituation erinnert. Beim Steuerberaterbüro ihres Mannes verhält es sich genauso. Auf dem Stellplatz stehen außer dem eigenen Fahrzeug zwei

Lieferwagen mit dem Logo des Kurierdienstes, was die Vermutung erhärtet, es handele sich um eine eher kleine Firma, eventuell sogar um einen reinen Familienbetrieb. Eine Annahme, die sich beim Betreten des einzigen Geschäftsraumes zu bestätigen scheint. An zwei Schreibtischen blicken ihnen ein Mann und eine Frau, beide etwa im selben Alter von Anfang bis Mitte vierzig, geschäftsmäßig entgegen und in einem total überladenen Wandregal warten augenscheinlich mehrere Dutzend Päckchen und Briefsendungen auf ihren baldigen Weitertransport.

»Die müssen alle heute noch ausgeliefert werden«, deutet die Frau an dem Arbeitsplatz unmittelbar vor diesem Regal ihren Blick völlig korrekt. »Und deshalb machen wir in wenigen Minuten den Laden dicht, damit mein Mann und ich das heute noch über die Bühne kriegen. Haben Sie auch etwas Eiliges für uns? Das würden wir dann gleich mitnehmen, schneller geht es nirgends!« Jetzt erst scheint sie die Pistolen in den Holstern zu bemerken, denn sie hebt überrascht die Augenbrauen: »Sie sind von der Polizei?« Denise und Tobias zücken synchron ihre Dienstausweise.

»Wir benötigen alle verfügbaren Angaben zu einer Person, die gestern eine Sendung an diese Adresse bei Ihnen in Auftrag gegeben hat«, informiert Tobias Heller die Firmeninhaberin, indem er ihr einen Zettel mit der Anschrift zusammen mit einem erst kurz vor ihrer Abfahrt ausgestellten richterlichen Beschluss zur Herausgabe dieser Information überreicht.

»Alexander von Kaltenbach?«, liest die Frau laut vor. »Die haben Sie knapp verpasst, sie war nämlich, kurz bevor Sie hier hereingeschneit sind, ein zweites

Mal hier! Wie lange ist das jetzt her? Zehn Minuten?«
Ihr Blick wandert zu ihrem Mann, der nur stumm mit
dem Kopf nickt.

* * *

»So, das müsste euch die Arbeit erheblich erleich-
tern!«, sagt Amara Jones selbstbewusst, nachdem sie
eine spezielle, noch von ihrem Vorgänger Klaus
Dreyer entwickelte Software auf den Rechnern der
beiden Kommissare installiert und eingerichtet hat.
Chrissie Ohlsen hatte sich zum Glück rechtzeitig an
eine ähnliche Situation vor Jahren erinnert, wo sie
damit auch die Sichtung von Videomaterial, damals
aus diversen Verkehrsüberwachungskameras, auf ein
Minimum reduzieren konnte. Ansonsten hätten sie
und ihr Partner dieses Mal für die insgesamt einhun-
dertachtundsechzig Stunden Bildmaterial selbst bei
dreifacher Wiedergabegeschwindigkeit drei bis vier
Tage benötigt. Und das non stop!

Der eigentliche Trick ist dabei die Tatsache, dass
die Aufnahmen zu neunzig Prozent unbewegte Bilder
ohne Informationen zeigen. Diese werden durch den
genialen Videofilter automatisch eliminiert, sodass
man den Computer die ganze Arbeit machen lassen
kann. Sobald sich etwas in der Darstellung ändert,
und sei es nur ein Karnickel, das durch das Bild läuft,
gibt es einen akustischen Alarm.

»Ihr braucht dem Programm jetzt nur noch mit
der Maus einen beliebigen Rahmen vorzugeben, den
es bei der Berechnung berücksichtigen soll«, schließt
Amara ihre kleine Einweisung ab und macht es ihnen
an einer Szene gleich vor. »Seht ihr? Es ist kinder-

leicht! Damit solltet ihr das gesamte Bildmaterial in wenigen Stunden durchgesehen haben!«

»Danke, Amara, du bist ein Schatz!«, zeigt sich Wolfgang Müller über die unerwartete Hilfe erleichtert und macht sich mit seiner Partnerin umgehend mit Feuereifer ans Werk, wobei jeder exakt die Hälfte der riesigen Datenmenge zu bewältigen hat.

\* \* \*

»Demnach handelte es sich um eine Frau? Und es war in beiden Fällen dieselbe Person?«, vergewissert sich Denise, nachdem sie mit ihrem Partner einen entgeisterten Blick ausgetauscht hat. *Wie viel Pech kann man denn haben? Nur wenige Minuten haben uns gefehlt, schon wieder!* »Und sie hat vorhin erneut eine Sendung an diese Adresse in Auftrag gegeben? Die ist beschlagnahmt!«

»Ja, es war in beiden Fällen dieselbe Frau, glaube ich wenigstens. Darf ich denn auch den Grund für die Beschlagnahmung wissen?«, insistiert die Firmeninhaberin und macht keine Anstalten, sich zu erheben. Sie hatte sich ihnen als Astrid Funke vorgestellt und führt den Betrieb gemeinsam mit ihrem Mann, der aber noch kein einziges Wort gesagt hat, seit sie den Laden betreten haben. »Was ist mit diesem Brief?«

»Wir untersuchen eine mögliche Verbindung zu einer Straftat«, bleibt Tobias vage. »Wenn Sie uns den Umschlag bitte aushändigen würden? Es ist wirklich äußerst wichtig, und wir haben nicht viel Zeit. Sie erhalten selbstverständlich eine Quittung!«

»Sie sind sich bezüglich der Kundin nicht sicher?«, hakt Denise ein, während Frau Funke sich umständlich erhebt und in dem Regal hinter ihr herumkramt. »Ich meine, dass es sich beide Male um dieselbe Person handelte?«

»Nun ja, ihre äußere Erscheinung und die Stimme waren wohl identisch«, relativiert sie ihre Aussage von vorhin, während sie Tobias Heller einen ungewöhnlich dicken, großformatigen Briefumschlag in die Hand drückt. »Richtig darauf geachtet habe ich natürlich nicht, warum auch? Sie trug einen großen Hut, eine riesige Sonnenbrille und die derzeit leider obligatorische Atemschutzmaske. Von ihrem Gesicht habe ich daher nicht viel zu sehen bekommen. Aber eines war sehr merkwürdig. Sie bestand nämlich darauf, dass ein Fahrradkurier die gestrige Sendung ausliefern solle. Dieser dürfe jedoch keine Hinweise auf unsere Firma an Fahrzeug und/oder Kleidung haben. Als sie vorhin hier war, sagte sie das noch einmal. Und der Brief sollte pünktlich um 08:00 Uhr morgens zugestellt werden. Ist das nicht seltsam? Zumal wir gar keine Fahrradkuriere beschäftigen!«

Denise Malowski blättert in ihrem Notizblock. »Sie haben dann Ihren Sohn losgeschickt?«, vergewissert sie sich. Erst jetzt fällt ihr die Namensgleichheit mit dem Jungen auf, den die Funkstreife gestern angehalten und kontrolliert hatte. Derweil streift sich ihr Partner Handschuhe über und öffnet vorsichtig den ihm überlassenen Briefumschlag.

»Das stimmt, Frau Kommissarin. Jannik hatte sich angeboten, schnell dorthin zu fahren. Es sind ja nur ein paar Kilometer.«

»Wir müssen sofort zum Kommissariat zurück!«, ruft Tobias erregt aus und zeigt Denise das Blatt mit den Instruktionen, außer einem kleinen Speicherchip in einer Schutzhülle und einem zigarettenschachtelgroßen Funkgerät der einzige Inhalt des Umschlags.

»Das haben die ja geschickt eingefädelt!«, erwidert sie beeindruckt, nachdem sie das dicht beschriebene Dokument in aller Eile überflogen hat. »Mit diesen Vorgaben lassen die Verbrecher uns überhaupt keine Zeit, vorher irgendwelche Maßnahmen zu treffen!«

»Ja, aber was die nicht wissen: Wir sind dieses Mal durch einen glücklichen Umstand fünfzehn Stunden früher an ihre Instruktionen gelangt, als von denen geplant! Wir dürfen keine Zeit mehr verlieren!« Mit diesen Worten zieht er das Handy aus der Tasche, um die Kollegen über ihren Fund in Kenntnis zu setzen, und dass es höchst ungünstig wäre, jetzt Feierabend zu machen!

* * *

### An einem trostlosen Ort, zwei Stunden zuvor

Die Tür wird aufgestoßen und dieselbe Frau wie gestern steht unheilverkündend im Raum. Jedenfalls nimmt Samantha dies an, denn auch heute ist ihr Gesicht durch eine schwarze Skimaske verhüllt, die nur ihre Augen freilässt. In der linken Hand hält sie wieder ein elektronisches Gerät, offenbar dieses Mal eine Videokamera, in der anderen eine Tageszeitung. Samantha drängt sich neben der Matratze mit dem Rücken an die Wand und schaut sie mit geröteten, verweinten Augen ängstlich an.

»Heute ist dein Glückstag, Mädchen!«, schnarrt dieselbe harte, unpersönliche Frauenstimme. Durch den dicken Stoff der Maske klingt sie auch jetzt etwas dumpf. »Hier!« Die Frau reicht ihr die Zeitung und einen Zettel. »Setz dich dort auf den Stuhl und halte diese Zeitschrift gut sichtbar in die Kamera. Du wirst deinen Eltern nun eine Videobotschaft übermitteln, mach also ein freundliches Gesicht! Und noch eins, Kind: Wage es ja nicht, etwas anderes zu sagen als das, was auf diesem Zettel steht!«

\* \* \*

Die Tageszeitung, eine Ausgabe vom *Rhein-Sieg-Echo*, die Samantha mit der Titelseite nach vorne vor ihren Bauch hält, ist eindeutig von heute, darüber besteht kein Zweifel. Die andere Hand klammert sich zitternd an einen kleinen Zettel, auf den sich ihr von Tränen verschleierter Blick konzentriert. Alle Anwesenden starren mit versteinerten Gesichtern auf den Monitor.

»Oh, mein Gott!«, flüstert Chrissie Ohlsen erschrocken, als sie das extrem eingeschüchtert aussehende Mädchen sichtlich verkrampft in die Kamera lächeln sieht. Der Ausschnitt ist so gewählt, dass außerdem nur ein Stück Wand sichtbar ist. »Dieses arme Kind ist mit den Nerven völlig am Ende!« Die ganze Szene wirkt gestellt, offenbar wurde Samantha von ihren Häschern sorgfältig auf diesen Auftritt vorbereitet.

Alexander und Helene von Kaltenbach sind über *FaceTime* ebenfalls virtuell anwesend. Um keine Zeit zu verlieren, hatten sich Bettina Kowalski und Peter Donner, der ja immer noch der offizielle Leiter des Kommissariats ist, für diesen Weg entschieden, die Eltern an der eilig einberufenen Besprechung teilnehmen zu lassen. Während das starre Gesicht des Vaters keine oder nur wenige der Emotionen widerspiegelt, die zweifelsohne in ihm toben, schlägt die Mutter erschrocken eine Hand vor den Mund, als sie ihren kleinen Liebling so leiden sehen muss. Es ist zudem das erste Mal seit der Entführung ihrer Tochter, dass sie sich überhaupt blicken lässt.

»Hallo Mama, hallo Papa«, murmelt das Mädchen fast unhörbar, wobei es die Augen starr auf den Zettel gerichtet hält. Offenbar hat ihr aber jetzt der unsichtbare Kameramann – oder Kamerafrau – ein Zeichen gegeben, etwas lauter zu sprechen, denn die nächsten Worte kommen schon sehr viel verständlicher, aber nichtsdestotrotz mechanisch aus ihrem Mund: »Man behandelt mich gut, und ich bekomme regelmäßig zu essen. Macht euch keine Sorgen. Die haben gesagt, sobald ihr das Lösegeld gezahlt habt, werde ich sofort freigelassen. Ich hab euch beide lieb!«

Die letzten Worte standen so sicher nicht auf dem Zettel, denn Samantha stößt sie mit klarer Stimme und voller Gefühl hervor. Den Blick hat sie dabei fest auf das Kameraobjektiv gerichtet, sodass es scheint, als schaue sie jeden einzelnen im Besprechungsraum an. Dann wird das Bild übergangslos schwarz.

»Ich bin Ihnen noch eine Erklärung schuldig, Herr Heller«, zerreißt die hörbar bewegte Stimme des Vaters die erdrückende Stille, die nach dem Ende des kurzen Clips eingetreten ist. »Erinnern Sie sich? Sie fragten mich gestern, weshalb wir unser Kind nicht auf ein Internat schicken. Hier ist nun die Antwort: Wir wollen auch nicht einen Augenblick länger auf unseren kleinen Liebling verzichten, als es unbedingt notwendig ist! Lieber lasse ich Samantha rund um die Uhr von meinen Sicherheitsleuten bewachen! Sie war außerdem mit dieser Lösung einverstanden!«

*Es blieb ihr ja wohl kaum etwas anderes übrig*, denkt Denise stirnrunzelnd. *Ob das Kind in diesem goldenen Käfig glücklich ist, wage ich jedoch zu bezweifeln! Leonie würde sich jedenfalls mit Recht eingesperrt vorkommen, wenn so einer auf Schritt und Tritt an ihr klebt.*

»Der Speicherchip kommt sofort in die Forensik!«, bestimmt Donner nach mehrmaligem Räuspern, um den Belag von seiner Stimme loszuwerden. Der kurze Vortrag eines zu Tode verängstigten Kindes hat nicht nur die Eltern schmerzlich berührt. »Amara soll ihn sich umgehend vornehmen und die üblichen Tests daran durchführen, ihr wisst schon!«

Selbstverständlich war der Umschlag sofort nach der Rückkehr der Hauptkommissare samt Inhalt von den Spezialisten in aller gebotenen Eile auf äußere Spuren untersucht worden. Aus Zeitgründen musste jedoch eine gründliche forensische Untersuchung des Speicherchips auf später verschoben werden, da dieser womöglich wichtige Informationen enthalten hätte können.

Während Chrissie Ohlsen den Botengang im Laufschritt erledigt, wendet sich Bettina Kowalski erneut dem Bildschirm mit dem Videochat zu, von wo sie aber jetzt nur noch Alexander von Kaltenbach ernst anschaut. »Meine Frau lässt sich für den Augenblick entschuldigen«, äußert er sich bedrückt, als er ihren fragenden Blick auf sich gerichtet sieht. »Das war wohl alles etwas viel für sie, aber immerhin wissen wir nun, dass unser Kind den Umständen entsprechend wohlauf ist.«

»Nun, es geht mir momentan auch eher um *Ihre* Teilnahme«, nickt Bettina Kowalski verständnisvoll. »Schließlich kommt Ihnen der Löwenanteil dessen zu, was jetzt erforderlich ist, um Ihre Tochter aus den Händen der Kidnapper zu befreien. Das Schreiben mit den detaillierten Instruktionen bezüglich der für morgen früh geplanten Lösegeldübergabe haben Sie ja vorhin bereits per Fax erhalten. Das Funkgerät bekommen Sie rechtzeitig vor der Abfahrt ausgehändigt, es wird derzeit noch auf Fingerabdrücke und so weiter untersucht.« Sie legt eine kurze Pause ein, um sich die nächsten Worte zurechtzulegen.

»Sie werden allerdings entgegen dem ausdrücklichen Wunsch dieser Leute auch dieses Mal nicht ganz allein unterwegs sein!«, fährt sie dann fort. »Die Zeit für eine exakte Planung unsererseits ist dank einer glücklichen Fügung zum Glück mehr als ausreichend. Ich möchte Ihnen daher zunächst ausführlich erläutern, wie wir vorzugehen gedenken.«

Anschließend bringt sie ihm und den Mitarbeitern aus Donners Kommissariat ihren in der Zwischenzeit rasch entworfenen Einsatzplan zu Gehör, der jedoch im Zuge einer besonders hitzig geführten Diskussion innerhalb der nächsten Stunde noch die eine oder andere geringfügige Änderung erfährt. Schließlich legt sie müde, aber einigermaßen zufrieden, den Stift aus der Hand, mit dem sie die eingebrachten Verbesserungen an die Tafel geschrieben hatte, und wendet sich ein letztes Mal an die Kollegen.

»Ich denke, so können wir es machen. Ich möchte mich für die tatkräftige Mitarbeit an diesem Plan und für den unermüdlichen Einsatz bei euch allen herzlich bedanken. Ihr fahrt jetzt am besten nach Hause und versucht, noch eine Mütze Schlaf zu nehmen. Wir sehen uns morgen um Punkt 07:00 Uhr hoffentlich ausgeruht an dieser Stelle wieder!«

# Kapitel 6

*Sonntag, 4. Juli, 08:45 Uhr*

*»Steigen Sie in Siegburg in den Nahverkehrszug, der heute um 08:46 Uhr auf Bahnsteig 2 in Richtung Siegen abfährt. Bringen Sie das Geld mit. Es muss exakt dieser Zug sein, finden Sie sich also rechtzeitig am Bahnsteig ein. Kommen Sie allein, keine Polizei! Suchen Sie sich am besten sofort in Fahrtrichtung rechts einen Fensterplatz. Wir melden uns zu gegebener Zeit unterwegs über das Walkie-Talkie, welches diesen Anweisungen beiliegt. Verändern Sie auf gar keinen Fall die von uns voreingestellte Funkfrequenz!«*

\* \* \*

Der Regionalexpress RE 9 fährt pünktlich auf die Minute, von Köln kommend, in den für einen Sonntagmorgen ungewöhnlich stark frequentierten Bahnsteig des Siegburger Hauptbahnhofs ein und hält mit zischenden Bremsen an. Gut ein Dutzend ungeduldig wartende Passagiere drängeln sich sogleich an den unmittelbar vor ihnen zum Stehen gekommenen Waggon. Er ist bis auf wenige Reisende leer, die jetzt aber größtenteils aussteigen.

Alexander von Kaltenbach, der mit einem großen Aluminiumkoffer in der Hand seit fast einer halben Stunde bereitsteht, wobei er ständig nervös von einem Bein aufs andere trat, wird innerhalb weniger

Augenblicke von der ungestüm vorwärtsstrebenden Menge eingekeilt und beinahe gegen seinen Willen zum Zug geschoben.

Ein junger Mann hat es offenbar besonders eilig, in das Abteil zu kommen und rempelt ihn auf dem Weg dorthin unsanft von der Seite an. Dabei lässt er unbemerkt einen etwa zigarettenschachtelgroßen Gegenstand in seine Jackentasche fallen, bevor er sich, eine Entschuldigung murmelnd, an ihm vorbeidrängelt. Wenig später haben alle einen Sitzplatz gefunden und der Zug setzt sich mit einem Ruck in Bewegung. Bis er an seinem Zielbahnhof ankommt, werden vierundsechzig qualvolle Minuten vergehen.

Was Alexander von Kaltenbach nicht weiß, oder jedenfalls nicht genau, ist die Tatsache, dass mit ihm zusammen ein halbes Dutzend Beamte des Bundeskriminalamtes eingestiegen sind. Der Mann, der ihm kurz vor dem Einsteigen heimlich das Walkie-Talkie zugesteckt hatte, ist einer davon.

Alle sechs Zivilbeamte tragen verdeckt unter ihren extra weit geschnittenen Jacketts Schusswaffen und an den Revers getarnte Body-Cams in Miniaturausführung, da man davon ausgeht, dass die Kidnapper mindestens einen Beobachter im Abteil sitzen haben. Von ihm wird man am Ende des Tages hoffentlich ein paar schöne Gesichtsfotos besitzen. Da die Entführung der kleinen Samantha ein höherwertiges Recht verletzt, nämlich das auf körperliche Unversehrtheit, wurde der Schutz der Persönlichkeit für die übrigen Passagiere bezüglich der ohne Zustimmung angefertigten Aufnahmen durch Gerichtsbeschluss vorübergehend ausgehebelt.

Dies alles sozusagen über Nacht zu organisieren, darf man durchaus als eine persönliche Meisterleistung Bettina Kowalskis bezeichnen, die in unermüdlichen, stundenlangen Telefonaten ihre sämtlichen Kontakte und Verbindungen in allerhöchste Kreise darauf verwendete, diesen heutigen Großeinsatz in Rekordzeit auf die Beine zu stellen.

Außerdem sind ab sofort, da der von den Entführern benutzte Kurierdienst in Lohmar auch an den Wochenenden Aufträge entgegennimmt, zwei ihrer Beamten abgeordnet worden, die dort im vierstündlichen Wechsel Wache schieben. Sollte die geheimnisvolle Frau erneut auftauchen, um eine Zustellung zu beauftragen, ist man jetzt vorbereitet und kann ihr im günstigsten Fall zu ihrem Versteck folgen.

Das im Zug mitfahrende Personal ist aber beileibe nicht das ganze Aufgebot. Links und rechts der Gleise wird der Regionalexpress zusätzlich von den beiden schon bekannten, als Wohnmobile getarnten Funkpeilwagen mit jeweils weiteren vier Polizisten in Zivil an Bord begleitet, was durch ein bestens ausgebautes Straßennetz beidseitig der Schienenstrecke begünstigt wird.

Sobald die Entführer die Anweisung erteilen, den Koffer aus dem Abteilfenster zu werfen, denn genau davon muss man gemäß dem Wortlaut der Instruktionen ausgehen, werden beide Fahrzeuge unverzüglich stoppen und das Funksignal anpeilen. Aufgrund des verwendeten Walkie-Talkies kann die Gegenstation nach Meinung der Spezialisten nur im Umkreis von fünfhundert Metern zu finden sein.

Gleichzeitig werden die Polizisten auf der Abwurf-seite ihr Fahrzeug verlassen und die Aufschlagstelle des Geldkoffers unter Beobachtung halten, bis dieser geborgen wird. Tobias Heller konnte anhand einer Satellitenkarte der Zugstrecke eine Handvoll Stellen ausmachen, die aufgrund fehlender Wohnbebauung besonders dafür infrage kommen. Die Verfolgung soll dann in der Luft mittels einer hochmodernen Kame-radrohne sichergestellt werden.

* * *

»Uff!« Christina Ohlsen legt seufzend die Compu-termaus beiseite und reibt sich mit den Handballen über die vom unermüdlichen Starren auf den Bild-schirm brennenden Augen. »Es sind gerade mal drei-undvierzig Stunden seit der Entführung vergangen«, stellt sie mit einem Blick zur Uhr fest. »Mir kommt es so vor, als wären wir schon tagelang im Einsatz!«

Entgegen Amara Jones' optimistischen Prognosen dauert die Sichtung des Videomaterials nun bereits erheblich länger an als ein paar Stunden. Der Haupt-grund dafür liegt in der Tatsache, dass das festungs-gleiche Anwesen der Familie von Kaltenbach wesent-lich öfter Besuch erhält, als man angenommen hatte.

Mehrmals täglich außer sonntags fährt ein Paket-wagen der DHL vor, Lieferdienste geben sich mehr oder weniger die Videomeldeanlage in die Hand, und Postbote und Zeitungsausträger kommen unter der Woche selbstverständlich auch jeden Tag vorbei. Von Bediensteten, die das Gelände verlassen oder wieder-kehren, ganz zu schweigen. Die Folge davon ist, dass der installierte Filter alle fünf Minuten Alarm schlägt und man gezwungen ist, die entsprechende Sequenz genauer unter die Lupe zu nehmen. Bisher allerdings ohne Erfolg.

»Wenn man die ganzen Überstunden mitrechnet, sind wir das auch!«, brummt Wolfgang Müller unzufrieden. »Es würde mich langsam wirklich brennend interessieren, wie diese Leute dermaßen genau über die Verhältnisse in ›Camelot‹ und seinen Bewohnern Bescheid wissen können! Ich jedenfalls habe bisher zu keiner Zeit irgendwelche verdächtigen Personen oder Fahrzeuge dort herumlungern sehen, du etwa? Es sei denn, der Paketauslieferer der DHL ist auch einer von ihnen. So oft, wie der da vorbeikommt!«

»Und wie sollten diese Kidnapper an einen Lieferwagen von denen gekommen sein? Außerdem ist das logistisch sehr aufwändig und entsprechend teuer. Falls die zu sowas in der Lage wären, würden sie sich bestimmt nicht mit einer halben Million Euro zufriedengeben! Davon einmal abgesehen, kann der Fahrer während der wenigen Minuten, die eine Zustellung dauert, nicht sehr viel herausfinden! Wenn du mich fragst, haben die einen Spion da drinnen!«

»Wie ist der überhaupt jetzt am Wochenende so schnell an das Lösegeld gelangt? Und dann noch eine solch große Summe?«, überlegt Wolfgang, der bei der Nennung des Betrages ins Grübeln gekommen ist. Den Rest von Chrissies Rede hat er deshalb schon gar nicht mehr richtig mitbekommen.

»Alexander von Kaltenbach? Ich denke, wenn man so reich ist wie er, braucht man bloß zu pfeifen, und der Bankdirektor bringt einem höchstpersönlich das Geld, auch mitten in der Nacht und nötigenfalls an den Nordpol! Die Aufnahmen von gestern haben wir ja leider nicht, sonst könnte ich es dir wahrscheinlich zeigen. Und jetzt lass uns weitermachen, Wolfie. Es liegen noch zwei Tage Videomaterial vor uns und ich möchte irgendwann mal nach Hause!«

»Entschuldige, Liebes, ich hab dich noch gar nicht gefragt, wie es dir heute überhaupt geht!«, fällt ihm plötzlich sein Versäumnis ein. Er schaut sie besorgt an, aber sie sieht eigentlich aus wie immer.

»Ach, das war nichts!«, winkt sie leichthin ab und greift zur Computermaus. »Ich hatte gestern sicher nur etwas Falsches gegessen.« Anschließend widmet Chrissie ihre Aufmerksamkeit, leise eine beschwingte Melodie pfeifend, wieder ihrem Computer.

Wolfgang hingegen versucht derweil, sich zu erinnern, was sie anderes gegessen haben könnte als er. Andererseits hatten sie gestern nicht gerade viel Zeit für ausgesuchte kulinarische Genüsse und zwischendurch nur etwas Fast Food eingeworfen. *Das wird es wohl gewesen sein*, denkt er beruhigt und wendet sich ebenfalls seinen Videoaufnahmen zu.

\* \* \*

»Diese Leute lassen sich aber ordentlich viel Zeit!«, beschwert sich Denise. »Der Zug dürfte den größten Teil der Strecke mittlerweile sicher längst hinter sich haben«, bemerkt sie nach einem Blick auf ihre Uhr. »Worauf warten die denn bloß?«

Denise Malowski und Tobias Heller sind zwei der vier Polizisten, die den Zug auf der rechten Seite der Gleise begleiten. Da es nicht ganz ausgeschlossen ist, dass einer der Entführer sie während ihrer Ermittlungen oder beim Besuch Alexander von Kaltenbachs

Anwesen gesehen hat, hielt Bettina Kowalski es nicht für ratsam, sie im Waggon mitfahren zu lassen. Aus dem gleichen Grund sitzt sie selbst in dem anderen Fahrzeug. Als eineiige Zwillingsschwester von Denise sieht sie ja bis auf die Haarfarbe genauso aus.

»Ich muss dich wohl nicht darauf hinweisen, dass *unsere* Reise erheblich früher zu Ende sein wird«, gibt Tobias missgelaunt zurück. »Hinter Windeck endet bekanntlich das Zuständigkeitsgebiet der Siegburger Kriminalpolizei. Das ist aber erst knapp die Hälfte der Strecke, die dieser Zug insgesamt zurücklegt!«

Bevor seine Partnerin antworten kann, knackt es vernehmlich im bordeigenen Funkgerät. »Wie ihr sicher schon bemerkt habt, nähern wir uns langsam der Grenze zum Rhein-Sieg-Kreis«, ertönt die Stimme Bettina Kowalskis aus dem Lautsprecher. »Ich weise daher vorsorglich darauf hin, dass es sich hierbei um einen Einsatz des *Bundeskriminalamtes* handelt, wir fahren also weiter!«

»Wo ist hier die Kamera?« Tobias schaut sich grinsend in der mit elektronischem Kram bis unter die Decke vollgepackten Fahrgastzelle um.

»Bettinas Gedanken bewegen sich einfach nur in denselben Bahnen wie meine«, erwidert Denise. »Das ist bei uns beiden ja ähnlich, wenn wir gemeinsam ermitteln, nur dass wir als Zwillinge in vergleichbaren Situationen ohnehin meistens wissen, wie die jeweils andere darüber denkt!«

\* \* \*

Kriminaloberkommissar Kevin Underberg hat sich gleich nach dem Einsteigen so platziert, dass er die übrigen Passagiere ständig im Blickfeld hat. Er wurde von seiner unmittelbaren Vorgesetzten, Erste Kriminalhauptkommissarin Kowalski, als der Verantwortliche für diesen Einsatz benannt und ist auch derjenige, der Alexander von Kaltenbach auf dem Bahnsteig das Walkie-Talkie zugesteckt hatte. Für dessen Schutz sind vordringlich die unauffällig im Waggon verteilten Kollegen zuständig. Immerhin trägt der Mann in seinem Koffer, den er seit Siegburg krampfhaft mit beiden Händen umklammert, eine halbe Million Euro mit sich herum.

*Seine* Hauptaufgabe besteht hingegen darin, sämtliche Ein- und Ausstiege genauestens zu dokumentieren und jeden einzelnen Mitreisenden möglichst oft zu fotografieren. Er schaut auf die Uhr. Weit über die Hälfte der Strecke nach Siegen ist bereits bewältigt und von den in Siegburg eingestiegenen Zivilpersonen sind nur noch drei mit an Bord. Die Gesamtzahl der Passagiere hat sich aber nicht vermindert, im Gegenteil. Für jeden, der an einem der Bahnhöfe unterwegs ausstieg, kam im Schnitt einer hinzu. Mit ein wenig Logistik und genügend Personal wären die Entführer also durchaus in der Lage, auf diese Weise ein kleines Verwirrspiel zu veranstalten.

* * *

Alexander von Kaltenbach starrt seit Anbeginn der Fahrt blicklos aus dem Fenster zu seiner Rechten. Den wertvollen Aluminiumkoffer, trotz der hohen Summe in seinem Inneren nur ein geringer Einsatz für das Leben und die Gesundheit seiner Tochter, hält er fest in seinen Armen. Das Walkie-Talkie liegt griffbereit auf der Ablage des Abteilfensters. Es rührt sich jedoch nicht, so sehr er es auch herbeisehnt.

Mit jeder Minute, die ereignislos verstreicht und den Zug unweigerlich näher an die Endstation bringt, schwindet seine Hoffnung, dass sich heute alles zum Guten wendet und er sein Kind am Ende dieses Tages unversehrt in den Armen halten kann. Niemals in seinem Leben, und sollte er hundert Jahre alt werden, wird er den gequälten Gesichtsausdruck Samanthas vergessen, als sie die ihr von den Kidnappern aufgezwungene Botschaft vorlesen musste.

Er schreckt aus seinen düsteren Gedanken auf, als der Zug langsam in einen Bahnhof einfährt und mit kreischenden Bremsen zum Stehen kommt. Direkt vor dem Abteilfenster ist jetzt das Schild zu sehen, das er sich am allerwenigsten herbeigesehnt hatte: ›Siegen Hbf‹ steht in großen Lettern darauf, als wolle es ihn verhöhnen.

*Bin ich eingeschlafen? Wir können doch unmöglich schon am Ziel sein*, denkt er verstört und birgt dann sein Gesicht verzweifelt in seinen Händen, wofür er den Koffer, den er eine Stunde und vier Minuten wie seinen Augapfel gehütet hatte, loslassen muss. Er poltert mit einem lauten Geräusch zu Boden. *Diese schreckliche Fahrt ist zu Ende und die Entführer haben sich nicht gemeldet. Nun ist alles verloren! Wie soll ich das nur Helene beibringen?*

\* \* \*

### Zwei Stunden später

»Unsere ohnehin geringe Hoffnung, dass sich die Kidnapper eventuell erst auf der Rückfahrt melden würden, hat sich leider nicht erfüllt. Ich fürchte, wir können diesen Einsatz nur als kompletten Fehlschlag bezeichnen!«, räumt Bettina Kowalski enttäuscht ein. Außer ihr und den Ermittlern aus dem Kommissariat nimmt Kevin Underberg, der die Verantwortung über die Mannschaft im Zug innehatte, an dieser Nachbesprechung teil. Er sitzt mit versteinerter Miene direkt neben seiner Vorgesetzten.

»Wir sind wohl aufgeflogen!«, vermutet Donner in verhaltenem Zorn. Der finstere Blick, mit dem er den Oberkommissar an Kowalskis Seite bedenkt, lässt keinen Zweifel darüber aufkommen, wem speziell er die Schuld daran gibt. »Einen anderen Grund dafür, dass diese Kerle einen derart detailliert ausgearbeiteten Plan für eine Lösegeldübergabe einfach sausenlassen, kann ich mir nämlich beim besten Willen nicht vorstellen!«

»Meine Männer und mich trifft keine Schuld«, gibt der untersetzte Polizist in einer schleppenden Sprechweise zurück, die unwillkürlich an Jürgen Vogel von der Forensik erinnert. Überhaupt erweckt der Oberkommissar nicht gerade den Eindruck, als könne ihn irgendetwas aus der Ruhe bringen. »Wir hatten während der ganzen Fahrt keine Veranlassung anzunehmen, dass unsere Anwesenheit im Zug bekannt war. Telefoniert hat von den Passagieren auch keiner, es muss demnach einen anderen Grund geben!«

»Aber welcher könnte das sein?«, hebt Chrissie die Schultern. »Wir sind mit der Sichtung des Videomaterials durch. Während der gesamten Zeitdauer von einer Woche vor der Entführung war kein einziger

Hinweis dafür zu finden, dass das Anwesen der von Kaltenbachs in irgendeiner Weise observiert wurde!«

»Ein Maulwurf!«, sagen Denise und Tobias wie aus einem Mund und absolut lippensynchron, was für ein kurzes Auflachen bei den Kollegen sorgt.

»Damit könntet ihr richtig liegen«, nickt Bettina nachdenklich. »Das ist die einzige plausible Möglichkeit, die jetzt noch übrigbleibt. Es stimmt, ein Beobachter im Zug müsste seinen Komplizen draußen ja irgendwie Bescheid gegeben haben. Wenn aber mein bester Mann für verdeckte Ermittlungen sagt, dass niemand während der Fahrt telefoniert hat, dann war das auch so. Die müssen demnach ihre Informationen aus erster Hand haben!«

»Das sieht doch ganz nach einem Undercover-Einsatz für mich aus!«, freut sich Underberg, und erstmals ist seiner sonst gelangweilt klingenden Stimme so etwas wie Begeisterung anzuhören.

»Das geht leider nicht«, schüttelt seine Vorgesetzte entschieden den Kopf. »Du bist nämlich ›verbrannt‹, Kevin! Falls die Entführer tatsächlich einen Beobachter im Zug hatten, würde dieser dich eventuell wiedererkennen. Wir wissen ja nicht, wer das war, es könnte somit jemand gewesen sein, der zumindest eine Kontaktperson im Haushalt der von Kaltenbachs hat. Das gilt ebenso für die Männer, die heute bei dir waren, und sämtliche Anwesenden!«

»Für Chrissie und mich trifft das aber nicht zu!«, lässt sich Wolfgang Müller vernehmen. »Wir waren doch nur bei der Suche nach dem Bodyguard am Freitagabend dabei und gestern im Krankenhaus. Da hat uns bestimmt niemand gesehen, der uns erkennen könnte!«

»Hm, das stimmt ... Du könntest beispielsweise für den verletzten Leibwächter einspringen, die richtige Figur hättest du schon mal dafür«, überlegt sie. »Und du dürftest sogar die ganze Zeit über eine Waffe tragen, ohne Verdacht damit zu erregen. Ich werde mich mit Alexander von Kaltenbach darüber unterhalten. Es fiele sicher nicht weiter auf, wenn du ihn beim nächsten Mal als Bodyguard begleiten würdest. Der Kreis der Eingeweihten sollte aber auf jeden Fall möglichst klein bleiben, um die Gefahr einer Enttarnung zu minimieren!«

»Was ist mit mir?«, meldet sich Chrissie Ohlsen zu Wort. »Ich könnte dort vielleicht als Hausmädchen anfangen«, schlägt sie ernsthaft vor und legt unter dem brüllenden Gelächter ihrer Kollegen einen formvollendeten Knicks hin.

»Wir finden sicher etwas Passendes«, schmunzelt Bettina Kowalski. »Stellt euch die Sache aber nicht zu einfach vor!«, ermahnt sie die beiden nachdrücklich. »Undercover-Einsätze erfordern sehr viel Selbstdisziplin. Ein noch so winziger Fehler, und ihr seid aufgeflogen! Kevin wird euch erst einen Crashkurs geben, er hat eine Menge Erfahrung damit!«

Sie schaut seufzend auf die Uhr und wirft dem Kommissariatsleiter einen fragenden Blick zu, den dieser mit einem angedeuteten Kopfnicken erwidert. »Okay, Leute!«, verkündet sie ihre Entscheidung. »Es ist kurz nach 12:00 Uhr mittags an einem Sonntag und wir können momentan sowieso nichts anderes tun, als eine erneute Kontaktaufnahme seitens der

Entführer abzuwarten! Ihr fahrt deshalb nach Hause und ruht euch ein wenig aus. Was noch zu erledigen ist, können meine Leute übernehmen. Chrissie und Wolfgang: Ihr bleibt hier, um mit uns den morgigen Einsatz zu üben, den Rest will ich frühestens morgen früh hier sehen!«

# Kapitel 7

*An einem nicht völlig hoffnungslosen Ort*

*Sonntag, 4. Juli, 13:02 Uhr*

Samantha presst sich mit dem Rücken gegen die raue Betonwand direkt neben der Tür. Ihr kleines Herz schlägt ihr bis zum Hals und sie befürchtet fast, man könne es im ganzen Haus hören. Sie hat sich bis auf die Unterwäsche ausgezogen, ihr T-Shirt und ihre Hosen mit Handtüchern und Wasserflaschen ausgestopft und so unter dem Bettlaken drapiert, dass es in dem schummrigen Licht hoffentlich so aussieht, als läge sie friedlich schlafend darunter. Zumindest auf den ersten Blick.

*Ich bin immerhin eine von Kaltenbach*, denkt sie voller Trotz. *Mit uns ist ganz und gar nicht zu spaßen!* Ihr Vater hatte einmal erzählt, dass er vermutlich der letzte Spross eines uralten Adelsgeschlechts sei. Seine fernen Vorfahren waren angeblich Raubritter, die von den Reisenden, die durch ihr Land kamen, Tribut forderten. Hierzu legten sie sich an einem schmalen, aber reißenden Flusslauf an der einzigen Stelle auf die Lauer, wo man mit den damals üblichen Eselskarren gefahrlos übersetzen konnte. Die Kaufleute und Bauern mussten an diese ›Männer vom kalten Bach‹ den zehnten Teil ihrer Habseligkeiten abtreten, damit man sie passieren ließ.

Jetzt ist es ein großes Glück, dass sie sehr klein und schmächtig für ihr Alter ist, was ihr in dieser Situation gleich zwei erhebliche Vorteile verschafft. Zum einen ist sie nur ein ›Strich in der Landschaft‹, wie ihr Vater immer scherzhaft zu sagen pflegt, und wird daher in ihrer grünen Unterwäsche im Dämmerlicht vor dieser dunklen Betonwand nicht sofort auffallen. Andererseits trauen Erwachsene einem kleinen Kind eine solche Niedertracht sowieso meist gar nicht zu.

Doch bei all ihrer Angst und ihrem Kummer hat Samantha in den vergangenen beiden Tagen genau aufgepasst: Die maskierte Frau schaut beim Hereinkommen nämlich niemals neben sich, immer nur in den Raum hinein. Und dort fällt ihr Blick hoffentlich auch diesmal zuerst auf das vermeintlich schlafende Kind. Wenn alles gut geht, wird sie das Tablett mit dem Essen, wie sonst auch, einfach wortlos auf den Tisch stellen und wieder verschwinden. Das will das Mädchen für sich ausnutzen, sobald die Tür sich das nächste Mal öffnet. Es müsste jeden Augenblick so weit sein!

* * *

»Du heißt also tatsächlich Wolfgang?«, wundert sich Kevin Underberg gleich zu Beginn der von seiner Vorgesetzten angesetzten ›Trainingsstunde‹. »Ist das nicht ein reichlich antiquierter Vorname?«

»Das habe ich schon ziemlich oft gehört«, brummt Wolfgang Müller ungehalten. Neben ihm feixt seine Freundin. »Erst kürzlich meinte eine Frau, mit der ich sprach, so habe ihr Großvater geheißen. Und nach dem bin ich übrigens auch benannt worden.«

»Du hast den Namen vom Opa einer wildfremden Person erhalten?«, wölbt Kevin Underberg verständnislos die Augenbrauen, was Chrissie Ohlsen umso breiter grinsen lässt. Offenbar verfügt dieser Mensch nicht über einen Funken Humor!

»Natürlich nicht! Meine Mutter hat ihrem Vater damit einen Wunsch erfüllt. Der hieß nämlich auch Wolfgang und hat sich wie ein Schneekönig gefreut, dass sein Name auf diese Weise nicht ganz ausstirbt. So selten ist der im Grunde aber gar nicht, im Jahr meiner Geburt wurden immerhin an die hundertfünfzig Jungen in Deutschland so getauft.«

»Da hat es unser Kollege Weiland schon schlechter getroffen«, nickt Chrissie. »Horst heißt nun wirklich heutzutage kaum noch jemand.«

»Da war es der Patenonkel«, erklärt Wolfgang ihm. »Tatsächlich hat unser gemeinsames Schicksal dazu geführt, dass wir seit der Grundschule dicke Freunde sind, denn die Klassenkameraden haben uns ständig mit den Namen aufgezogen. Da haben wir uns eben gegen die anderen verbündet. Können wir dann jetzt endlich anfangen, oder möchtest du meinen ganzen Stammbaum erörtern?«, fügt er genervt hinzu.

»Man wird ja mal fragen dürfen!«, hebt Underberg beschwichtigend die Arme. »Außerdem ist das für unser Vorhaben im Grunde gar nicht mal unwichtig. Ihr müsst euch darüber im Klaren sein, für die Dauer des Einsatzes völlig auf euch allein gestellt zu sein. Da ist es von Vorteil, wenn eure erfundene Vita weitgehend mit der Realität übereinstimmt. Dann macht ihr weniger Fehler!«

»Wie sollen wir uns untereinander verhalten?«, will Chrissie mit einem Seitenblick zu ihrem Lebensgefährten wissen.

»Ihr seid dort zwar nicht komplett von Feinden umgeben, wie das bei einigen meiner eigenen Aktionen dieser Art der Fall war, aber ihr wisst nicht, wem ihr vertrauen könnt, und wem nicht! Versucht deshalb gar nicht erst, so zu tun, als würdet ihr euch nicht kennen! Ihr dürft ruhig als Paar auftreten, das ist auf jeden Fall wesentlich unverfänglicher. Bettina arbeitet gerade an entsprechenden Lebensläufen, die sie später aber natürlich noch mit euch durchgehen wird. Alexander von Kaltenbach weiß übrigens schon Bescheid und ist einverstanden. Außer den Eheleuten ist nur noch der Chef seiner Security eingeweiht. Hm, deinem Freund wird man den Bodyguard zweifellos sofort abnehmen, bei dir sieht das schon anders aus.«

»Ich hoffe sehr für dich, dass sie nie gezwungen sein wird, dich vom Gegenteil zu überzeugen«, grinst Wolfgang. »Chrissie war immerhin einmal Landesjugendmeisterin in Ju-Jutsu und hat einen schwarzen Gürtel für den zweiten Dan!«

»Krav Maga, Kickboxen und Taekwondo«, lächelt Kevin Underberg und verneigt sich mit zusammengelegten Handflächen vor der Kommissarin. »Wenn das alles vorbei ist, würde ich mich sehr über eine kleine Sparringrunde mit dir freuen! Ach, bevor ich es vergesse: Euer Einsatz beginnt schon heute und ihr werdet während der gesamten Zeit auf dem Gelände wohnen, es gibt dort ein sehr geräumiges Gästehaus, wie mir versichert wurde. Ihr fahrt also am besten nachher zuerst nach Hause und packt die Koffer!«

»Mamaaa!« Denise wird gleich hinter der Haustür von ihrer Tochter Leonie empfangen, die ihrer unerwartet heimkehrenden Mutter mit ausgebreiteten Armen entgegeneilt. Direkt dahinter folgt, auf seinen kurzen Beinchen naturgemäß langsamer, Nicklas, ihr neuester Familienzuwachs. Der Kleine strahlt bei ihrem Anblick über das ganze Gesicht, bleibt jedoch wie immer stumm.

*Er weiß wahrscheinlich nicht so recht, wie er mich anreden soll*, seufzt Denise in Gedanken. *›Mama‹ wäre toll, aber ich mag ihn nicht überfordern. Schließlich ist es keine vier Monate her, dass er seine leibliche Mutter auf tragische Weise verloren hat! Es braucht halt alles seine Zeit.*

Ihr Ehemann Sven mustert sie besorgt. »Du siehst erschöpft aus, Liebes. Ist deine Schwester denn nicht mitgekommen?«

»Bettina ist noch im Kommissariat. Du kennst sie ja, sie kann einfach kein Ende finden.«

»Bedeutet deine frühe Heimkehr wenigstens, dass das entführte Mädchen wieder zu Hause ist?«, erkundigt er sich fürsorglich und nimmt sie in den Arm, nachdem die Kinder die ihnen zustehenden Knuddeleinheiten bekommen haben und sich erneut dem zuvor unterbrochenen Spiel widmen. Denise schaut über seine Schulter und sieht Bauklötze, eine Ritterburg sowie diverse andere Sachen auf dem Wohnzimmerteppich liegen. Das übliche Chaos eben, das entsteht, wenn Kinder ihren Spaß haben.

Sie schüttelt bekümmert den Kopf. »Leider nicht. Die für heute Vormittag geplante Lösegeldübergabe ist aus einem uns bislang noch unbekannten Grund geplatzt und wir sind mit den Ermittlungen bezüglich der Kidnapper keinen Schritt weitergekommen. Sei mir bitte nicht böse, Schatz, aber ich möchte nicht darüber sprechen. Alles, was ich jetzt brauche, ist ein heißes Bad und ein paar schöne Stunden mit dir und den Kindern.«

»Heißes Bad! Jawoll, kommt sofort!« Sven steht übertrieben militärisch stramm und legt die Hand an die Schläfe, was sie unwillkürlich zum Lachen bringt. Aber das ist genau das, was ihr den ganzen Tag über gefehlt hat. Dieser liebenswerte, verrückte Kerl weiß eben immer, wie er sie wieder aufmuntern kann. Er ist nun mal der beste Ehemann der Welt!

Na ja, als sie im Januar während eines Einsatzes zwei Schüsse in den Rücken bekam und sie nur dank der Schutzweste bis auf ein paar blaue Flecken unverletzt geblieben war, hatte er wie alle Männer reagiert, auf deren Frauen geschossen wird und sie den Beruf dafür verantwortlich machen: Er war verstimmt und hatte tagelang nur das Nötigste mit ihr gesprochen. Doch Tobias, seit Jahren mit Sven befreundet, hatte ihn sich vorgenommen und ihm mit einigen wohlgesetzten Worten den Kopf zurechtgerückt. Dann war alles wieder gut.

»Du bist ein Schatz!«, attestiert sie ihm lächelnd und gibt ihm einen Kuss. »Ich werde mich derweil etwas mit den Kindern beschäftigen. Und mach die Wanne bitte bis oben hin voll, mit ganz viel Schaum!«

\* \* \*

Samanthas kleines Herz hat einen Aussetzer, als von draußen ein Schlüssel ins Schloss gesteckt und zweimal geräuschvoll umgedreht wird. *Es ist so weit, jetzt nur keinen Fehler machen!* Das Kind drückt sich womöglich noch fester an die Wand und hält unwillkürlich die Luft an. Ihr Herz rast förmlich.

Wie in starker Zeitlupe sieht sie mit weit aufgerissenen Augen die auch heute wieder maskierte Frau hereinkommen. Sie balanciert mühsam ein großes Tablett mit dem Mittagessen auf den Händen, gibt dem Türblatt hinterrücks mit dem linken Fuß einen Stoß und trägt das Essen dann vorsichtig zum Tisch.

Da dieser dem Eingang gegenüberliegt, wendet sie dem atemlos an der Wand lauernden Mädchen wie geplant den Rücken zu. »Hey, Schlafmütze!«, ruft sie über ihre Schulter in Richtung Matratze. »Essen ist da! Ich habe dir auch die Tabletten mitgebracht, die du angeblich so dringend benötigst. Wir wollen doch nicht, dass dir etwas zustößt!«

Mehr bekommt Samantha nicht mit. Sie löst sich endlich aus ihrer Erstarrung, und mit einem letzten begehrlichen Blick zu dem lebenswichtigen Medikament in der Hand der Frau schlüpft sie lautlos durch den Türspalt nach draußen. »Was, zum Teufel ...?«, hört sie noch eine aufgebrachte Stimme von drinnen, bevor sie hastig und mit zitternden Fingern den von außen steckenden Schlüssel zweimal umdreht. Keine Sekunde zu früh, denn von innen hämmert jetzt eine Faust wütend gegen die verschlossene Tür!

* * *

Jeder Mensch hat seine eigene Art, mit Stresssituationen umzugehen. Während Denise Malowski in der Wanne liegt, nicht ahnend, welches Drama sich in diesem Augenblick anderswo abspielt, und Wolfgang Müller sich gemeinsam mit Chrissie Ohlsen mental auf den Einsatz vorbereitet, schraubt Tobias Heller in der heimischen Garage verbissen an seinem vierunddreißig Jahre alten Motorrad der Marke BMW herum. Allerdings drehen sich dabei die Gedanken aller Ermittler unabhängig voneinander unentwegt um das seit nun über achtundvierzig Stunden vermisste Kind, dessen Aufenthaltsort bisher aber nicht mal ansatzweise in Erfahrung gebracht werden konnte.

*Verdammt, wir übersehen garantiert wieder einmal irgendwas*, grübelt Tobias vor sich hin, während er den Motorblock mit einem Flaschenzug an die richtige Stelle der an dicken Ketten hängenden Maschine bugsiert. Mehr mechanisch als konzentriert richtet er den Antrieb so aus, dass er in den bereits montierten Getriebeblock einrastet und er ihn mit einer der vier dreißig Zentimeter langen Schrauben fixieren kann.

*Was mag der Grund dafür sein, dass diese Verbrecher die für heute angesetzte Lösegeldübergabe nicht durchgeführt haben?*, überlegt er und tastet mit einer Hand nach dem Akkuschrauber. *Wir hätten sie dieses Mal vielleicht doch gekriegt! Der Ort der ersten Kontaktaufnahme war nämlich etliche Kilometer davon entfernt und zudem in der Gegenrichtung. Daraus lässt sich rein gar nichts über deren Versteck ableiten! Ob es tatsächlich einen Maulwurf im Hause von Kaltenbach gibt? Wie mag es dem Kind jetzt gehen?*

\* \* \*

Das Kind schleicht derweil vorsichtig auf Zehen-spitzen durch den von einer altersschwachen Glüh-birne notdürftig erhellten Kellergang, das wütende Gezeter der eingesperrten Kerkermeisterin versucht Samantha weitgehend auszublenden. In einer Hand hält sie krampfhaft den Schlüsselbund, den sie für den Fall mitgenommen hat, dass noch mehr Türen auf dem Weg nach draußen zu öffnen sind. Zu hören ist bis auf das stetig leiser werdende Wüten der Frau hinter ihr nichts, aber das Mädchen weiß, dass es zwei weitere Entführer geben muss.

Der Kellergang ist recht lang und mit mehreren verschlossenen Türen links und rechts versehen, an denen sie ganz besonders leise vorübergeht. Als sie ihren Fuß bange Minuten später endlich auf die erste Stufe der nach oben führenden Treppe setzt, hört sie von dort laute Stimmen, die ihr entgegenkommen!

Sofort zuckt sie zurück und quetscht sich mit bis zum Hals klopfendem Herzen in einen schmalen, für sie gerade ausreichenden Spalt zwischen Treppe und Wand, als die beiden Männer auch schon in ihrem Gesichtsfeld erscheinen. Sie tragen zwar jetzt keine Masken, doch Samantha sieht sie ja nur von hinten. Einer hat eine spiegelblanke Vollglatze, der andere schulterlange Haare. Bei ihm vermeint sie außerdem, in dem schummrigen Licht ein Tattoo am rechten Handgelenk auszumachen.

»Ich möchte wirklich mal wissen, was die heute so trödelt«, brummt der mit der Glatze. »Es kann doch nicht so schwer sein, einem elfjährigen Kind rasch das Essen zu bringen und sofort zurückzukommen! Die fällige Videobotschaft für die Eltern müssen wir auch noch drehen! Verdammt, das dauert alles viel zu lange!«

»Du meinst wirklich, dass es eine gute Idee ist, das Ganze unter diesen Umständen wie geplant durchzuziehen?«, gibt der mit dem Tattoo leise zurück. »Was, wenn heute Morgen tatsächlich die Bullen mit in dem Zug waren? Das wird mir langsam zu gefährlich, wir sollten uns überlegen …«

Mehr bekommt sie von dem höchst aufschlussreichen Gespräch leider nicht mit, da die Männer ihr bisheriges Verlies fast erreicht haben und nun kaum noch zu verstehen sind. Die eingesperrte Komplizin hatte schon vor ihrem Erscheinen das Klopfen und Schreien aufgegeben und verhält sich seitdem ruhig. Die beiden Männer setzen jetzt ihre Skimasken auf, wenden ihr aber immer noch den Rücken zu. Ihren ganzen Mut zusammennehmend, huscht Samantha schattengleich die Treppe hinauf.

*Wenn die jetzt alle hier unten sind, habe ich oben freie Bahn*, jubelt sie in Gedanken und schließt ihre kleine Hand fest um den erbeuteten Schlüsselbund. *Die Freiheit ist so nahe wie niemals zuvor, ich muss nur noch die Kellertür hinter den Kerlen absperren!*

\* \* \*

Nachdem Denise nach einer Stunde widerwillig aus der Wanne gestiegen war, weil das Badewasser kalt wurde und die Zufuhr von heißem Wasser auch keine Verbesserung mehr brachte, hatte sie sich nur in ihren flauschigen Lieblings-Frottee-Bademantel gewickelt und sich auf der Couch in die Arme ihres

Mannes gekuschelt, der sich gerade eine Tier-Doku im Fernsehen anschaute.

Doch die Idylle sollte nicht lange andauern, denn schon nach fünf Minuten kam Nicklas angestiefelt, ein für seine Verhältnisse riesiges Bilderbuch in den Händchen haltend, und krabbelte behände zu ihnen auf das Sofa. »Liest du mir was vor, Denise?«, fragt er hoffnungsvoll und schaut sie mit großen Augen an.

»Aber natürlich, mein kleiner Schatz!«, lächelt sie und wuschelt ihm zärtlich durch die widerspenstigen blonden Locken. »Wo hast du das denn her?«, wundert sie sich dann, nachdem er ihr das Buch in die Hand gedrückt hat. Vorn auf dem Umschlag sind ein Hasenmädchen und ein Fuchs als Toons zu sehen. »Zoomania?«, wendet sie sich fragend an ihren Mann.

»Das hab ich gestern gekauft«, informiert Sven sie. »Du kannst es ihm ruhig vorlesen, es ist harmlos!«

»Na dann … Komm her zu mir und setz dich auf meinen Schoß, Nicklas. Also, es war einmal ein niedliches Hasenmädchen, das hieß Judy Hopps und ihr sehnlichster Wunsch war es, Polizistin zu werden. Doch alle lachten sie nur aus. Sie war nämlich sehr, sehr klein und ihre Hasenmama und ihr Hasenpapa sagten ihr, dass es noch nie, aber wirklich niemals vorgekommen sei, dass ein Häschen Polizistin wurde, denn dazu müsse man groß und stark sein!«

»Das gibt es auch als Film!«, meldet sich Leonie jetzt vorlaut zu Wort. »Den hab ich erst …« Verlegen unterbricht sie sich selbst und widmet sich scheinbar konzentriert ihrem zuvor unterbrochenen Spiel.

»Ja, junge Dame? Hast du mir etwas zu sagen?«, hakt Denise in ihrem gefürchteten inquisitorischen Tonfall nach. Den Film hatte sie sich vor einiger Zeit mit ihrem Mann zusammen angesehen, nachdem sie Leo und Nick ins Bett gebracht hatten. Sozusagen als Test, ob er für Kinder dieses Alters auch tatsächlich geeignet ist. »Was habe ich dir über das Herumschleichen nach dem Schlafengehen gesagt?«, seufzt sie ergeben. Jetzt ist es natürlich zu spät für eine Gardinenpredigt. »Außerdem sind Bücher meist spannender als Filme, weil man beim Lesen seine Fantasie benutzen kann.«

»Weißt du was, Schatz?«, torpediert Sven leichtfertig ihren Erziehungsversuch. »Warum sehen wir uns bei dieser Gelegenheit nicht gemeinsam den Film an? Wo wir schon mal alle hier beisammensitzen!«

»Also gut«, gibt sie zögernd klein bei. Von Leo und Nick kommt ein begeistertes »Au ja!«. Sie knufft ihn spielerisch mit der Faust in die Seite und zischt ihm lachend ein »Verräter« ins Ohr.

Es tut ihr gut, wenigstens für ein paar Stunden die Sorgen zu vergessen, denn für lange wird sie sich nicht aus der Realität stehlen können. Irgendwo da draußen gibt es ein Kind, das sich nichts sehnlicher wünscht, als aus der Gewalt der Entführer befreit zu werden. Und wer sollte das tun, wenn nicht sie und ihr bewährtes Team?

Bei diesem Gedanken schaut sie unwillkürlich auf die Uhr. *Bettina ist auch noch nicht aufgetaucht, sie sitzt bestimmt noch im Kommissariat und schmiedet unermüdlich ihre Einsatzpläne. Was täten wir in dieser Sache nur ohne sie?*

\* \* \*

Tobias lässt das nach Monaten endlich fertigge-
stellte Motorrad vorsichtig herunter und löst die Ketten, mit denen es viele Wochen auf Arbeitshöhe von
der Garagendecke gehangen hatte. Doch wann war
schon Zeit, sich intensiv darum zu kümmern? Die hat
er zwar jetzt im Grunde genommen auch nicht, aber
Arbeit war für ihn immer das beste Mittel, einmal für
ein paar Stunden ›herunterzukommen‹, und tun können sie heute sowieso nicht viel. *Wenn wir wenigstens
einen ungefähren Anhaltspunkt hätten!*, seufzt er in
Gedanken.

»Das sieht ja wieder richtig wie ein Motorrad aus!«
Melanie ist unbemerkt in der Garage erschienen und
begutachtet sein Werk mit kritischen Blicken. »Und
es sind keine Teile übriggeblieben, wie ich sehe!«

»Das ist nur ein Gerücht, dass Männer immer was
übrig behalten, Mel!«, behauptet er und betätigt opti-
mistisch den Starter. Nichts. Ein erneuter Versuch ist
natürlich ebenso erfolglos. Kein Mucks ist zu hören.
Tobias kratzt sich am Kopf und schaut dermaßen
bedröppelt aus der Wäsche, dass seine Frau in schal-
lendes Gelächter ausbricht.

»Versuchs mal hiermit!«, grinst sie, greift an ihm
vorbei und dreht den Zündschlüssel. Sofort erwacht
die Elektronik mit einem leisen Summen aus ihrem
Dornröschenschlaf. Zwei Sekunden später schnurrt
der Motor des altehrwürdigen Teils wie ein Kätzchen.
»Was ist denn heute bloß los mit dir, mein Schatz?«,
wird sie gleich wieder ernst. »Dermaßen unkonzen-
triert habe ich dich ja noch nie erlebt!«

»Wie würde es dir gehen, wenn du verzweifelt ein elfjähriges Mädchen suchst, aber nirgends auch nur der kleinste Hinweis auf ihren Aufenthaltsort zu finden ist? In *deinem* Kommissariat habt ihr es ja nur mit Einbrechern und Trickbetrügern zu tun. Mel, uns rennt langsam die Zeit davon und ich schraube hier an meinem Moped herum!«

»Nun übertreib mal nicht gleich, Tobias. Ich weiß aus berufenem Mund, dass es durchaus vielversprechende Ansätze gibt. Außerdem habt ihr tatkräftige Hilfe vom Bundeskriminalamt bekommen«, zeigt sie sich bestens informiert. »Samantha ist zwar jetzt seit achtundvierzig Stunden fort, aber ihr wisst, dass sie nicht einfach weggelaufen ist. Und im Gegensatz zu den Horrorgeschichten im Fernsehen lassen im wirklichen Leben die meisten Kidnapper ihre Opfer im Anschluss an die Lösegeldzahlung frei. Ich darf dich an die Entführung der Nina von ...«

»Ich kenne den Fall, Mel!«, fällt er ihr ungehalten ins Wort. »Das damals achtjährige Mädchen wurde nach hundertneunundvierzig Tagen unverletzt auf einem Autobahnrastplatz an der A3 ausgesetzt. Auch hier gingen dem mehrere fehlgeschlagene Lösegeldübergaben voraus, aber das besagt gar nichts!«

»Ach was, du bist schon länger so muffelig. Ist es wegen Denise? Ich habe nämlich den Eindruck, dass sie mir seit einiger Zeit aus dem Weg geht.«

»Nicht nur dir! Sie benimmt sich neuerdings total merkwürdig«, bricht es aus ihm heraus. »Angefangen hat es mit den Schüssen, die sie im Januar abgekriegt hat. Bei der Suche nach dem kleinen Nicklas hat sie dann voll am Rad gedreht und seit ein paar Wochen ist sie irgendwie verschlossen. Wenn ich sie darauf anspreche, weicht sie mir aus. Ich blicke da langsam nicht mehr durch!«

»Vielleicht habe ich ja eine gewisse Ahnung, was sie derzeit durchmacht«, überlegt Melanie orakelhaft.

»Und was wäre das?«

»Das, mein lieber Schatz, muss sie dir schon selbst sagen. Ihr beide seid seit einer Ewigkeit Partner und sogar gute Freunde, sie wird sicher mit der Sprache herausrücken, sobald sie dazu bereit ist. So, und jetzt holst du den Helm, schwingst dich auf das Motorrad und lässt dir vom Fahrtwind den Kopf freipusten!«

# Kapitel 8

»Heute ist noch kein Erpresserbrief eingegangen!«, eröffnet Donner die erste Besprechung des Tages mit finsterer Miene. Außer ihm selbst sind von seinem Kommissariat nur noch Denise Malowski und Tobias Heller anwesend, da Christina Ohlsen und Wolfgang Müller ihren ›Dienst‹ bereits gestern Nachmittag bei den von Kaltenbachs angetreten hatten und jetzt vor Ort ermitteln. IT-Spezialistin Amara Jones von der Forensik ergänzt die kleine Gruppe. Bettina Kowalski hält sich zunächst zurück und überlässt dem eigentlichen Kommissariatsleiter das Feld.

»Von der Inhaberin des Kurierdienstes erfuhren wir, dass sowohl die erste als auch die von uns abgefangene Sendung jeweils Punkt 08:00 Uhr morgens zugestellt werden sollte, was zumindest für die Lieferung von Samstag zutraf, wie wir wissen.« Sein Blick streift seine Hauptkommissare, die sich zu diesem Zeitpunkt auf dem Anwesen aufgehalten und die Ankunft des Fahrradkuriers selbst miterlebt hatten. »Nach der fehlgeschlagenen Lösegeldübergabe hatte ich auf eine baldige erneute Mitteilung der Kidnapper zur weiteren Vorgehensweise in dieser Angelegenheit gehofft. Oder wenigstens auf ein Lebenszeichen von Samantha«, fügt er leise hinzu.

»Die Auswertung der während der Zugfahrt angefertigten Aufnahmen hat bisher leider keinen Treffer
in unserer Datenbank ausgelöst«, verkündet Bettina
Kowalski. »Entweder ist von denen niemand vorbe-
straft, oder sie haben andere Möglichkeiten, herauszufinden, ob ihre Vorgaben eingehalten werden. Wir
werden abwarten müssen, was unsere ›Agenten‹ vor
Ort dazu herausfinden.«

»Das plötzliche Schweigen der Erpresser ist in der
Tat äußerst merkwürdig, nachdem sie sich zuvor täglich gemeldet hatten«, nickt Denise, ohne auf die
Bemerkung ihrer Schwester einzugehen. »Außerdem
schien ihnen die exakte Uhrzeit für die Zustellung
ihrer Nachrichten extrem wichtig zu sein. Es muss
daher einen Grund für das ungewöhnliche Verhalten
geben, da ist irgendwas Unvorhergesehenes passiert!
Das fehlende Lebenszeichen von Samantha bereitet
mir ebenfalls sehr große Sorgen. Es könnte immerhin
bedeuten, dass dem Mädchen etwas zugestoßen ist!«

»Die Flyer bezüglich ihres Medikaments werden ab
heute an alle Apotheken im Rhein-Sieg-Kreis ausgeliefert«, äußert sich Bettina dazu. »Sobald es irgendjemand mit oder ohne Rezept zu beschaffen versucht,
erhalten wir hoffentlich eine Mitteilung darüber. Viel
mehr können wir im Augenblick nicht tun. Meine
Männer, die den Kurierdienst in Lohmar seit gestern
Vormittag rund um die Uhr observieren, haben mir
keine verdächtigen Aktionen gemeldet«, fügt sie
hinzu. »Die geheimnisvolle Frau ist nicht wieder aufgetaucht, und weitere Sendungen an diese Ziel-
adresse wurden laut der Inhaberin auch nicht mehr
abgegeben!«

»Wir wollen hoffen, dass es sich dabei nur um ein logistisches Problem handelt und sie sich bloß etwas verspätet haben. Wolfgang und Chrissie werden uns sofort kontaktieren, sobald eine Nachricht eingeht«, schließt Donner das Thema vorläufig ab. »Übrigens rief vorhin eine Zeugin auf der Polizeiwache an, die unbedingt eine Aussage zu den Vorkommnissen an der Schule machen möchte. Keine Ahnung, warum die sich erst jetzt meldet, sie wollte am Telefon jedenfalls nichts weiter dazu sagen.«

»Denise und ich haben am Freitag in der ganzen Straße herumgefragt«, schüttelt Tobias den Kopf. »Niemand hatte etwas von einer Entführung mitbekommen. Allerdings wohnt dort auch kaum jemand, die geschlossene Wohnbebauung beginnt erst an die hundert Meter zur Stadtmitte hin. Es muss also in der Zwischenzeit etwas eingetreten sein, das nachträglich ihre Aufmerksamkeit erregte oder sie hat doch was gesehen und ihre Meinung jetzt aus irgendeinem Grund geändert.«

»Es kann sicher nicht schaden, wenn ihr beide im Anschluss an diese Besprechung zu ihr fahrt, um sie zu befragen«, beschließt Donner. »Name und Adresse hat der Wachhabende. Haltet euch aber bereit, sofort zurückzukehren, falls doch noch eine Nachricht der Erpresser eingehen sollte. Vorher hören wir uns an, was die technische Untersuchung der Videobotschaft ergeben hat«, nickt er Amara Jones auffordernd zu.

»Das ist schnell gesagt«, ergreift die IT-Spezialistin das Wort. Schriftliche Unterlagen hat sie nicht mitgebracht. »Ich habe die einzige Datei auf dem Datenchip nach allen Regeln der Kunst durchleuchtet und rein gar nichts Auffälliges gefunden. Ich meine, irgendwelche Nebengeräusche gibt es doch immer! Aber nachdem ich die Stimme des Mädchens herausgefiltert hatte, blieb exakt Nullkommanichts übrig! Das bedeutet entweder, dass diese Aufnahme nachbearbeitet wurde, oder der Raum schallisoliert ist. Er könnte natürlich ebenso unter der Erde liegen, ein Kellerraum vielleicht. Allerdings gibt es keinen Hall, was zumindest auf eine Teilmöblierung hinweist. Die Lokalität könnte jedoch auch einfach nur sehr abgelegen sein. Die unverputzte Wand, die im Hintergrund zu sehen ist, und das schummrige Licht lassen mich eher einen Keller vermuten, was den Rest aber natürlich nicht ausschließt.«

»Gibt es wenigstens schon erste Ergebnisse bezüglich eventueller forensischer Spuren an dem Erpresserbrief und dem Datenchip?«, fällt Donner ein wichtiges Detail ein, das bisher unerwähnt geblieben ist. Es war zwar Wochenende, doch die Dringlichkeit der Angelegenheit hat selbstverständlich nicht vor den Türen der Forensik haltgemacht.

»Soweit es mir bekannt ist, nicht. Ich soll euch von Jürgen ausrichten, dass der Bericht in der Mache ist und heute fertig wird. Ich kann aber jetzt schon so viel sagen, dass Fingerabdrücke und DNA weder auf dem Dokument noch auf dem Datenträger nachgewiesen werden konnten. Der Brief wurde mit einem Drucker der Marke Epson auf normalem handelsüblichem Papier ausgedruckt, die Analyse der Tinte ergab keine Auffälligkeiten.«

* * *

»Glückwunsch übrigens!«, lässt sich Denise unvermittelt vernehmen, nachdem sie, wie so oft in letzter Zeit, stumm aus dem Seitenfenster geschaut hat. Bis zu der Adresse in Lohmar sind es noch etwa zehn Minuten Fahrt.

»Wozu?«, wundert sich Tobias. »Mein Geburtstag war vor drei Wochen, wie du weißt!«

»Na, dein Motorrad läuft doch wieder! Wie lange lag es nochmal in Einzelteile zerlegt in eurer Garage? Ein halbes Jahr? Oder schleppst du den Helm neuerdings aus nostalgischen Gründen mit ins Büro?«

»Das war purer Frust«, bekennt er freimütig. »Weil ich nichts anderes tun konnte, habe ich mich eben ans Schrauben gemacht. Jedenfalls läuft die Kiste jetzt endlich wieder, ein Erfolg bei der Suche nach dem Kind wäre mir aber lieber gewesen!«

»Was meinst du dazu, warum die Entführer sich während der ganzen Zugfahrt und auch danach nicht mehr gemeldet haben? Ich jedenfalls finde es zumindest äußerst bedenklich!«

»Wenn Samantha etwas zugestoßen wäre, hätten die das trotzdem durchgezogen«, beruhigt er sie. »Die Akten sind voll von ähnlich gelagerten Fällen. Es muss einen anderen Grund für ihr Schweigen geben, allerdings nehmen sie uns dadurch zunächst jegliche Möglichkeit, aktiv zu werden. Unsere derzeit einzige Option sind die Apotheken, und das ist auch noch nicht in trockenen Tüchern!«

»Das sind ja bestimmt auch eine ganze Menge. Wie viele das im Rhein-Sieg-Kreis wohl sein werden? Das sind doch sicher weit über tausend!«

»Die Anzahl spielt dabei keine Rolle, Denise. Was dazu nötig ist, sind Flyer in ausreichender Menge, die Logistik übernimmt die Deutsche Post für uns. Deren Austräger kommen an jedem Haus der Stadt vorbei und brauchen bei einer Apotheke nur einen einzuwerfen. Viel mehr Sorgen bereitet mir etwas anderes. Für dieses Medikament benötigt man ein Rezept und das ist nicht gerade an jeder Straßenecke erhältlich. Ich fürchte, dass die Entführer es darauf ankommen lassen und sich gar nicht erst darum bemühen.«

»Warum hast du das nicht gesagt, als Chrissie mit dem Vorschlag ankam? Wir hätten uns den ganzen Aufwand sparen können!«

»Nun ja, schaden kann es auch nicht, oder? In der derzeitigen Situation dürfen wir in der Wahl unserer Mittel sowieso nicht wählerisch sein.«

\* \* \*

Ulrike Meller ist eine hochgewachsene, knochige Frau in den Sechzigern, die ihre Besucher misstrauisch aus graublauen Augen mustert, als sie ihnen die Tür öffnet. Allerdings nur einen Spalt weit und eine Sicherheitskette ist vorgelegt. »Sie hätten sich den Weg sparen können!«, verkündet sie sofort unfreundlich. »Die Zeugen Jehovas sind in meinem Haus nicht willkommen und Zeitschriftenabonnements brauche ich ebenfalls nicht!«

»Sie hatten uns angerufen!«, beeilt sich Tobias zu sagen, und hält seinen Dienstausweis hoch, bevor sie ihm und Denise die Haustür vor der Nase zuschlagen kann. »Heller und Malowski, Kripo Siegburg«, fügt er rasch hinzu. »Es geht um eine Beobachtung, die Sie gemeldet haben und die in direktem Zusammenhang mit polizeilichen Ermittlungen stehen könnte!«

»Das ist natürlich etwas anderes. Ich dachte nicht, dass sich so schnell jemand blicken lässt. Kommen Sie bitte herein!« Die Tür wird geschlossen und sie hören, wie drinnen eine Sicherheitskette zurückgeschoben wird. Eine Minute später sitzen sie der resoluten Frau an ihrem Küchentisch gegenüber, zu ihren Füßen hat sich ein ehemals sicherlich weißer Terrier-Mischling mit bereits stark ergrautem Fell niedergelassen und schnüffelt neugierig an den Hosenbeinen der Ermittler.

»Sie sagten am Telefon zu dem Kollegen von der Polizeiwache, dass Sie etwas zu den Begebenheiten an der Schule vergangenen Freitag aussagen möchten«, beginnt Denise Malowski das Gespräch. »Nun haben wir nachmittags alle erreichbaren Anwohner dazu befragt, Sie waren aber nicht darunter. Woher wissen also davon?«

»Da war ich unterwegs. Von dem Vorfall erfuhr ich heute aus der Zeitung, sonst hätte ich meinen Beobachtungen auch keine allzu große Bedeutung beigemessen. Aber im Nachhinein kommt mir das, was ich ein paar Tage vorher gesehen habe, schon irgendwie sehr verdächtig vor!« Sie erhebt sich geschmeidig von ihrem Stuhl, eilt ins Wohnzimmer und nimmt die heutige Ausgabe vom *Rhein-Sieg-Echo* von einem der Sessel, die sie ihr ohne Umstände in die Hand drückt. »Hier, lesen Sie das, Frau Kommissarin! Das ist doch der eigentliche Grund, weshalb Sie bei mir sind, habe ich recht?«

Denise hält Tobias wortlos die Zeitung so hin, dass er bequem mitlesen kann. Gleich auf der ersten Seite springt ihnen in großen Lettern die Schlagzeile in die Augen, in der reißerischen Aufmachung verfasst, die für dieses Blatt normal zu sein scheint:

## Es geschah am helllichten Tag

**Lohmar**. Sozusagen vor aller Augen wurde am Freitag, dem letzten Schultag vor den großen Ferien, eine elfjährige Gymnasiastin direkt vor der Schule von maskierten Männern gewaltsam in ein Auto gezerrt. Das berichtete uns eine Klassenkameradin, die Zeugin des Vorfalls war und mit einem erlittenen Schock sowie leichten Verletzungen stationär behandelt werden musste. Die Kriminalpolizei hat wohl wieder einmal vor, das Thema unter den Tisch zu kehren, oder warum sonst gibt es bis heute keine Stellungnahme? *Samantha von K.* scheint wie vom Erdboden verschluckt zu sein, doch ihre Eltern verweigern uns jegliche Auskunft. Wir werden Sie selbstverständlich auf dem Laufenden halten! (*lei*)

*Natürlich, die Leitner*, entrüstet sich Denise, als sie das Namenskürzel am Ende des vor Häme nur so triefenden Zeitungsartikels erkennt. *Ich möchte wirklich mal gerne wissen, wie die Schnepfe das wieder so schnell herausgefunden hat! Irgendwo muss es immer noch eine undichte Stelle geben! Ihren Spitzel in unseren eigenen Reihen hatten wir ja schon vor zwei Jahren entlarvt.*

»Sie wird einen Informanten in der Notaufnahme haben!«, vermutet Tobias. Seine Gedanken bewegen sich offenbar in denselben Bahnen. »Die sehr allgemein gehaltenen Angaben lassen außerdem darauf schließen, dass diese von Alina Thaler stammen. Das Mädchen hat ja nicht viel mehr von der Sache mitbekommen, als da steht, und Samanthas Eltern haben die Presse wohl gar nicht erst empfangen. Es spräche auf jeden Fall für die Niedertracht dieser Person, ein schwer traumatisiertes Kind an dessen Krankenbett mit ihren Fragen zu löchern!«

»Und was genau lässt Sie jetzt glauben, dass dieser Zeitungsartikel etwas mit einer Beobachtung zu tun haben könnte, die Sie Tage zuvor gemacht haben?«, wendet sich Denise nun an die Zeugin, die der Unterhaltung mit wachsender Ungeduld gefolgt war. »Was haben Sie denn gesehen?«

»Also, ich gehe ja jeden Tag um die Zeit, wenn die Kinder Schulschluss haben, mit meiner Minnie dort spazieren«, beginnt Ulrike Meller etwas umständlich. Die Hündin zu ihren Füßen spitzt sofort die Ohren, als sie ihren Namen hört. »Daher ist mir die Stretch-Limousine gut bekannt, mit der Samantha abgeholt wird. Ich meine, wer kennt diese Familie denn nicht? Jedenfalls ist der Chauffeur immer eine halbe Stunde vorher da und wartet vor der Schule, bis das Mädchen herauskommt. Doch in der vorigen Woche stand da jeden Tag noch ein anderes Auto auf der gegenüberliegenden Straßenseite, mit zwei Männern drin. Sie kamen ein paar Minuten vorher an, blieben die ganze Zeit in ihrem Fahrzeug sitzen und fuhren kurz nach der Limousine wieder fort. Das ist mir aber, wie schon gesagt, erst jetzt aufgefallen.«

»Sie befürchten also, die Männer in dem anderen Wagen hätten an diesen Tagen eine Gelegenheit für die Entführung ausspionieren wollen?«, hakt Tobias Heller sofort nach, während Denise eifrig Notizen macht. »Können Sie sie beschreiben, oder haben Sie sich wenigstens das Kennzeichen gemerkt?«

»Einer hatte eine Glatze, Herr Kommissar, und der andere ziemlich lange Haare. Mehr hab ich von denen nicht gesehen, wusste aber zu dem Zeitpunkt natürlich auch nicht, dass es einmal wichtig sein könnte. Und das Nummernschild ... Es war von hier, und es war ein Name oder so. Ach ja, jetzt fällt es mir wieder ein: *SUSE* oder vielleicht auch *SUSI*, aber die Zahl weiß ich nun wirklich nicht mehr. Es war auf jeden Fall immer dasselbe Auto mit denselben Kerlen drin. Ein Toyota, glaube ich und silbergrau war er.«

In diesem Augenblick gibt das Telefon in Tobias' Hosentasche den hellen Signalton einer eingehenden Kurzmitteilung von sich. Es holt es hervor und liest schnell die soeben eingegangene SMS. »Es war völlig korrekt, uns über ihre Beobachtung zu informieren, Frau Meller«, nickt er der Zeugin dankend zu und erhebt sich von seinem Platz, nachdem er Denise die Nachricht ebenfalls gezeigt hat. »Wir müssen Sie aber jetzt leider schon wieder verlassen, wir werden im Kommissariat erwartet.« Er legt eine Visitenkarte auf den Tisch. »Falls Ihnen noch etwas einfällt, rufen Sie bitte diese Nummer an!«

\* \* \*

***Wenige Minuten zuvor***

Christina Ohlsen, frisch ernannte ›persönliche Assistentin‹ Alexander von Kaltenbachs, stürzt durch dieselbe Tür in den abgedunkelten Beobachtungsraum zurück, durch die sie zuvor beinahe fluchtartig hinausgestürmt war. »Habe ich was verpasst?«, fragt sie ihren Nebenmann atemlos, während sie hastig ihren Sitzplatz vor jenem der insgesamt acht Überwachungsmonitore einnimmt, den sie in den letzten zwei Stunden innehatte. Die übrigen sechs Arbeitsplätze sind momentan nicht besetzt, weil die dafür zuständigen Sicherheitskräfte jetzt auf dem Gelände patrouillieren.

Jan Hinrich Petersen zeigt nur stumm auf seinen eigenen Monitor. Den hageren Friesen kann allenfalls ein Meteorit aus der Ruhe bringen, und dieser müsste ihm schon auf die Füße fallen. »Sie sind ganz grün im Gesicht«, nuschelt er am Mundstück seiner kalten Pfeife vorbei, ohne die man ihn offenbar nie zu sehen bekommt. »Ist alles in Ordnung?«

»Quatsch, das kommt von dem komischen Licht, das diese Bildschirme verbreiten!«, winkt sie ab und konzentriert sich auf den Monitor vor ihr. Dort müht sich soeben eines jener Elektromobile, die für Fahrten auf dem riesigen Anwesen Verwendung finden, unter der Last seines hundert Kilogramm schweren Fahrers ab. Chrissie Ohlsen vermeint förmlich, den überlasteten Motor ächzen zu hören. Sie muss das Gewicht dieses riesenhaften Kerls auch gar nicht raten, denn sie kennt ihn besser als jeder andere: Es ist ihr Kollege und Lebensgefährte Wolfgang Müller, der ab heute den persönlichen Leibwächter des Hausherrn mimt. Und er fährt unverkennbar in Richtung Haupttor!

»Da hat vorhin einer etwas draußen in den Kasten eingeworfen«, bequemt sich Petersen nun in dem für ihn typischen schleppenden Tonfall, ihre Eingangsfrage zu beantworten. »Müller ist dorthin unterwegs, um nachzuschauen, was das ist.«

»Aufzeichnung auf meinen Schirm!«, bellt sie. Als persönliche Assistentin des Chefs ist sie im Prinzip allen seinen Angestellten gegenüber weisungsbefugt, zumindest bis zu einem gewissen Punkt. Sekunden später verfolgt sie, was während ihrer kurzen Abwesenheit geschah: Im Fokus der Torkamera erscheint bei Zeitcode *10:31:01* eine vermummte Gestalt, wirft etwas in den Postkasten und rennt wieder davon, als sei der Leibhaftige hinter ihr oder ihm her. Ein Fahrzeug ist währenddessen, davor und danach nicht zu sehen. Chrissie Ohlsen notiert auch diesen Zeitcode, er lautet: *10:31:32*. Die ganze Aktion hatte gerade einmal eine halbe Minute gedauert. Anschließend eilt sie erneut aus dem Raum, diesmal ist ihr Ziel aber ein anderes.

Sie erreicht das Arbeitszimmer fast zeitgleich mit Wolfgang, der einen DIN-A4-Umschlag in der Hand hält. Da in Alexander von Kaltenbachs Büro ebenfalls Überwachungsmonitore installiert sind, muss sie ihn nicht erst lange fragen, wie er so schnell von der Sendung erfahren hat. Als Leibwächter hält er sich ja permanent im Dunstkreis seines derzeitigen ›Arbeitgebers‹ auf, wohingegen *ihre* Aufgabe darin besteht, unauffällig dessen Personal zu bespitzeln. Falls sich tatsächlich ein Mitglied der Entführerbande darunter befinden sollte, wird sie es hoffentlich bald herausgefunden haben.

»Wie es ausschaut, handelt es sich hierbei um die erwartete Nachricht der Kidnapper«, brummt er und wedelt mit dem dünnen Umschlag vor ihrer Nase herum. Viel mehr als ein Blatt Papier oder zwei kann er ihrer Ansicht nach dieses Mal nicht enthalten. »Ich kann mir zumindest keinen plausiblen Grund vorstellen, warum man als Überbringer einer harmlosen

Briefsendung eine Skimaske tragen sollte!«, fügt er selbstsicher hinzu.

Ihre Vorgaben für diesen Fall sind eindeutig: Wenn überhaupt, darf die Sendung nur mit Handschuhen angefasst werden und muss sofort ins Kommissariat gebracht werden. Dafür steht schon ein Fahrer bereit, den sich Chrissie auf dem Weg hierher gegriffen und über den notwendigen Botengang informiert hatte.

Je nach Inhalt der Botschaft könnte es, wie zuvor auch, auf jede Minute ankommen und diesmal waren sie nicht in der glücklichen Lage, den Brief schon am Vortag abzufangen. Während sie hintereinander das Zimmer betreten, um Alexander von Kaltenbach zu informieren, zückt Christina Ohlsen ihr Mobiltelefon. Im Kommissariat warten die Kollegen schließlich seit Stunden auf eine entsprechende Mitteilung!

# Kapitel 9

»Dieses Erpresserschreiben war der einzige Inhalt des unbeschrifteten Briefumschlags, der vor einer halben Stunde abgegeben wurde«, erklärt Donner, wobei er das Blatt kurz hochhält. Es handelt sich jedoch nur um eine Kopie. Das Original wurde sofort in die Forensik gegeben, wo es auf die üblichen Spuren untersucht wird. Tobias und Denise sind seit zwei Minuten aus Lohmar zurück und haben gerade erst ihre Plätze eingenommen. »Offenbar wurde es dieses Mal persönlich vorbeigebracht«, fügt er hinzu. »Leider ist auf den Aufnahmen der Überwachungskameras bloß eine vermummte Gestalt zu sehen.«

Auf einen Tastendruck von ihm startet die ebenfalls auf einem Datenchip mitgelieferte Filmsequenz, die über den Beamer an der Decke auf die vorsorglich heruntergelassene Leinwand projiziert wird. »Damit kann man nun wirklich nichts anfangen«, mokiert sich Denise Malowski, nachdem die weniger als eine Minute dauernde Vorführung beendet ist. »Man sieht ja nicht mal, ob es sich um einen Mann oder um eine Frau handelt!«

»So ganz stimmt das aber nicht, Denise«, widerspricht Tobias Heller. Er hatte einige Semester Kriminalpsychologie belegt, bevor er zur Polizei ging, und sieht die Begebenheit daher aus einem völlig anderen

Blickwinkel. »Die Tatsache, dass diesmal kein Boten-dienst beauftragt wurde, deutet vielmehr darauf hin, dass unsere Leute vor Ort entweder enttarnt wurden, oder dass man es besonders eilig mit der Zustellung hatte. Ich tendiere zur zweiten Variante.«

»Bauchgefühl?«, unterbricht Bettina Kowalski ihn stirnrunzelnd. Solange es nicht die Zuständigkeit des Bundeskriminalamtes tangiert, überlässt sie Donner die Sitzungsleitung, um diesen bei Laune zu halten.

»Eher nicht«, gibt Tobias ungerührt zurück. »Der fehlende Videobeweis für Samanthas körperliche Unversehrtheit lässt nämlich vermuten, dass diesbe-züglich irgendwas vorgefallen ist. Hoffentlich nichts Schlimmes, aber womöglich war das auch schon der Grund für die abgebrochene Lösegeldübergabe. Die Tatsache, dass man sich dennoch jetzt erneut an die Eltern gewandt hat, könnte nicht zuletzt bedeuten, dass man kalte Füße bekommen hat. Dafür spricht auch die Höhe der neuen Forderung!«

»Du meinst also, dass Samantha zwar lebt, aber in einem Zustand sein könnte, der es ihren Entführern nicht gestattet, sie vor eine Kamera zu zerren?«, fasst Donner seinen Vortrag zusammen. »Hoffentlich hast du damit recht! Bezüglich ihrer aktuellen Lösegeld-forderung bin ich jedenfalls ganz deiner Meinung. Die Verdopplung auf jetzt eine Million Euro spricht eine deutliche Sprache!«

»Was uns aber in die Karten spielt!«, übernimmt Bettina wieder, da nun die Planung des kommenden Einsatzes ansteht. Dieser wird naturgemäß ohnehin überwiegend von ihren eigenen Leuten durchgeführt werden. »Immerhin haben sie uns beziehungsweise

Herrn von Kaltenbach trotz aller vermuteten Eile bis morgen Abend Zeit gelassen, das fehlende Geld zu beschaffen. Die Lösegeldübergabe findet sogar erst nach Einbruch der Dunkelheit statt. Dies wiederum verschafft uns fünfunddreißig Stunden, die wir dazu benutzen werden, den in dem Erpresserschreiben angegebenen Ort gründlich auszukundschaften. Das primäre Ziel muss weiterhin sein, uns nach der Übergabe unerkannt an diese Leute zu hängen und ihnen zu ihrem Versteck zu folgen.«

»Ist die Zuständigkeit einer Bundesbehörde jetzt überhaupt noch gegeben, nachdem wohl endgültig feststeht, dass es um Geld geht, und nicht etwa um irgendwelche ›Staatsgeheimnisse‹?«, will Donner von ihr wissen.

»Ich kann das meinen Vorgesetzten gegenüber durchaus noch ein paar Tage rechtfertigen«, erhält er zur Antwort. Ein enttäuschter, ja pikierter Tonfall ist dabei aber nicht zu überhören. »Doch wenn ihr unbedingt darauf bestehen solltet, werde ich die Zelte hier abbrechen und umgehend mit meinen Leuten nach Wiesbaden zurückkehren!«

»So war das gar nicht gemeint, Bettina!«, hebt der Kommissariatsleiter besänftigend beide Arme. »Ich wollt's halt nur wissen, auf deine tatkräftige Unterstützung möchten wir eigentlich in dieser Phase der Ermittlungen nicht verzichten!« Er schaut beifallheischend seine verbliebenen Kommissare an, die beide sofort heftig mit dem Kopf nicken.

»Ich freue mich, dass ihr das so seht«, entgegnet sie, sichtbar erleichtert. »Ich habe auch schon eine Aufgabe für euch: Vorhin kam die von mir angeforderte ausführliche Funkzellenauswertung aus dem Einzugsgebiet der ersten Kontaktaufnahme herein. Überprüft die während der bewussten fünf Minuten abgehenden Telefongespräche auf die Zielnummern, dafür benötigt ihr ja noch keinen Gerichtsbeschluss. Ermittelt die Standorte der jeweiligen Gegenstellen. Bei Festnetzanschlüssen stellt das kein Problem dar, für die Standortbestimmung von Mobilrufnummern bekommt ihr einen weiteren Beschluss, falls es sich als notwendig erweisen sollte. Außerdem könnt ihr euch schon mal Gedanken über den Ablauf der Löse-geldübergabe machen, und welche Rolle ihr dabei spielen wollt. Wir werden das dann morgen früh in Ruhe besprechen. Der endgültige Einsatzplan muss bis zum Mittag stehen, damit wir noch genügend Zeit für die notwendigen Vorbereitungen haben.«

* * *

Denise schiebt ihm kommentarlos eine Hälfte der Funkzellenauswertung über den Tisch. »Wärst du so lieb, und fängst schon mal ohne mich damit an?«, bittet Tobias sie geistesabwesend, den Blick starr auf seinen Computerbildschirm gerichtet, während er wild auf der Tastatur herumtippt.

»Klar doch, kein Problem«, bemerkt sie mit hörbar sarkastischem Unterton. »Es sind ja auch nur unge-fähr hundertzwanzig Verbindungen zu überprüfen und nachzuverfolgen! Und was gedenkt der Herr in der Zwischenzeit zu unternehmen?«

Das Tastaturgeklapper verstummt und er hebt den Kopf. »Ach, ich will mir nur schnell eine Liste aller im Rhein-Sieg-Kreis aktuell zugelassenen Fahr-zeuge mit *SU-SE* oder *SU-SI* im Kennzeichen zusammenstellen lassen, auch mit ›Ypsilon‹«, kontert er grinsend. »Bei derzeit über 425.000 Zulassungen und eingedenk der Tatsache, dass ausgerechnet diese Buchstabenkombination eine der beliebtesten und somit häufigsten ist, dürfte das Ergebnis mindestens dreistellig ausfallen. Die Auswertung dauert ohnehin etwas, ich werde dir mit der Verbindungsliste also in wenigen Minuten zur Verfügung stehen.«

»Fertig!«, verkündet er eine Viertelstunde später. »Die diesbezügliche Aussage unserer Zeugin war ja leider etwas schwammig, ich habe mich daher auf die Fahrzeuge beschränkt, die silbergrau sind und/oder der Marke Toyota angehören und komme auf genau zweihundertvierundfünfzig Treffer. Eine komplette Aufstellung mit den Namen und Adressen der Halter erhalte ich dann mit der Post, das wird aber nicht viel länger als einen Tag dauern, denke ich.«

»Und was können wir deiner Meinung nach mit dieser Liste anfangen?«, übt Denise Kritik an seinem Verhalten. »Willst du die etwa alle befragen? Damit wären wir bis zum Sankt-Nimmerleins-Tag beschäftigt, zumal die doch sicher über das ganze Kreisgebiet verstreut sind!«

»Schaden kann es ja wohl nicht«, brummt er missgelaunt. »Sollten wir aber irgendwann den Kreis der Verdächtigen von ›alle bis auf das Entführungsopfer‹ auf eine überschaubare Anzahl eingrenzen können, wird uns diese Liste ganz sicher nützlich sein.«

»Ich habe in der Zwischenzeit alle Rufnummern, die von einem Handy in den fraglichen fünf Minuten von den Funkzellen aus kontaktiert wurden, mit dem Verzeichnis für Mobiltelefonnummern abgeglichen«, informiert Denise ihn. »Die Treffer nehmen wir uns eventuell später noch vor. Nach allem, was wir bisher von den Kidnappern wissen, sind sie gut organisiert, sie werden also vermutlich ebenso wie die von ihnen angerufene Person Prepaid Handys benutzt haben. Wir können so den Aufwand zunächst um etwa die Hälfte reduzieren. Festnetzanschlüsse sind übrigens auf meinem Teil der Liste nicht vorhanden.«

»Das war eine hervorragende Idee!«, stimmt er ihr begeistert zu. »Aber auch Prepaid Karten gehören ja in irgendein Netz. Ich schlage daher vor, wir gruppieren die Rufnummern zusätzlich nach Vorwahlen und rufen die entsprechenden Provider gebündelt an. So sparen wir uns noch einmal Zeit! Du kannst mir aber deinen Teil geben, sobald du fertig bist. Es reicht schließlich, wenn einer von uns beiden die endlosen Diskussionen mit den Netzbetreibern führen muss.«

»Ja, das könnte funktionieren. Die Ergebnisse der Funkzellenauswertungen für die jeweils angerufenen Mobiltelefone erhalten wir zwar frühestens morgen oder übermorgen, dennoch sollten wir langsam mal loslegen, dann bleibt später vielleicht noch genügend Zeit, uns auf den morgigen Einsatz vorzubereiten!«, drängt Denise und widmet sich wieder ihrer Arbeit.

* * *

»Du siehst etwas käsig aus«, bemerkt Wolfgang Müller mit sorgenvoll gefurchter Stirn, als er seiner Freundin im Anschluss an das Gespräch mit den Eltern nach draußen auf den Hausflur folgt. »Ist es dir nicht gut?«

Nachdem sie von dem vorhin abgegebenen Erpresserbrief eine Kopie gemacht und das Original samt Umschlag ins Kommissariat hatten bringen lassen, waren sie die Instruktionen für die nächste Lösegeldübergabe mit Alexander von Kaltenbach und seiner Frau ausgiebig durchgegangen. Der Umstand, dieses Mal keinen Videobeweis für Samanthas Unversehrtheit erhalten zu haben – was Ohlsen und Müller mit mäßigem Erfolg herunterzuspielen versucht hatten – hinterließ bei den Eltern ein großes Unbehagen. Die geforderte Lösegeldsumme werde er aber pünktlich beschaffen können, so der unglückliche Vater.

»Ach was, das ist nur das helle Neonlicht, das diese Wirkung erzielt«, winkt Chrissie ab. »Du weißt doch, dass mich das immer etwas blass wirken lässt. Wirst du deinen Interims-Boss morgen Abend begleiten?«, wechselt sie verdächtig schnell das Thema.

»Ich denke schon, dass ich bei der Lösegeldübergabe mit dabei sein sollte, aber das hat letzten Endes *unser* Chef zu entscheiden, und nicht von Kaltenbach. Du erinnerst dich? Wir sind immer noch Polizisten!«

»Das hab ich schon nicht vergessen. Welchen Chef meinst du denn jetzt überhaupt?«, grinst sie ihn an. »Donner oder Kowalski?«

»Bettina macht das verdammt gut und wenn wir sie nicht hätten, wüssten wir in dieser vertrackten Angelegenheit momentan gar nicht, wo uns der Kopf steht!«, verteidigt Wolfgang die Einmischung des Bundeskriminalamtes unter der Leitung von Denises Schwester. »Aber ich meinte natürlich Donner, oder kennst du noch jemanden, den wir Chef nennen?«

Sie schaut auf die Uhr. »Unsere Wege trennen sich hier. Pass du mal schön weiter auf, dass niemand deinem Boss etwas tut, und ich spioniere derweil sein Personal aus. Bisher hat sich aber keiner besonders verdächtig benommen. Ich werde dann wohl mal die Unterkünfte inspizieren, womöglich war ja jemand unvorsichtig und hat was liegenlassen.«

»Sei bloß vorsichtig, Liebes!«, gibt er ihr noch mit auf den Weg. *Hoffentlich ist sie nicht wieder zu leichtsinnig*, denkt er besorgt, bevor er das Büro Alexander von Kaltenbachs erneut betritt.

* * *

*Ich und leichtsinnig!* Chrissie grinst auf dem Weg zu den Unterkünften still in sich hinein. *Wolfie hat es zwar nicht laut ausgesprochen, aber nach fünf Jahren Zusammenleben kann ich in seinem Gesicht lesen wie in einem offenen Buch! Leichtsinnig! Ich doch nicht! Na ja, vielleicht. Manchmal. Ein bisschen.*

Sie hatte zwar bislang noch keine Erfahrung damit sammeln können, heimlich Leute auszuspionieren. Als Polizistin kann sie das ja jederzeit in aller Offenheit tun. Dass man sich tunlichst vorher davon überzeugen sollte, ob sich in den zu durchsuchenden Zimmern auch wirklich niemand aufhält, ist ihr aber schon klar. In die Unterkünfte hineinzukommen ist dagegen noch das geringste Problem. Als ›persönliche Assistentin‹ des Hausherrn verfügt sie selbstverständlich über einen Generalschlüssel, und für das andere ist die Kenntnis der Dienstpläne äußerst hilfreich!

In diesem Flügel des Wohnheimes, den sie jetzt betritt, befinden sich insgesamt acht Wohneinheiten zu jeweils zwei komfortablen Zimmern mit Bad, die laut Dienstplan eigentlich verlassen sein müssten, da sämtliche Bewohner im Einsatz sind. Es handelt sich nämlich um Unterkünfte der Sicherheitskräfte, die bis auf wenige Ausnahmen auch die Einzigen sind, die hier sozusagen kaserniert sind.

Die Räume sind außerdem so belegt, dass immer jeweils eine Gruppe zusammen in einem Flur untergebracht ist, um einen geordneten Schichtwechsel zu gewährleisten. Demzufolge sollte dieser Bereich jetzt komplett verlassen sein, umso mehr ist Christina Ohlsen daher überrascht, ausgerechnet die Tür von Jan Hinrich Petersens Wohnung aufgehen zu sehen. Der strohblonde Friese sollte jetzt in der Überwachungszentrale sein!

Schnell sucht die Kommissarin Schutz hinter einer der buschigen Topfpflanzen, die hier überall herumstehen, als sie auch schon eine Frau herauskommen sieht. Diese schaut sich erst verstohlen um, bevor sie aus der Tür tritt. Viel zu spät erkennt Chrissie ihren kapitalen Fehler: *Was bin ich für ein Dussel*, schimpft sie in Gedanken mit sich selbst. *Im Gegensatz zu ihr habe ich alles Recht der Welt, hier herumzuschleichen! Ich hätte sie doch bloß zu fragen brauchen, was hier zu suchen hat!*

Doch nun ist es natürlich zu spät, etwas daran zu ändern. Will sie sich im Nachhinein nicht verdächtig machen, muss sie in ihrem Versteck ausharren, bis die Luft rein ist. Durch das dichte Blattwerk der Pflanze kann sie von der unbekannten Frau nicht genug erkennen, um sie zu identifizieren, und vorher hatte sie nur einen kurzen Blick auf ihren Hinterkopf gehabt. Derweil entschwindet die verdächtige Person in der anderen Richtung des umlaufenden Hausflurs ihren Augen. *Mist, wenn ich bloß wüsste, wer das war und was sie in einem fremden Zimmer zu suchen hatte. Ich werde Petersen mal vorsichtig aushorchen.*

* * *

### An einem freudlosen Ort

Der Raum ist sehr viel kleiner als das Kellerverlies, eine bessere Kammer bloß. Genau so muss sich Harry Potter, den sie vor ein paar Wochen mit Begeisterung zu lesen begonnen hatte, in seinem Verschlag unter der Treppe gefühlt haben. Eine elektrische Beleuchtung gibt es offenbar auch hier nicht, oder sie wurde zuvor entfernt. Durch ein Fenster hoch oben in der schrägen Wand links von ihrem Bett gelangt jedoch genügend Licht herein, um Zeitung lesen zu können. Wenn sie denn eine hätte!

An einer der geraden Wände stehen rechts von ihr die Gegenstände, die sie von ihrem ersten Gefängnis kennt: derselbe alte Holztisch mit Waschzeug, ein wackliger Stuhl und die chemische Toilette. Nur die Matratze fehlt, dafür gibt es jetzt ein richtiges Bett. Es ist zwar eins für Kinder, aber da Samantha ein paar Zentimeter kleiner ist als die meisten ihrer Altersgenossinnen, passt es so gerade eben.

Die Dachschräge zeigt ihr, wo diese Verbrecher sie dieses Mal eingesperrt haben, nämlich in das Zimmer eines wohl in aller Eile begonnen und nicht fertiggestellten Dachgeschossausbaues. Doch das wusste sie schon, denn man hatte sie weder betäubt noch ihr die Augen verbunden, als man sie hierher brachte. Der Weg führte etwas umständlich über eine Leiter im Obergeschoss durch eine Luke in der Decke unter das Dach und von dort aus durch eine Tür in dieses kleine Zimmer. Insgesamt macht das Haus auf das Kind einen stark renovierungsbedürftigen Eindruck.

Das Fenster befindet sich in ungefähr zwei Metern Höhe in der Dachschräge. Es ist zwar nicht vergittert und lässt sich sogar einen Spalt öffnen, indem man es an einem Scharnier hochklappt, wie Samantha durch eine Neuauflage ihres ersten Versuchs mit Tisch und Stuhl feststellte. Aber es ist dermaßen winzig, dass selbst sie auf keinen Fall hindurchpassen würde. Und was sollte sie auch auf dem Dach?

Der einzige Lichtblick in ihrem tristen Dasein sind die Anziehsachen, die man ihr wiedergegeben hatte, und die Tabletten zur Blutgerinnung. Das dringend benötigte Medikament steht ihr jetzt wieder ausreichend zur Verfügung. *Die hätte ich gestern Nachmittag gebraucht, dann wäre meine Flucht bestimmt gelungen! Die lassen mich nicht gehen*, denkt sie entmutigt und zwei dicke Tränen rollen ihr übers Gesicht. *Nicht, nachdem ich jetzt weiß, wer die sind!* Ihre Gedanken wandern automatisch zurück zu dem Augenblick, als sie aus dem Keller flüchtete …

\* \* \*

**Was am Tag zuvor noch geschah**

Samantha stürzte auf ihren nackten Füßen – denn ihre Schuhe hatte sie vergessen, wieder anzuziehen – förmlich die steile Treppe nach oben. Diese wies auf halber Höhe einen kleinen Absatz auf, an dem sie in einem rechten Winkel nach links abknickte. Das war auch der Grund dafür, dass sie die Männer zuerst nur gehört hatte, bevor sie diese zu Gesicht bekam.

In demselben Augenblick, in dem sie den Treppenabsatz erreichte, brach hinter ihr ein Tumult aus. Sie musste sich nicht erst umdrehen, um zu wissen, dass man soeben ihre Flucht bemerkt hatte, rutschte aber auf den Steinstufen aus und wäre fast gestürzt. Dabei verlor sie den Schlüsselbund, der drei Stufen unter ihr liegenblieb. Hektisch danach tastend, nahm sie ihn an sich und hastete weiter. Die Männer setzten sich gerade im Laufschritt in Bewegung, wie sie mit einem Blick zurück feststellte. Die Masken hatten sie jetzt über die Köpfe gezogen, sodass ihre Gesichter weiterhin unkenntlich blieben.

Die Kellertür am oberen Ende der Treppe war zum Glück nicht verschlossen. Aufatmend und mit einem Herzschlag im Takt eines Presslufthammers stieß sie diese atemlos auf. Hinter ihr war jetzt hektisches Fußgetrappel auf den Stufen zu hören, aber offenbar waren die Kerle sich nicht ganz einig darüber, in welcher Reihenfolge sie laufen wollten. Es ertönten jedenfalls jenseits der Kellertür einige herbe Flüche, die darauf schließen ließen, dass man sich gegenseitig auf die Füße trat.

Alles in ihr schrie förmlich danach, immer weiterzulaufen und nicht eher stehenzubleiben, als bis sie in Sicherheit wäre. Stattdessen schlug sie beherzt die Tür hinter sich zu und drehte den auch hier zum Glück von außen im Schloss steckenden Schlüssel schnell zweimal um. Nur wenige Herzschläge später rüttelten die Männer von der anderen Seite wütend an der Klinke!

Samantha ahnte, dass ihr nicht viel Zeit blieb. Die Kerle hatten kräftig ausgesehen und die Tür war nur aus Holz. Zwei, vielleicht drei Minuten, dann wäre sie entzwei. Panisch schaute sie sich im Flur und in den angrenzenden Räumen um, aber nirgends war ein Telefon zu sehen, weder Festnetz noch Handy. Ohne lange zu überlegen, stürzte sie deshalb, fast gelähmt vor Angst, aus der Haustür ins Freie. Hier fand ihre Flucht allerdings ein jähes Ende.

Das Grundstück, kaum größer als das Haus, das darauf stand, war nämlich allseits mit einem zwei Meter hohen Maschendrahtzaun umgeben, der oben noch zusätzlich mit Stacheldraht bewehrt war. Mit nackten Füßen und mit ihrem gesundheitlichen Handicap würde sie dieses Hindernis niemals überwinden können, denn schon ein einziger, winziger Schnitt reichte aus, um ohne schnelle Hilfe elend zu verbluten. Und andere Häuser waren weit und breit nicht zu sehen. Hätte sie nur ihre Tabletten!

Samantha blieb traurig am Zaun stehen, krallte die Finger hinein und blickte sehnsuchtsvoll in die nahe und doch so ferne Freiheit. Dicke Tränen liefen ihr übers Gesicht. Als wolle das Schicksal das Mädchen, das sich bisher unglaublich tapfer geschlagen hatte, vollends verhöhnen, ertönte hinter ihr eine Stimme: »Hallo Samantha!« Sie fuhr erschrocken zu der Sprecherin herum und schaute sie mit großen Augen stumm an. Es gab offenbar noch eine vierte Entführerin, und sie kannte sie!

# Kapitel 10

*»Sie haben sich nicht an die Instruktionen gehalten, das Lösegeld beträgt daher ab sofort eine Million Euro! Finden Sie sich morgen Abend pünktlich um 22:00 Uhr an den am Ende dieser Mitteilung genannten Koordinaten ein. Verwenden Sie dazu Ihren firmeneigenen Helikopter. Es ist Ihnen gestattet, eine weitere Person als Begleitung mitzuführen, wobei es sich jedoch um einen Ihrer Angestellten handeln muss! Versuchen Sie nicht, stattdessen die Polizei ins Spiel zu bringen! Kreisen Sie in einer Höhe von zwanzig und mit einem Radius von dreihundert Metern so lange um das Zentrum, bis unten auf dem Boden eine Laterne geschwenkt wird. Steuern Sie ihren Hubschrauber exakt über das Lichtsignal und lassen Sie den Koffer mit dem Lösegeld genau senkrecht nach unten fallen. Über- oder unterschreiten Sie auf gar keinen Fall die angegebenen Entfernungen! Verlassen Sie nach dem Abwurf umgehend die Lokalität!«*

»Das ist also der neue Erpresserbrief. Jetzt ist es gut, dass wir zwei unserer Leute dort eingeschleust haben«, nickt Donner zufrieden. »So kann Wolfgang heute Abend mitkommen, ohne dass es verdächtig erscheint. Selbst für den Fall, dass sich in Alexander von Kaltenbachs Haushalt ein Mitglied der Entführerbande verbergen sollte, wird man nur wissen, dass er seinen Leibwächter mitgenommen hat!«

144

»Ein Spitzel wird immer wahrscheinlicher, Chef«, wirft Denise Malowski ein. »Diese Leute kennen mir einfach zu viele Details, wie das CB-Funkgerät und jetzt die Tatsache, dass es einen Hubschrauber gibt und von Kaltenbach eine Pilotenlizenz dafür besitzt!«

»Chrissie ist da dran. Sie hat gestern Nachmittag beispielsweise eine verdächtige Person dabei beobachtet, wie sie aus einem der Räume kam, die vom Sicherheitspersonal bewohnt werden, konnte sie aber leider nicht identifizieren. Von der Security war die Frau nicht, da in diesem Block nur Männer untergebracht sind und ihr der Bewohner dieser Unterkunft bekannt ist, sagt sie.«

»Was kann die da drin gewollt haben? Hat Chrissie sich anschließend wenigstens in den Räumen umgeschaut?«, will Tobias Heller wissen.

»Was glaubst du denn?«, grinst Donner. »Sie hat aber nichts Verdächtiges gefunden. Das wäre ja auch zu schön gewesen. Leider kann sie sich nicht an den rechtmäßigen Bewohner wenden, ohne sich ihm zu offenbaren. Sonst könnte sie eventuell feststellen, ob etwas verändert wurde.«

»Die Frau könnte womöglich eine Wanze installiert haben. Schlag ihr vor, mit einem Detektor nach sowas zu suchen, auch in den übrigen Räumen. Die Security verfügt doch bestimmt über entsprechende Gerätschaften!«

»Das ist ein hervorragender Gedanke, Tobias! Ich werde es ihr gleich durchgeben. Diese Untersuchung sollte aber besser Wolfgang durchführen, als Mitglied der Sicherheitsabteilung und Leibwächter des Hausherrn macht er sich ja nicht verdächtig, wenn er die

Räume einem Check unterzieht, und bis heute Abend hat er nichts anderes zu tun. Und damit kommen wir jetzt zur Einsatzplanung. Wie ich sehe, hast du schon was gemalt?«, zeigt er auf eine Grafik an der Tafel, die unverkennbar Hellers Handschrift aufweist.

»Das ist, wie ihr euch sicher denken könnt, das Zielgebiet für den Abwurf«, nickt Tobias. »Der Kreis markiert dabei den Radius, den von Kaltenbach mit seinem Flugmanöver unbedingt einhalten soll, und der Mittelpunkt wird demzufolge von den Koordinaten aus dem Erpresserbrief gebildet.«

»Irgendwo in diesem Kreis mit einer geschätzten Fläche von etwas mehr als einem viertel Quadratkilometer finden wir ab 22:00 Uhr die Empfänger des ›Paketes‹«, überschlägt Bettina Kowalski die aus dem Erpresserschreiben bekannten Daten im Kopf. »Allerdings ist etwa ein Drittel davon bewaldet, wenn ich das richtig sehe. Dort werden sie das Geld ganz sicher nicht abwerfen lassen wollen, oder ist jemand von euch anderer Meinung?«

»Nein, aber die Bäume bieten einen guten Schutz gegen Sichtungen von oben und eine nahezu perfekte Möglichkeit, schnell hinzulaufen, sich den Koffer zu schnappen und anschließend unerkannt damit abzuhauen«, meint Donner dazu. »Außerdem deckt der von den Kidnappern angeordnete Flugradius praktisch das ganze freie Gelände ab, wobei sich die Kerle theoretisch überall in dem Gebiet aufhalten können. Dadurch ist es so gut wie unmöglich, unsere Leute an strategischen Standorten zu postieren, ohne dass sie sofort gesehen werden!«

»Das wird die eigentliche Absicht dahinter sein«, vermutet Denise. »Warum sonst sollten sie auf der exakten Einhaltung der angegebenen Entfernungen bestehen? Aber mir ist noch was anderes aufgefallen. Und zwar liegt die Stelle nur ein paar hundert Meter von der Bahnlinie entfernt. Es wäre also durchaus denkbar, dass der Koffer schon am Sonntag dort abgeworfen werden sollte. Zumal es auf der ganzen Strecke nur noch zwei oder drei andere Stellen gibt, wo eine Bergung aufgrund der fehlenden Wohnbebauung problemlos möglich gewesen wäre und *dieser* Ort als einziger auf der rechten Seite liegt. Also dort, wo das Geld ursprünglich aus dem Fenster geworfen werden sollte!«

»Du meinst, die Entführer könnten ihr Versteck da irgendwo in der Nähe haben?«, führt Tobias ihren Gedanken zu Ende. »Da ist was dran, wir dürfen diese Möglichkeit jedenfalls nicht völlig außer Acht lassen. Was ist mit den Apotheken?«, wendet er sich jetzt an Bettina. »Haben wir schon eine Rückmeldung wegen des Medikaments erhalten?«

»Leider nicht«, schüttelt sie den Kopf. »Das wäre ja auch zu einfach gewesen. Kommen wir jetzt aber zum Einsatzplan für heute Abend! Wie Peter vorhin bereits zutreffend sagte, ist es uns dieses Mal kaum möglich, Einsatzkräfte rund um die Abwurfstelle zu postieren, ohne dass es auffällt. Der Hubschrauberpilot hat die Order, sofort wieder abzudrehen und ein Funksignal, das wir anpeilen könnten, wird es heute auch nicht geben. Man muss den Kidnappern neidlos zugestehen, an alles gedacht zu haben. *Eine* Option bleibt uns aber trotz allem noch! Wir werden folgendermaßen vorgehen ...«

\* \* \*

Wolfgang Müller hält die Luxuslimousine vor dem Haupttor an und betätigt die in das Armaturenbrett eingebaute Fernbedienung, worauf die Torflügel, von kräftigen Elektromotoren angetrieben, majestätisch surrend in ihren Angeln nach innen schwingen und den Weg für die Ankömmlinge freimachen.

»Heute wird es ganz sicher klappen«, wendet er sich an den einzigen Fahrgast auf der Rücksitzbank, während er den Wagen durch das Tor rollen lässt, welches sich hinter ihnen sofort wieder schließt. Da jede Bewegung auf dem Grundstück von den Sicherheitskräften mit Argusaugen beobachtet wird, ist Eile hier nicht angebracht. »Unsere Leute sind Profis und haben einen narrensicheren Plan für die Übergabe ausgetüftelt. Die Entführer werden außer Ihrem Helikopter nichts zu sehen bekommen, wir müssen nur sicherstellen, dass unser ›Paket‹ heil unten ankommt. Zwanzig Meter ist schon ziemlich hoch!«

»Dieser Koffer ist absolut bruchsicher«, verkündet Alexander von Kaltenbach und klopft mit der flachen Hand selbstsicher auf eines der beiden Behältnisse zu seiner Rechten. »Der würde sogar einen Sturz aus der doppelten Höhe schadlos überstehen. Ihrer Behörde vertraue ich vorbehaltlos, ansonsten hätte ich Ihre Leute gewiss nicht so lange gewähren lassen, wo es um das Wohl meiner Tochter geht! Erheblich größere Sorgen bereitet mir Ihre Vermutung, dass einer von dieser Bande bei mir angestellt sein könnte. Ich habe im Augenblick sieben weibliche Kräfte unter Vertrag. Drei davon sind von der Security und blond sind sie dummerweise alle! Haben Sie denn in der Zwischenzeit etwas mehr über diese Frau herausgefunden, die Ihre Kollegin Ohlsen gestern aus einem der Zimmer des Wachpersonals hat kommen sehen?«

»Nur das, was ich Ihnen bereits sagte. Sie hatte die Frau bloß für Bruchteile einer Sekunde vor Augen und das auch noch von hinten. Blonde Haare mit Pferdeschwanz. Eine Uniform trug sie nicht. Solange wir nichts Genaueres darüber wissen, ist potenziell jeder hier verdächtig. Ich werde heute zunächst eine Inspektion aller Wohnräume vornehmen, wobei ich mich hauptsächlich auf Wanzen und andere Spionageeinrichtungen konzentriere. Und Sie sind wirklich sicher, dass Ihr Mechaniker vertrauenswürdig ist?«, wechselt Wolfgang Müller das Thema, während er den Wagen vor der Werkstatt abstellt, um das zweite Paket abzuliefern, das sein Passagier auf dem Rücksitz hütet. »Ich würde mich erheblich besser fühlen, wenn die Anpassung Ihres Hubschraubers von einem *unserer* Leute durchgeführt würde!«

»Für Herrn Hausmann lege ich jederzeit die Hand ins Feuer! Ich versichere Ihnen, er wird die von Ihren Spezialisten vorgeschlagene Modifikation innerhalb weniger Stunden zu meiner vollsten Zufriedenheit abgeschlossen haben! Er arbeitet zudem bereits seit über zehn Jahren für mich und genießt mein uneingeschränktes Vertrauen. Außerdem fiele ein fremder Mechaniker ja erst recht auf, falls sich der Verdacht eines Maulwurfs in unseren eigenen Reihen bestätigen sollte. Wir dürfen jetzt keinen Fehler machen!«

* * *

»Ich frage mich, aus welchem Grund die Entführer dieses Mal explizit einen Begleiter erlauben, obwohl sie bisher immer darauf pochten, dass Alexander von Kaltenbach weithin sichtbar allein unterwegs war«, überlegt Denise. Nebenher sortiert sie den Posteingang, den sie auf dem Rückweg in ihr gemeinsames Büro im Geschäftszimmer abgeholt hatte. »Hier ist übrigens schon die Liste vom Straßenverkehrsamt, die du angefordert hattest!«, bemerkt sie beiläufig und wirft einen dicken Umschlag zu Tobias hinüber, der diesen geschickt aus der Luft fischt.

»Ich vermute, dass sie sich wegen der Sicherheit ihrer Beute Sorgen machen«, erwidert er. »Die Steuerung eines Helikopters dieser Bauart ist zwar nicht sonderlich schwierig, erfordert jedoch die ständige Aufmerksamkeit des Piloten. Wenn er einen exakten Kreis fliegen und gleichzeitig nach einem Lichtsignal in der Dunkelheit Ausschau halten soll, kann er nicht auch noch den Koffer mit dem Geld abwerfen, ohne die Gewalt über die Maschine zu verlieren. So einfach ist das. Und das komplizierte Flugmanöver wird ihrer

Sicherheit dienen. Wie der Chef vorhin sagte, ist es uns dadurch praktisch unmöglich gemacht worden, Posten dort aufzustellen. Aber zum Glück haben wir den Kerlen mit unserem Riesenbaby ein Schnippchen geschlagen. Und der Umbau an dem Hubschrauber, den Bettina angeregt hat, wird uns heute hoffentlich endlich auf ihre Spur bringen. Auch ohne ein Riesenaufgebot an Personal!«

»Ach, hier ist schon eine Antwort von *Vodafone*!«, unterbricht Denise ihn verwundert und zieht einen weiteren Umschlag aus ihrem Poststapel. »Das ging ja schnell, sie ist aber sehr dünn!« Sie reicht ihm ein einzelnes Blatt Papier über den Tisch.

»*Vodafone*?«, echot Tobias, während er einen Blick darauf wirft und gleichzeitig mit der freien Hand nach der Vergleichsliste tastet. »Ich hatte die gestern gebeten, eine ganz bestimmte Funkzelle bevorzugt zu untersuchen. Wusstest du, dass das Anwesen der von Kaltenbachs über einen eigenen Sendemast verfügt?«

»Nein, aber es wundert mich ehrlich gesagt nicht. Allerdings hätte ich auch darauf kommen können, dort zu beginnen. Immerhin reden wir die ganze Zeit von nichts anderem, als dass die Entführer eventuell eine Kontaktperson in dem Haushalt haben könnten! Und? Haben wir eine Übereinstimmung?«

»Warte einen Moment!« Tobias geht die ursprüngliche Funkzellenauswertung in gewohnter Geschwindigkeit zeilenweise durch und wird auf der vierten Seite fündig. »Ah, hier ist es ja schon!«, ruft er begeistert aus. »Ich habe hier eine Rufnummer, die im fraglichen Zeitraum auf beiden Auswertungen erscheint!

Damit kennen wir jetzt sowohl die Handynummer der Entführer, die am Samstag am Rheinufer eingebucht waren, als auch die Telefonnummer der von ihnen kontaktierten Person!«

»Aber beide haben unregistrierte Prepaid Handys benutzt, was die Sache enorm erschwert. Ortungen bringen uns dieses Mal ja nichts, da wir im Fall des angerufenen Telefons den Standort ohnehin kennen. Dagegen kann eine aktuelle Funkzellenbestimmung des anderen Handys mehrere Wochen dauern, weil es keinerlei Anhaltspunkte gibt, wo wir mit der Suche beginnen sollen. Es müssten tausende Zellen abgefragt werden, und so viel Zeit bleibt uns nicht!«

»Allenfalls könnte eine stille SMS etwas bringen, dafür benötigen wir jedoch einen Beschluss. Ob wir den mit diesen dürftigen Indizien bekommen, wage ich allerdings zu bezweifeln. Die Kerle vor der Übergabe aufzuscheuchen, bringt aber sowieso nichts, da wir an die Sicherheit der Geisel denken müssen. Wir sprechen auf jeden Fall den Chef darauf an.«

»Und ich informiere schnell Chrissie über unseren Erfolg«, beschließt Denise und greift zu ihrem Handy. »Jetzt, wo wir bezüglich eines Maulwurfs praktisch Gewissheit haben, kann sie sich so richtig ins Zeug legen. Unsere kleine Spürnase bekommt ganz sicher etwas heraus!«

Tobias wedelt fröhlich mit der Liste vom Straßenverkehrsamt in der Luft. »Und danach schauen wir beide uns einige Adressen in Eitorf an. In der Gegend, wo heute Nacht die zweite Lösegeldübergabe stattfinden soll, gibt es nämlich drei Treffer bezüglich der Fahrzeuge mit *SU-SE* oder *SU-SI* im Kennzeichen!«

»Drei Treffer, sagtest du vorhin?«, überlegt Denise, nachdem sie ihr Gespräch mit der Kollegin beendet hat. »Es ist ja nicht so, dass ich nicht gerne mit dir hinausfahren würde, aber ich glaube, da habe ich eine viel bessere Idee!« In verschwörerischem Tonfall erklärt sie ihrem Partner, was sie sich soeben ausgedacht hat.

\* \* \*

Chrissie Ohlsen schlendert, scheinbar ohne besondere Absicht, zur Werkstatt, wo einige Männer unter der Leitung ihres Chefmechanikers Hausmann seit fast einer Stunde am Firmenhubschrauber werkeln. Wolfgang Müller ist auch mit dabei und beaufsichtigt im Auftrag seines wahren Chefs Donner die Arbeiten, um nichts dem Zufall zu überlassen. Man weiß ja nie!

Tatsächlich hält sie aber heimlich Ausschau nach irgendwelchen verdächtigen Aktivitäten, denn wo sonst sollte sich ein Spion momentan herumtreiben, wenn nicht hier? In ihrer Eigenschaft als persönliche Assistentin von Kaltenbachs wirkt der Werkstattbesuch hoffentlich einigermaßen glaubhaft. Sie ist nur noch fünfzig Meter von ihrem vorgetäuschten Primärziel entfernt, als ihr Diensthandy klingelt.

»Hi, Denise!«, meldet sie sich vorsichtshalber mit gesenkter Stimme, nachdem sie die Nummer erkannt hat. »Ach was, tatsächlich? Na, dann haben wir ja jetzt endlich Gewissheit … … Okay, ich halte selbstverständlich weiterhin die Augen und Ohren offen. Schickst du mir für alle Fälle die beiden Telefonnummern per SMS aufs Handy? … … Danke … … Nein, die Überprüfung auf Wanzen hat kein Ergebnis gebracht, die Frau muss einen anderen Grund gehabt haben, in fremden Zimmern herumzuspionieren … … Du, ich bin gerade in Eile, bis später dann!«

In Wahrheit hat sie soeben hinter einer der überall herumstehenden Buchsbaumhecken nahe der Werkstatt einen ihr sehr bekannt vorkommenden blonden Pferdeschwanz hervorlugen sehen. Schnell steckt sie ihr Handy ein und schleicht sich vorsichtig an, wobei sie jegliche vorhandene Deckung für sich ausnutzt. Dafür muss sie allerdings einen sehr großen Umweg in Kauf nehmen.

Ungefähr acht Meter von der verdächtigen Person entfernt ist dann aber endgültig Schluss damit, denn weitere Hindernisse, die sie als Deckung benutzen könnte, sind nicht vorhanden. Sie drückt sich eng in den Schatten eines Buchsbaumes, der die Form einer riesigen Schnecke hat, und lauscht mit gespitzten Ohren angestrengt zu der Frau hinüber, die offenbar ein angeregtes Gespräch über ihr Handy führt. Sehen kann Chrissie sie aus ihrer Position nicht. Aufgrund der Entfernung bekommt sie auch nur einige wenige Satzfetzen mit, die erregt klingen und daher etwas lauter gesprochen werden.

»… hat mich gesehen … dürfen nichts riskieren … Irgendwie loswerden … Ist mir doch egal, wie ihr das anstellt! …« Der Wind dreht, und die Worte sind jetzt deutlicher zu verstehen. »Es werden gerade Arbeiten am Helikopter durchgeführt … Es bleibt also für euch bei unserem Plan für heute Abend … Und ruft mich nie wieder mit diesem verdammten Handy an, am besten werft ihr es sofort weg!«

Der letzte Satz wurde besonders laut und erregt ausgesprochen und markiert wohl auch das Ende der trotz zahlreicher Lücken durchaus aufschlussreichen Unterhaltung, denn nur Augenblicke später stürmt die Frau aus ihrem Versteck und rennt zum Haupthaus zurück. Chrissie kann so gerade eben noch in Deckung gehen, doch jetzt hat sie das Gesicht der Dame kurz sehen können!

*Na, sieh mal einer an! Hat die etwa über Samantha geredet? Die wenigen Worte, die ich verstanden habe, verheißen jedenfalls nichts Gutes! Es ging aber auf jeden Fall um die heutige Lösegeldübergabe! Ich muss sofort etwas unternehmen!* Sie greift erneut zum Handy und wählt eine Nummer aus ihren Kontakten.

»Amara? Chrissie hier! Du musst mir einen riesengroßen Gefallen tun, stell aber besser keine Fragen!« Nachdem sie der IT-Spezialistin ihren Wunsch vorgetragen hat, wählt sie Bettina Kowalskis Nummer. Sie weiß zwar, dass sie ihren eigentlichen Chef damit im Grunde übergeht, doch hier steht das Leben eines kleinen Mädchens auf dem Spiel und die BKA-Mitarbeiterin verfügt einfach über mehr Möglichkeiten!

\* \* \*

»Du hast recht, Denise, das ist in diesem Stadium der Ermittlungen wesentlich zielführender«, nickt Tobias beeindruckt, nachdem seine Partnerin ihm ihren Vorschlag zu Gehör gebracht hat. »Wir könnten sowieso nichts anderes tun, als uns dort etwas umzuschauen, und würden dabei allenfalls riskieren, dass die Entführer uns erkennen und Verdacht schöpfen. Wir werden stattdessen jetzt zum Chef gehen und ihn bitten, bei Richter Biber einen Beschluss für eine stille SMS auf ihr Handy zu erwirken, das bekommen die ja nicht mit!«

»Falls du das der Kidnapper meinst, bist du einen Tick zu spät dran!«, lässt sich eine spöttische Stimme von der offenen Bürotür vernehmen. Bis auf einen regional bedingten hessischen Zungenschlag klingt sie haargenau wie die seiner Partnerin. »Das hat eure kleine Kommissarin nämlich bereits veranlasst!«

»Chrissie?«, wundert sich Denise und wendet sich der Besucherin zu. »Mit ihr habe ich doch gerade erst gesprochen, Schwesterherz. Das ist noch keine zehn Minuten her!«

»Ja, und dann rief sie sofort bei mir an«, verkündet Bettina Kowalski und setzt sich unaufgefordert auf einen der Besucherstühle. »Das heißt, vorher hat sie eure IT-Spezialistin überredet, ohne Beschluss einen solchen Tracking-Code an das Handy der Kidnapper abzuschicken! Leider war sie damit aber zu spät dran, wahrscheinlich nur um wenige Sekunden!« Anschließend berichtet sie den beiden ausführlich von dem Gespräch, das Christina Ohlsen belauscht hatte.

»Eure Kollegin hat demnach völlig korrekt gehandelt«, schließt sie ihre Ausführungen ab. »Das war ein klassischer Fall von ›Gefahr im Verzuge‹, was ein sofortiges Eingreifen erforderte. Offenbar hatte der unbekannte Gesprächspartner des dank Ohlsen nun enttarnten Maulwurfes das Handy tatsächlich umgehend deaktiviert, denn die stille SMS ist bisher nicht angekommen. Ob man es jemals wieder einschaltet, steht in den Sternen!«

»Aber deswegen bist du jetzt nicht hier, habe ich recht?«, vermutet Tobias. »Was ist mit diesem Maulwurf? Sollen wir uns um die Frau kümmern?«

»Korrekt. Ohlsen hatte mich darum gebeten, einen Live Tracker auf ihrem Handy installieren zu lassen. Aber Mobiltelefone kann man ja auch mal ›vergessen‹ mitzunehmen, ich habe deshalb diesbezüglich vielleicht einen besseren Vorschlag. Wir haben doch zwei fähige Ermittler vor Ort, die sie ab sofort unauffällig auf Schritt und Tritt bewachen können. Die läuft erstmal nicht weg, kann uns jedoch eventuell zu ihren Komplizen und damit auch zu dem Mädchen führen, wenn wir es geschickt anstellen. Ein Zugriff erscheint mir daher momentan nicht zielführend. Hier ist ihr Name!«

Bettina reicht ihrer Schwester einen Zettel. »Ich möchte, dass ihr so schnell wie irgend möglich alles über diese Frau in Erfahrung bringt, was die Datenbanken hergeben. Irgendwo in ihrem Leben *muss* es eine Querverbindung zu ihren Kumpanen und/oder zu deren Versteck geben!«

»In Ordnung, das wird sofort erledigt. Wir haben aber auch etwas für dich«, meldet sich Denise noch einmal zu Wort und teilt ihrer Schwester mit, was sie sich zu den ermittelten Fahrzeughaltern im Umfeld des heutigen Einsatzgebietes ausgedacht hat.

»Ja, das lässt sich durchaus machen«, zeigt Bettina sich beeindruckt. »Genügend Männer habe ich ja jetzt dafür zur Verfügung, da wir auf dem Gelände dieses Mal bekanntlich niemanden postieren dürfen.«

# Kapitel 11

*Ein Geräusch in der Dunkelheit*

*Dienstag, 6. Juli, 21:42 Uhr*

Samantha schreckt aus einem unruhigen Halb-schlaf und reibt mit beiden Händen über das tränennasse Gesicht. Richtig geschlafen hat sie seit ihrer Entführung schon nicht mehr. Wie lange ist das jetzt her? Drei Tage, oder eher vier? Ihr ist jegliches Zeitgefühl abhandengekommen.

Sie fühlt sich kraftlos und schlapp und der Hunger wühlt schmerzhaft in ihren Eingeweiden. Aus Angst, man könnte sie vergiften wollen, hat sie seit ihrer misslungenen Flucht nichts mehr gegessen und das Essen jedes Mal ins Klo gespült. Die Spaghetti von heute stehen noch unberührt auf dem Tisch, nur das Wasser hat sie sich zu trinken getraut, da die Flasche versiegelt war.

Seitdem sie eine Angestellte ihres Vaters als einen der Entführer identifiziert hat, glaubt sie nicht daran, dass man sie irgendwann freilassen wird. Um Hilfe rufen bringt in dieser Einöde nichts, ihre Lage ist also hoffnungslos. Das einzige Fenster ist geradezu winzig und das Haus abgelegen, wie sie ja selbst am Sonntag während ihres kurzen Ausfluges sehen konnte. An die Finsternis nachts in ihrem Verlies hat sie sich mit der Zeit ja gewöhnt. Irgendwelche Lichtquellen außer dem Mond und den Sternen scheint es außerhalb des Gefängnisses nicht zu geben.

Und es ist ungewöhnlich still, auch tagsüber. Flugzeuge sind derzeit ja nur noch selten in der Luft und der fehlende Straßenverkehr ist irgendwie gespenstisch, als befände man sich in einem luftleeren Raum oder zumindest am Ende der Welt. Aber irgendetwas ist jetzt anders. Ist da ein Geräusch? Atemlos und mit klopfendem Herzen lauscht sie in die undurchdringliche Dunkelheit. Liegt da nicht ein fernes Brummen in der Luft?

*Das hört sich doch wie ein Hubschrauber an*, durchfährt es sie siedend heiß, als das markante Motorengeräusch näher kommt. *Mein Papa sucht nach mir! Oder die Polizei! Ich müsste mich irgendwie bemerkbar machen, aber wie soll ich das nur anstellen? Ich kann ja nicht mal aus dem Fenster winken oder so. Und es ist ja sowieso viel zu dunkel draußen.*

Jetzt entfernt sich das verheißungsvolle Brummen wieder und plötzlich ist es so still wie die Tage zuvor, ohne dass der vermeintliche Helikopter auch nur in die Nähe des Hauses gekommen wäre, in dem sie gefangen gehalten wird. Mutlos lässt Samantha sich auf das Bett zurückfallen und bricht erneut in bittere Tränen aus.

\* \* \*

»Jetzt spuck's schon endlich aus!«, dringt Bettinas gedämpfte Stimme in sein grüblerisches Schweigen, in das er verfallen ist, seit ihr Einsatzwagen im Zielgebiet angekommen ist. Es handelt sich um einen der beiden als Wohnmobile getarnten Funkmesswagen des Bundeskriminalamtes, der jedoch genügend weit außerhalb des bezeichneten Geländes geparkt ist, um keinen Verdacht zu erregen. Außer ihnen beiden ist heute nur noch ein Spezialist der eigenen Forensik mitgekommen, der zunächst als Fahrer des bis unter das Dach mit Elektronik vollgestopften Fahrzeugs fungierte. Später wird ihm allerdings eine immens wichtige Funktion zufallen, doch bis dahin ist noch etwa eine Viertelstunde Zeit.

Denise wurde von ihrer Schwester am Nachmittag unter Protest nach Hause geschickt, ohne nennenswerte Ergebnisse bezüglich ihrer Recherche erzielt zu haben. Erschöpfte Ermittler seien keine gute Grundlage für eine erfolgreiche Operation, so Bettina, und es genüge, wenn zwei von ihnen sich die Nacht um die Ohren schlagen. Und morgen sei ja auch noch ein Tag.

Das Einzige, was sie noch gemeinsam herausgefunden hatten, bevor Tobias sich auf den nächtlichen Einsatz vorbereiten musste, war eine unverheiratete Schwester der Verräterin im Haushalt Alexander von Kaltenbachs. Die Zeit reichte gerade so noch für eine kurze Recherche vor Ort. Frau Friedmann sei jedoch seit einer Woche nicht mehr gesehen worden, so die Nachbarn, und befinde sich wohl derzeit im Urlaub.

»Äh … Wie?«, schreckt Tobias aus seinen düsteren Gedanken auf, fängt sich jedoch sofort wieder. »Ich weiß wirklich nicht, was du meinst!«

»Jetzt halte mich bitte nicht für total verblödet! Denise scheint auch zu glauben, dass mir ihre andauernden Grübeleien nicht auffallen. Aber wir sind schließlich eineiige Zwillinge. Ich weiß immer, was sie bewegt. Und wo liegt *dein* Problem? Hat es etwas mit meiner Schwester zu tun?«

»Es ist nicht so, wie du vielleicht denkst«, beginnt er zögernd, wobei er sich jedes Wort gründlich überlegt. »Ich mache mir Gedanken, weil Denise sich in den letzten Monaten irgendwie verändert hat. Aber sie spricht nicht mit mir darüber, was mit ihr los ist. Ist sie krank? Wir ermitteln schon eine halbe Ewigkeit gemeinsam, etwas anderes kann ich mir überhaupt nicht mehr vorstellen!«

»Ja, dasselbe sagt Denise umgekehrt auch von dir«, antwortet sie leise, und ein feines Lächeln umspielt ihre Lippen. »Ich denke, dass genau da das Problem liegt. Aber nein, meine Schwester erfreut sich bester Gesundheit. Es ist nur so, dass sie im Gegensatz zu mir ein Familienmensch ist und in letzter Zeit viel zu selten pünktlich zu Hause ist. Und jetzt ist auch noch der kleine Nicklas in ihr Leben getreten, da ist einiges durcheinander gepurzelt.«

»Wem sagst du das?«, seufzt er. »Das haben wir ja alle im Frühjahr hautnah miterlebt. Und es ist wirklich nichts Ernstes mit ihr?«

»Nichts, worüber du dir ernsthaft Sorgen machen müsstest, Tobias! Denise ist momentan nur in einem emotionalen Zwiespalt zwischen Beruf und Familie. Ich denke aber, sobald sie mit sich selbst im Reinen ist, wird sie mit dir darüber sprechen. So, und nun ist wieder Konzentration angesagt, der Helikopter ist im Anflug. Wir haben ein Kind zu retten!«

Bettina verfügt offenbar über dasselbe gute Gehör wie ihre Schwester, was bei identischen Genen aber nur logisch erscheint. Jetzt hört auch Tobias das typische Geräusch eines sich nähernden Hubschraubers. Es ist gerade 21:59 Uhr geworden, von Kaltenbach ist pünktlich auf die Minute! Wie immer in solchen Situationen, wechselt er sofort in den Polizistenmodus, alles andere ist jetzt nebensächlich!

\* \* \*

»So, da wären wir. Auf den Meter genau über den angegebenen GPS-Koordinaten!«, ruft Alexander von Kaltenbach seinem Co-Piloten mit erhobener Stimme zu, um den Motorenlärm zu übertönen. »Ich bringe den Vogel jetzt im Zentrum kurz zum Stehen, bevor ich in die vorgeschriebene Kreisbahn gehe. Wir sind eine Minute vor der Zeit, sehen Sie schon irgendwo eine geschwenkte Laterne?«

Wolfgang Müller lehnt sich nach rechts und späht angestrengt in die tiefschwarze Nacht, nur gehalten von seinem Sicherheitsgurt. »Negativ, da unten ist es dunkel wie in einem …«

»Geschenkt«, unterbricht der Pilot ihn, bevor er seine politisch nicht ganz korrekte Bemerkung zu Ende führen kann. »Es läuft bisher alles perfekt, ich werde jetzt zuerst unser ›Gastgeschenk‹ abkoppeln. Genau eine Sekunde später geht es, wie von den Kidnappern gefordert, mit Speed exakt dreihundert Meter seitwärts, halten Sie sich also gut fest! Hoffen wir, dass es bei diesem Manöver nicht zu Luftverwirbelungen durch den Rotor kommt. Das ›Paket‹ dürfte dann aber zehn Meter unter uns sein, das müsste reichen! Halten Sie den Koffer auf mein Kommando bereit zum Abwurf!«

\* \* \*

162

»Im Grunde genommen haben uns diese Kerle mit ihren detaillierten Forderungen einen riesengroßen Gefallen getan!«, lässt sich Gernot Lauterbach jetzt vernehmen. Der Forensiker hat sich mittlerweile zu ihnen gesetzt und balanciert nun einen graumetallenen Kasten von der Größe eines Laptops auf den Knien, auf dessen Oberfläche die Kommissare einige Hebel und Stellräder sowie einen derzeit schwarzen Bildschirm erkennen können.

»Der Pilot wird sofort nach Erreichen der Zielkoordinaten in zwanzig Metern Höhe die Magnethalterung deaktivieren, mit der unsere Kameradrohne am Unterboden des Helikopters fixiert ist«, erläutert er noch einmal das geplante Vorgehen. Da der Plan von ihnen allen gemeinsam ausgearbeitet wurde, ist dies eigentlich überflüssig und nur seiner eigenen Aufregung geschuldet. Bettina und Tobias hören ihm mit erzwungener Geduld zu. Sie ahnen, dass er das Ventil jetzt dringend benötigt, um seine flatternden Nerven zu beruhigen, denn von seinem Können hängt der Erfolg des gesamten Einsatzes ab!

»Die Drohne fällt herunter, wird aber von einem eingebauten Autopiloten, der selbsttätig die Rotoren einschaltet, nach exakt einer Sekunde aufgefangen«, fährt er daher fort. »Wenn alles so verläuft, wie ich es mehrfach durchgerechnet habe, wird sie in einer Höhe von sechs bis acht Metern in den Schwebeflug übergehen. Ab dann übernehme ich die Steuerung und bringe sie sofort wieder auf die ursprüngliche Flughöhe. Die Drohne ist nahezu lautlos und nachtschwarz lackiert, niemand wird sie in dieser Dunkelheit sehen oder hören können.«

In diesem Augenblick erwacht der Bildschirm auf der Fernsteuerung ohne sein Zutun zum Leben und zeigt ein fahles Schwarz-Weiß-Bild des Bodens, wie es für Nachtaufnahmen mit Restlichtverstärker typisch ist. Gernot Lauterbach ist jetzt in seinem Element und widmet sich stumm seiner Aufgabe. Sie besteht im Wesentlichen darin, sich mittels der Drohne an die Erpresser zu hängen, sobald diese sich blicken lassen, und ihnen möglichst bis zu deren Versteck zu folgen. Zusätzlich wurden, wie von Denise angeregt, Zivilbeamte an den von Tobias ermittelten Adressen postiert. Sollte eine davon den Kidnappern gehören, wird man ihnen dort einen heißen Empfang bereiten.

Die Erwartungen sind extrem hoch, denn falls sich die Schlussfolgerungen aus dem von Chrissie Ohlsen heute belauschten Gespräch als zutreffend erweisen, wird diese im Grunde als Köder gedachte Operation aller Wahrscheinlichkeit nach die letzte Gelegenheit sein, Samantha zu finden!

\* \* \*

Von Kaltenbach hatte mit seiner Warnung nicht übertrieben. Kaum hatten seine Fingerkuppen einen nachträglich auf dem Armaturenbrett angebrachten Schalter umgelegt, riss er seinen Helikopter förmlich aus der Flugbahn, weg von der fallenden Drohne.

Wolfgang Müller kommt jetzt der Magen entgegen, als das Fluggerät sich dabei in einem 45-Grad-Winkel nach rechts neigt und gleichzeitig beschleunigt. Es bleibt ihm nicht einmal genügend Zeit, sich über die Reißfestigkeit seines Sicherheitsgurtes Gedanken zu machen, so schnell ging das. Um einen reibungslosen Abwurf zu gewährleisten, hatte man nämlich die Tür auf seiner Seite vor dem Start entfernt, sodass er für bange Sekunden in der Luft zu hängen scheint, mit nichts als scheinbar bodenloser Schwärze unter sich.

»Ist der Mageninhalt noch drin, Müller?«, hört er die belustigt klingende Stimme des Piloten. Trotz des Ernstes der Lage hat ihm das Manöver offenbar einen Riesenspaß bereitet, und er ist zudem ein verdammt guter Flieger, wie sein Passagier neidlos anerkennen muss. »Das Schlimmste haben Sie überstanden, ab jetzt geht es wie in einem Karussell zu: ganz gemächlich mit Tempo dreißig immer schön links herum, das stellt keine große Herausforderung dar. Nehmen Sie aber besser schon mal den Koffer zur Hand!«

*Von der Flugrichtung in diesem Kreisverkehr stand in dem Schreiben nichts*, schießt es Müller überflüssigerweise durch den Kopf. *Ist wohl auch eher Nebensache!* Dann besinnt er sich endlich auf den eigentlichen Grund seiner Teilnahme an der Operation und greift zu dem mit einer Stahlklammer am Boden zu seinen Füßen gesicherten Geldkoffer, um diesen sofort zur Hand zu haben, sobald das Signal gegeben wird.

Zwölf Minuten und dreieinhalb langsame Umkreisungen später ist es dann so weit: Etwa zweihundert Meter links von ihrer derzeitigen Position wird unten eine Laterne geschwenkt. »Schon gesehen!«, kommt von Kaltenbach seinem Hinweis zuvor und richtet gleichzeitig die Nase des Helikopters exakt auf das Signal aus. Das Warten hat ein Ende!

* * *

Endlose Minuten geschieht so gut wie gar nichts, nur der Hubschrauber kommt auf seiner Kreisbahn, pünktlich wie ein Schweizer Uhrwerk, alle zweihundertdrei Sekunden an der Null-Grad-Markierung des auf Weitwinkel gestellten Kameraobjektivs vorbei. Unterhalb der bewegungslos in zwanzig Metern über dem Kreismittelpunkt schwebenden Drohne tut sich hingegen überhaupt nichts.

»Die lassen sich ja enorm viel Zeit!«, unkt Bettina. »Hoffentlich schlagen wir uns die Nacht nicht wieder ganz umsonst um die Ohren!«

»Ich denke, es wird jeden Augenblick so weit sein«, gibt Tobias zurück. »Die müssen ja einerseits kontrollieren, ob kein Hinterhalt vorliegt, können aber andererseits auch nicht riskieren, mit einem stundenlang kreisenden Hubschrauber unerwünschtes Aufsehen zu erregen, zumal das für private Fluggeräte in der Nähe einer Bahnlinie so niedrig über dem Erdboden ohne Genehmigung gar nicht erlaubt ist!«

Als hätte er es herbeigeredet, fährt jetzt langsam und mit ausgeschalteten Scheinwerfern ein Auto ins Blickfeld der Kamera. Auf dem monochromen, leicht grünstichigen Bild der nachtsichtigen Drohne ist die Farbe zwar nicht zu erkennen, aber es könnte sich durchaus um einen silbergrauen Toyota handeln. Der Hubschrauber beginnt soeben seine vierte Umkreisung. Unwillkürlich stupst er Bettina an, die jedoch bereits aufmerksam geworden ist und den kleinen Bildschirm der Fernsteuerung geradezu hypnotisiert.

Beide Türen werden gleichzeitig aufgestoßen und zwei Männer springen heraus. Einer trägt eine eingeschaltete, hell leuchtende Laterne, der andere fällt durch eine spiegelblanke Glatze auf. Anstelle der üblichen Skihauben sind die Gesichter diesmal durch simple Masken geschützt. Sie entfernen sich hastig einige Schritte von ihrem Fahrzeug, und der mit der Lampe beginnt diese heftig zu schwenken. Nahezu zeitgleich ändert der Helikopter seine Flugrichtung und stößt dazu. Atemlos beobachten die beiden Polizisten und der Forensiker, wie ein schwerer Gegenstand aus dem Fluggerät fällt, mehrere Meter neben den Männern aufprallt und sich dabei mehrfach überschlägt. Das Paket ist zugestellt!

Jetzt geht alles sehr schnell: Der Kerl mit der Glatze rennt zum Koffer, während der mit der Laterne sich ans Steuer des Wagens setzt. Der Geldkoffer fliegt mit Schwung auf den Rücksitz, der Glatzkopf springt ins Auto. Sekunden später rollt es mit jetzt eingeschalteten Scheinwerfern zur Straße zurück, wo es in nördlicher Richtung davonfährt. Der Hubschrauber hatte sich nach dem Abwurf des Koffers umgehend weisungsgemäß entfernt.

Gernot Lauterbach benötigt keine separate Aufforderung durch die Polizisten mehr. Er weiß selbst, was die Stunde geschlagen hat, und bringt die Drohne mit sorgfältig dosierten Steueranweisungen innerhalb weniger Augenblicke in Position. Etwa fünfzig Meter hinter dem Fahrzeug der Entführer folgt sie diesem unauffällig in unveränderter Höhe.

»Warum ist das Kennzeichen nicht zu erkennen?«, fragt Tobias Heller den Forensiker enttäuscht, da auf dem Kamerabild dort, wo sich bei einem Kraftfahrzeug das hintere Nummernschild befindet, nur eine grellweiße Fläche zu sehen ist.

»Das ist eine Eigenart von Restlichtverstärkern«, klärt Lauterbach ihn auf, während er sich weiterhin konzentriert der Steuerung widmet. »Aktive Lichtquellen wirken auf solche Systeme naturgemäß wie ein starker Scheinwerfer, der alles überstrahlt. Aber keine Angst, ich werde den Wagen schon nicht aus dem Fokus verlieren. Dieses Schätzchen hier kann eine volle Stunde in der Luft bleiben. Irgendwann müssen die ja an ihrem Ziel ankommen und sobald die Beleuchtung abgeschaltet wird, sehen wir auch das Kennzeichen!«

»Das wäre ja auch zu einfach gewesen!«, brummt Heller missmutig und fasst sich in Geduld.

Hundert Meter vor ihnen kommt die Bahnlinie in Sicht und gleichzeitig die erste Herausforderung für sie, denn der Wagen wird in wenigen Augenblicken in den Tunnel hineinfahren, der die Gleise an dieser Stelle unterquert. »Wenn ich die Drohne direkt über dem Asphalt halte, kann sie denen durch die Unterführung folgen«, schlägt Lauterbach vor. »Aber dann wird sie mit Sicherheit entdeckt, sobald die Kerle in den Rückspiegel sehen, denn da drinnen dürfte alles hell erleuchtet sein!«

Bettina und Tobias schauen sich kurz an. »Drüber fliegen!«, kommt es einen Herzschlag später unisono aus ihren Mündern. Die Entscheidung ist ihnen leicht gefallen, da es im Tunnel keine Möglichkeit gibt, die Richtung zu wechseln. Außerdem kommt der Wagen nach wenigen Sekunden auf der anderen Seite wieder zum Vorschein. Und er ist das einzige Fahrzeug weit und breit.

* * *

Zehn Minuten später passiert es: Wie aus dem Nichts erscheint ein Streifenwagen hinter dem Auto der Entführer und schaltet für eine halbe Sekunde Blaulicht und Sirene ein. Die Funkstreife hatte sich auf dem Seitenstreifen der L333 Richtung Hennef auf die Lauer gelegt und stoppt nun aus welchem Grund auch immer das Fahrzeug, in dem nicht nur zwei Verbrecher sitzen, sondern in dem ebenfalls ein Koffer mit einer Million Euro liegt! Gehorsam, als wäre es das Normalste auf der Welt, fahren sie an den Straßenrand.

»Was tun diese Vollidioten denn da?«, regt sich Bettina Kowalski lautstark auf. Indessen steigen zwei uniformierte Polizisten aus ihrem Einsatzwagen und nähern sich betont lässig dem von ihnen gestoppten Fahrzeug. »Die werden uns noch alles vermasseln!«

»Ach was, die werden sich bloß etwas gelangweilt haben«, wiegelt Tobias Heller ab. »Du weißt, wie das ist, wenn man die ganze Nacht auf Streife ist. Da kam ihnen ein einsamer PKW auf der Landstraße gerade recht. Das kann uns aber durchaus von Nutzen sein«, erinnert er sich an seine eigene Aktion mit dem Fahrradkurier und notiert sich vorsorglich das auf dem Dach des Streifenwagens aufgebrachte Kennzeichen. »Auf diese Weise erfahren wir so ganz nebenbei die Namen der beiden!«

Tobias sollte recht behalten. Zehn Minuten später, einer der Beamten leuchtete mit einer Taschenlampe in die Fahrgastzelle und schaute anschließend in den Kofferraum, während der Kollege die Papiere kontrollierte, winken sie gnädig ins Innere des Fahrzeugs, das sich daraufhin unbehelligt in Bewegung setzt. In der mittlerweile vier Kilometer entfernten mobilen Einsatzzentrale atmen drei Personen hörbar auf!

Diese Erleichterung schlägt weitere fünf Minuten später jedoch in jähes Entsetzen um, als der Wagen, den sie nicht eine Sekunde aus den Augen verloren hatten, vor einem Mehrfamilienhaus in der Innenstadt anhält und statt der beiden Männer eine junge Frau mit blonder Stachelfrisur aussteigt! In der Hand hält sie auch nicht den Geldkoffer, sondern eine kitschige, perlenbestickte Tasche. Sekunden später ist sie im Haus verschwunden.

»Wir wurden von diesen Kerlen klassisch hereingelegt!«, stellt Tobias Heller überflüssigerweise fest und schüttelt immer wieder fassungslos den Kopf.

Bettina Kowalski hingegen zückt ihr Handy und wählt eine Nummer. »Tom? Ich habe eine Aufgabe für euch!« Anschließend erläutert sie ihrem Kollegen, worum es ihr geht. »Sag auch den anderen Bescheid«, schließt sie ihre Instruktionen ab. »Sie können sich mit dir abwechseln. Ich will, dass dieses Auto und das Haus keinen Augenblick unbewacht bleiben!«

* * *

### Eine ausgelassene Feier um Mitternacht

Samantha schreckt erneut aus ihrem Schlaf, der dieses Mal vor lauter Erschöpfung tief und traumlos war. Wie viel Zeit seit dem Hubschrauber vergangen ist, den sie in der Ferne zu hören geglaubt hatte, weiß sie natürlich nicht. Es ist immer noch stockfinstere Nacht, doch unten im Haus dröhnt jetzt laute Musik zu ihr herauf wie von einer Party, gemischt mit dem misstönenden Gegröle betrunkener Menschen.

Es handelt sich den Stimmen gemäß um die zwei Männer und die unbekannte Frau, mit denen sie es bisher zu tun hatte. Eine vierte Person ist zumindest momentan nicht zu vernehmen. Und alle drei sind extrem ausgelassen, sonst wäre der Lärm hier unter dem Dach bestimmt nicht zu hören. *Diese Feier muss einen Grund haben*, überlegt das Kind, während es angestrengt in die Dunkelheit lauscht. Und plötzlich weiß sie es mit hellsichtiger Klarheit: *Das ist es! Sie haben das Lösegeld bekommen! Was wird nun aus mir?*

Samantha weiß nicht, wie lange sie so auf dem blanken Fußboden gelegen hat, das rechte Ohr eng an die Dielen gepresst. Stunden scheinen vergangen zu sein, in denen der Lärm ständig auf und ab wogte, doch außer einigen nichtssagenden Satzfetzen und dem Gegröle der Feiernden war nichts zu verstehen gewesen. Jetzt aber kommen die Stimmen mit einem Mal näher, sind direkt unter ihr. Einer der Männer stößt einen unflätigen Fluch aus, als er die schon halb erklommene Leiter zur Dachkammer wieder herunterrutscht und unsanft auf dem Hosenboden landet.

Plötzlich rüttelt jemand heftig an der Türklinke, und Samantha springt erschrocken auf. Ihr Herz rast wie wild. »Hassu – *hicks* – hassu mal den Schlüssel?«, lallt die Frau undeutlich. Das Mädchen drückt sich in der Dunkelheit ängstlich an die Wand neben die Tür.

»Den hab ich dir – *hicks* – vorhin doch gegeben«, nuschelt einer der Männer, der Stimme nach der mit dem Tattoo. »Hassu den vielleicht, Chris?«

»Seh ich etwa so aus, als hätt' ich den verdammten Schlüssel?«, kichert der andere Mann albern. »Dann muss einer von uns eben wieder nach unten und ihn holen. Der Boss – *hicks* – hat gesagt, wir sollen die Kleine …«

»Pssst! Nicht so laut!«, wird er von dem Tattoo-Mann unterbrochen. »Wisst ihr was? Die kommen doch sowieso erst am – *hicks* – Freitag hierher. Vielleicht hat sich das Problem bis dahin ja von selbst erledigt. Und jetzt – *hicks* – hab ich Durst! Lasst uns weiterfeiern, wir haben eine Million Gründe dafür!«

Dann ist alles wieder still bis auf die Musik, die immer noch von unten dröhnt. Samantha sucht in der Finsternis das Bett und setzt sich zitternd darauf. *Uff, das ist nochmal gut gegangen! Was für ein Glück, dass die drei dermaßen betrunken sind! Freitag, hat der Kerl gesagt. Und was ist heute? Dienstag oder Mittwoch? Ich muss einen Weg finden, auf mich aufmerksam zu machen, falls der Hubschrauber noch einmal vorbeikommt!*

# Kapitel 12

»Ich kann nicht glauben, dass ihr die Kerle einfach habt entwischen lassen!«, poltert Donner, nachdem die Vorführung der halbstündigen Aufzeichnung der Kameradrohne beendet ist. Dermaßen aufgebracht haben seine Leute ihn noch nie zuvor erlebt. Es gibt da aber nichts zu beschönigen: Sie haben es vergeigt. Entsprechend bedröppelt sitzen seine Mitarbeiter am Tisch, einschließlich Kowalski und Malowski, die an dem gestrigen Einsatz gar nicht beteiligt war.

»Hat irgendeiner von euch Genies wenigstens eine Idee, wie wir jetzt weiter vorgehen?«, fügt er etwas leiser, fast mutlos hinzu und lässt sich auf einen der durch die Abwesenheit von Ohlsen und Müller freien Stühle fallen. Auch das ist ein deutlicher Hinweis auf seinen Gemütszustand, denn in all den Jahren hat der Kommissariatsleiter seine Vorträge immer im Stehen gehalten.

»Die müssen das von langer Hand geplant haben, Chef!«, lässt sich Tobias Heller vernehmen. »Wie du ja selbst gesehen hast, waren dort auf dem Feld zwei Männer, einer davon mit Glatze. Keiner von ihnen hat nach oben geschaut, sodass wir ihre Gesichter nicht haben. Außerdem trugen sie Masken. Unsere Drohne hat das Auto, in das die beiden mit dem kurz zuvor abgeworfenen Geldkoffer eingestiegen und davongefahren sind, nicht einen Augenblick aus dem Fokus verloren, so glaubten wir jedenfalls. Und doch steigt am Ende eine einzelne Frau aus, und zwar ohne den Koffer. Also, ich kann von unserer Seite keinen Fehler erkennen!«

»Und wie erklärst du dir das?«, will Donner sofort von seinem Stellvertreter wissen. »Sowas ist unmöglich, außer die können zaubern!«

»Ich habe meine Männer, die während der Operation an drei Standorten in der Nähe postiert waren, umgehend abgezogen und die ganze Nacht vor dem Haus dieser Silvia Fröhlich Wache schieben lassen«, meldet sich Bettina Kowalski mürrisch zu Wort. Sie wirkt heute extrem schlecht gelaunt. »Dort sind sie zurzeit immer noch. Sie ist aber bisher nicht wieder zum Vorschein gekommen und der Koffer ist *nicht* im Auto, davon haben sich meine Leute mit einem Blick durch das Seitenfenster überzeugt. Der Wagen ist ja auf der Straße geparkt. Und beim Aussteigen hat sie ihn nicht dabeigehabt, wie auf der Videoaufnahme unzweifelhaft zu sehen ist.«

»Den Namen dieser Dame wissen wir ja auch nur deshalb, weil sie unterwegs von einer Streife angehalten wurde«, erinnert Tobias an die entsprechende Szene in dem Video. »Dabei wurden ihre Personalien überprüft. Die Kollegen haben wir noch in der Nacht befragt, aufgefallen war ihnen bei der Kontrolle jedoch nichts weiter und sie hatten ja sogar in den Kofferraum geschaut. Was das Verschwinden der Männer einschließlich ihres Geldkoffers betrifft, habe ich allerdings eine gewisse Vorstellung, wie die das angestellt haben könnten!«

174

»Da fällt mir eigentlich nur eine einzige Möglichkeit ein, das zu bewerkstelligen«, äußert sich Denise an seiner Seite dazu. »Die haben unterwegs die Fahrzeuge getauscht!«

»Aber wie, und vor allem: wann und wo?«, schüttelt Donner ungläubig den Kopf. »Die Drohne werden sie ja wohl kaum manipuliert haben!« Die Lippen von Bettina Kowalski neben ihm kräuseln sich zu einem feinen Lächeln, offenbar ist sie soeben selbst auf den Trichter gekommen.

Tobias greift wortlos zur Fernbedienung und spult das Video an eine Stelle gleich zu Beginn, etwa zwei Minuten, nachdem die beiden Kerle sozusagen vor ihren Augen den Koffer eingesammelt und auf den Rücksitz ihres Wagens geworfen hatten. Das vermutlich silbergraue Auto – die Farbe ist auf dem Schwarz-Weiß-Bild nicht zu bestimmen – fädelt sich gerade auf eine Straße ein, die in nördliche Richtung zu den Eisenbahngleisen führt. Unmittelbar davor stoppt er die Wiedergabe.

»Das hier ist auf der gesamten Strecke die einzige Möglichkeit, den Tausch vorzunehmen«, erläutert er. »Wir erinnern uns, dass der Mann an der Fernsteuerung die Drohne nach einer kurzen Diskussion über die Unterführung hinweg lenkte, weil zu befürchten war, dass die Burschen sie gesehen hätten, wäre sie ihnen durch den Tunnel gefolgt«, nickt er in Bettinas Richtung, die diese Geste schulterzuckend erwidert.

Dann lässt er die Aufnahme weiterlaufen. »Achtet genau auf den Zeitcode! Der Wagen war für exakt sieben Sekunden aus unserem Blickfeld, als er auf der anderen Seite wieder hervorkam. Dies entspricht in etwa der Zeit, die man bei normaler Geschwindigkeit für die Fahrt durch den achtzig Meter langen Tunnel benötigt, daher ist uns das auch nicht weiter aufgefallen und das Auto schien ja dasselbe zu sein!«

»Du meinst also, da hat ein baugleiches Fahrzeug die ganze Zeit über in der Unterführung auf diesen Moment gewartet und ist an deren Stelle hinausgefahren? Aber dann hätte man von der Drohne wissen müssen, und diese Frau wäre demnach eingeweiht gewesen!«, wittert Donner einen Pferdefuß in Tobias' Theorie. »Wir werden sie umgehend vernehmen!«

»Entschuldige, aber das halte ich für keine gute Idee!«, schüttelt Bettina Kowalski den Kopf. »Diese Silvia Fröhlich wohnt in einem Mehrfamilienhaus in der Innenstadt, es ist daher wohl kaum davon auszugehen, dass Samantha dort versteckt wird. Solange es keine Reaktion der Entführer auf die Lösegeldübergabe gibt, würden wir sie demnach nur aufscheuchen, falls diese Frau mit ihnen unter einer Decke steckt. Lass mich ihre Wohnung noch wenigstens für heute observieren, danach bist du dann an der Reihe, okay? Und die Kenntnis von der Drohne muss uns ja nicht weiter wundern, offenbar hat deren Spitzel vor Ort trotz aller Sicherheitsmaßnahmen vom Umbau des Hubschraubers Wind bekommen. Ohlsen hat sie immerhin gestern an der Werkstatt herumlungern sehen!«

»Ich gebe dir genau Zeit bis heute Mittag!«, knurrt Donner. »Und nicht eine einzige Sekunde länger! Falls uns bis 12:00 Uhr keine Nachricht über die Freilassung der Geisel vorliegt, werden beide Verdächtige sofort festgenommen, und das ist dieses Mal nicht verhandelbar! Wir hätten einen GPS-Sender in dem Koffer verstecken sollen, wie ich es vorgeschlagen hatte, aber ich wurde ja wieder mal überstimmt!«

»Das haben wir doch alles lang und breit durchgekaut!« Bettina ist jetzt ebenfalls laut geworden und funkelt ihn wütend an. »Wir hätten bloß Samanthas Leben unnötig gefährdet, falls der Sender vorzeitig entdeckt worden wäre! Jeder Depp weiß doch heutzutage, dass es sowas gibt!«

*Sehr lange geht das mit den beiden Alphatieren nicht mehr gut*, denkt Denise bestürzt. Immerhin kennt sie ihre Schwester wie sonst niemand in diesem Raum. *Wie es aussieht, sind die Emotionen in den vergangenen vier Tagen auf beiden Seiten ziemlich hochgekocht!*

»Jetzt kommt mal wieder runter!«, geht sie respektlos dazwischen, bevor der Streit noch eskaliert. Immerhin ist Donner ihr Vorgesetzter. »Ihr habt beide recht, aber erinnert euch daran, was Chrissie zufällig mitangehört hat! Offenbar hat Samantha einen der Geiselnehmer erkannt, da ist es nicht so sehr wahrscheinlich, dass man sie jetzt freilässt! Weshalb sonst haben wir diesen ganzen Zirkus mit den Drohnen und den versuchten Funkpeilungen veranstaltet? Es erscheint mir durchaus angemessen, die einzigen momentan bekannten Verdächtigen ins Verhör zu nehmen!«

»Na gut, warten wir bis heute Mittag«, gibt Bettina Kowalski widerstrebend nach. »Spätestens morgen Nachmittag muss ich meine Zelte hier sowieso abbrechen. Anordnung von höchster Stelle. Uns bleiben also weniger als dreißig Stunden!«

»Hast du gewusst, dass deine Schwester von ihrer Dienststelle zurückgepfiffen wurde?«, erkundigt sich Tobias wenige Minuten später bei seiner Partnerin, während er nebenbei noch einmal konzentriert seine gestern erhaltenen Listen durchsieht, um den längst fälligen Ermittlungsbericht anzufertigen. Momentan können sie ohnehin kaum etwas anderes tun, als auf eine Nachricht bezüglich der Freilassung Samanthas zu warten oder auf eine geniale Eingebung zu hoffen.

»Nein, sie muss die entsprechende Order erst kurz vor der Fallbesprechung erhalten haben«, erwidert Denise kopfschüttelnd. Auch sie widmet sich unerledigten Schreibarbeiten, der eingegangenen Post und den bislang höchst unergiebigen Recherchen zu den Friedmann-Schwestern. »Das wird auch der Grund für ihre ungewöhnliche Gereiztheit vorhin gewesen sein. Bettina hasst lose Enden ebenso sehr wie ich!«

»Ha!«, stößt Tobias in einer Lautstärke hervor, die Denise zusammenfahren lässt. »Du glaubst ja nicht, wer einen silbergrauen Toyota mit *SU-SE* auf dem Kennzeichen besitzt!« Er wedelt mit der dicken Liste vom Straßenverkehrsamt in der Luft herum.

»Wenn du mich schon *so* fragst, wird es wohl die Schwester unseres Maulwurfs sein«, vermutet Denise und muss bei seinem enttäuschten Gesichtsausdruck unwillkürlich lachen. Manchmal benimmt sich ihr Partner wirklich wie ein kleiner Junge. »Alles andere ergäbe nämlich keinen Sinn. Den Namen kennen wir ja erst seit gestern, es wäre dir also ansonsten sicher früher aufgefallen, und die Frau wohnt nicht einmal ansatzweise in der Gegend, wo die gestrige Lösegeldübergabe stattfand! Sie war bisher ja auch nicht wirklich verdächtig, und dass der Wagen niemandem aus dem Umfeld der von Kaltenbachs gehört, hatten wir bereits festgestellt. Übrigens hat Bettina einen Wachposten vor der Wohnung abgestellt, heute ist ihr das ja noch möglich.«

»Das war messerscharf kombiniert«, nickt Tobias anerkennend. »Und du hast natürlich in sämtlichen Punkten recht! Wir lassen den Wagen umgehend zur Fahndung ausschreiben!«, verkündet er und räumt einige Papiere beiseite, unter denen sich sein Telefon versteckt hat. »Verdammt, warum hatten wir diese wichtige Information nicht schon früher?«

»Apothekenalarm!«, ruft es in diesem Augenblick von der Tür, die wegen der sommerlichen Temperaturen auch heute offen steht. Tobias' Hand bleibt wenige Zentimeter über dem Hörer in der Schwebe, während er sich verblüfft seinem Chef zuwendet. »Es gab einen Einbruch!«, fügt Donner erläuternd hinzu. »Dabei wurde unter anderem wohl auch das Medikament gestohlen, das Samantha so dringend benötigt! Schnappt euch ein paar Forensiker und fahrt sofort dorthin, hier ist die Adresse!«

Dann ist der Kommissariatsleiter genauso schnell wieder verschwunden, wie er zuvor aufgetaucht war, nachdem er Tobias hastig einen Zettel in die Hand gedrückt hatte. Diesem bleibt nur noch, dem Vorgesetzten mit offenem Mund entgeistert hinterherzuschauen. Als er sich endlose Sekunden später von der leeren Türöffnung abwendet, blickt er direkt in die feixende Miene seiner Partnerin.

»Du hättest mal dein Gesicht sehen sollen!«, grinst sie, wird aber sofort wieder ernst. »Ich habe soeben die Funkzellenauswertung erhalten, die wie gestern angefordert hatten. Friedmann hat das Grundstück ihres Arbeitgebers in den vergangenen Tagen nicht für eine Sekunde verlassen! Wie kann es dann also sein, dass Samantha sie gesehen und erkannt hat, wie Chrissie anhand des mitangehörten Telefonats annimmt?«

»Das besagt überhaupt nichts. Sie muss das Handy ja nicht zwangsläufig mitgenommen haben! Ich rufe aber noch schnell Wolfgang an, bevor es losgeht. Er soll uns die Aufnahmen der Videoüberwachung seit Samstag 00:00 Uhr zusammenstellen, bisher haben wir ja nur die bis einschließlich Freitagnacht. Dann wird sich zeigen, ob diese Dame tatsächlich die ganze Zeit über dort gewesen ist!«

»Vergiss die Fahndung nach dem Toyota nicht!«, erinnert sie ihn daran, dass er vorhin bei einer höchst wichtigen Sache gestört worden war.

\* \* \*

»Hast du mal gezählt, wie oft wir schon in den vergangenen Jahren in dieser zwar idyllischen, aber auch unbestreitbar langweiligen Gegend recherchiert haben?«, überlegt Denise, während Tobias den Audi vor der Glocken-Apotheke in Herchen abstellt, einem der vielen kleinen Nebenorte Windecks. Wobei dieser mit ungefähr tausend Einwohnern im Grunde schon zu den größeren Gemeinwesen gehört. Die Fahrzeit für die Strecke von knapp dreißig Kilometern betrug ziemlich genau eine halbe Stunde, da der überwiegende Teil davon über die Landstraße L333 zurückgelegt werden musste. Die Frage war jedoch eher rhetorisch gemeint, eine Antwort erwartet sie daher nicht.

Aber Tobias hat trotzdem sofort eine parat, die er auch gleich zum Besten gibt: »Bloß zweimal, Denise. Das kommt dir so oft vor, weil wir in beiden Fällen mehrmals hier hinausfahren mussten, was jedes Mal eine halbe Weltreise bedeutete.« Auf dem Parkplatz nebenan steigen jetzt die zwei Forensiker aus ihrem VW-Bus. Die Ermittler schließen sich ihnen auf dem Weg zum Eingang der Apotheke stumm an.

Fünf Minuten später sind die Spezialisten emsig dabei, die Einbruchsspuren, oder was davon übrig ist, mit mürrischen, unzufriedenen Mienen zu untersuchen und nach eventuell noch brauchbaren Fingerabdrücken und anderen Spuren zu fahnden. »Das war am vergangenen Wochenende, sagen Sie?«, vergewissert sich Denise Malowski bei der Apothekerin, einer Frau Gerber. »Und warum melden Sie sich dann erst heute bei uns? Ich fürchte, unsere Forensiker werden jetzt nicht mehr allzu viel finden, was auf die Diebe hindeutet!«

»Wir wissen nicht genau, wann das war«, rechtfertigt sich die Inhaberin. »Unsere Alarmanlage hat am Samstag den Geist aufgegeben und die Reparatur wurde erst nach dem Wochenende durchgeführt. Der Einbruch war demzufolge in der Nacht zum Sonntag oder in der darauffolgenden. Ich habe mich sofort, als ich am Montag die Bescherung sah, an Ihre Kollegen vom Bezirksdienst Windeck-West gewandt, die hier draußen für so etwas zuständig sind, schon alleine wegen der Versicherung. Dass ausgerechnet dieses spezielle Medikament gestohlen wurde, haben wir erst durch die Inventur erfahren, die bis heute früh angedauert hat. Anschließend habe ich sofort Ihre Dienststelle informiert!«

»Wurde von den Einbrechern noch etwas anderes mitgenommen?«, will Tobias Heller wissen. »Oder war dieses Medikament …?«

»Es war zumindest das Einzige, dessen Fehlen wir bisher feststellen konnten«, unterbricht die Apothekerin ihn unhöflich. »Zwei Schachteln zu je fünfzig Tabletten. Auch die Kasse wurde nicht angerührt.«

»Was denkst du?«, fragt Denise ihren Partner eine halbe Stunde später auf dem Rückweg zum Auto. Vorher hatten sie sich noch kurz mit den Forensikern unterhalten und die mittlerweile ersetzte Hintertür mit den Einbruchsspuren inspiziert.

»Dasselbe wie du: Diese Einbrecher sind identisch mit den Leuten, die wir seit Tagen suchen, ansonsten verspeise ich auf der Stelle den von unserem Chef so oft und gerne zitierten Besen! Die große Frage ist nur, wie uns diese Information jetzt weiterhilft!« Er setzt sich ans Steuer und schaut auf die Borduhr. »Es ist gleich Mittag. Warten wir hier, bis Donner anruft, oder sollen wir schon mal losfahren?«

»Wir fahren«, entscheidet Denise und zeigt damit, dass sie ihm folgen konnte. »Wir müssen sowieso in diese Richtung und kommen sogar beinahe an der Wohnung der Fröhlich vorbei. Allerdings wird der Chef ihre Festnahme nur dann anordnen, wenn kein Lebenszeichen von Samantha eingegangen ist!«, fügt sie ernst hinzu. »Das sollten wir nicht vergessen!«

»Keine Angst, das werde ich schon nicht!«, knurrt er und dreht den Zündschlüssel dermaßen heftig im Schloss, dass er ihm fast abgebrochen wäre.

* * *

*Zwei Stunden später*

»Warum wir uns deiner Anordnung widersetzt, und Silvia Fröhlich nicht festgenommen haben?«, wiederholt Tobias Heller die Frage des Vorgesetzten wesentlich ruhiger als dieser sie ihm gestellt hatte, nachdem sie allein ins Kommissariat zurückgekehrt waren. »Weil in dieser Sache im Grunde überhaupt nichts wirklich zusammenpasst und sie uns die gestrige Aktion glaubhaft erklären konnte!«

»Da wäre zum einen das Auto zu nennen«, hakt Denise Malowski ein. »Sie besitzt zwar einen silbergrauen Toyota, wie der von uns zur Fahndung ausgeschriebene, aber mit einem völlig anderen Kennzeichen! Und vergessen wir auch nicht, dass der Koffer nicht drin war, als die Kollegen in der Nacht nachgeschaut haben. Und danach hat sie das Haus nachweislich nicht mehr verlassen. Wir haben uns jedenfalls ausgiebig mit ihr unterhalten und sie wirkte absolut authentisch.«

»Demnach wurde sie am Montag vor einem Supermarkt in Eitorf von einer Frau angesprochen, die laut ihrer Beschreibung eine der Friedmann-Schwestern gewesen sein könnte«, fährt Tobias Heller fort. »Die sehen sich ja ziemlich ähnlich. Diese Frau bot ihr fünfhundert Euro, wenn sie sich am nächsten Abend in den Tunnel stellt und erst hinausfährt, sobald ein gewisses Auto kommt und ihr mit der Lichthupe ein

Zeichen gibt. Das Geld wurde ihr im Vorbeifahren durchs Seitenfenster gereicht, sie hat uns den Schein gezeigt. Die Insassen hat sie in der Dunkelheit nicht richtig erkennen können. Es waren aber wohl zwei.«

»Ich denke, der Plan sah nicht unbedingt vor, dass sie von einer Funkstreife angehalten wurde«, ergänzt Denise. »Da wir ihr unter den gegebenen Umständen eine Beteiligung ohnehin nicht nachweisen können, haben wir auf eine Festnahme verzichtet. Wir hätten sie nämlich spätestens morgen wieder auf freien Fuß setzen müssen. Sie würde die Frau, die ihr diesen zugegebenermaßen merkwürdigen Auftrag gegeben hat, aber jederzeit wiedererkennen, sagte sie.«

»Also gut«, brummt Donner halbwegs besänftigt. »Ihr habt euch in dieser Angelegenheit ausnahmsweise einmal korrekt verhalten. Sonst ist es ja eigentlich eher umgekehrt, und ihr schleppt mir unter den fadenscheinigsten Vorwänden Leute zum Verhör an! Auffällig ist nur, dass das Verwirrspiel schon vorgestern angeleiert wurde. Es ist also davon auszugehen, dass man seitens der Entführer von vornherein mit einer Überwachung aus der Luft gerechnet hatte. Sei es drum, Nikola Friedmann wurde vorhin hier abgeliefert und wartet auf ihre Vernehmung, macht euch also sofort an die Arbeit!«

»Was ist mit Chrissie und Wolfgang?«, will Denise wissen. »Ihr Einsatz ist doch mit der Festnahme jetzt beendet, oder nicht?«

»Unsere kleine Nervensäge konnte mich letztendlich davon überzeugen, dass es besser wäre, mindestens einen weiteren Tag dranzuhängen. Es könnte ja sein, dass dort noch mehr Maulwürfe herumgraben,

meinte sie, und ich bin geneigt, mich dieser Einschätzung anzuschließen. Aus diesem Grund wurde die
Festnahme unter Wahrung der Tarnung der beiden
von Bettina und zwei uniformierten Beamten durchgeführt, verplappert euch also nachher nicht! Falls
wir sie morgen wieder laufenlassen müssen, gerieten
die Kollegen in größte Gefahr!«

»Hat sie nach einem Anwalt verlangt?«, erkundigt
sich Denise bei ihrem Vorgesetzten. Donner schüttelt
nur stumm den Kopf. »Nicht? Na, dann fühlt sie sich
offenbar ziemlich sicher. Das dürfte eine harte Nuss
werden, da wir nur Indizien gegen sie ins Feld führen
können! Gib uns eine Stunde, ich möchte vorher noch
schnell ein paar Sachen überprüfen.«

»Okay, schaut aber vor der Vernehmung mal kurz
in der Forensik vorbei, Amara hat nämlich eine kleine
Überraschung für euch!«, nickt Donner abschließend,
ohne dies näher zu erläutern.

* * *

### An einem verlassenen Ort

Keiner der Verbrecher hatte sich seit dem beängs-
tigenden Vorfall in der Nacht mehr blinken lassen.
Das Mädchen sitzt mutlos an dem alten, wackligen
Holztisch und starrt blicklos auf die kalten, gummi-
artigen Spaghetti auf dem Pappteller vor ihr, der seit
gestern Mittag unberührt dort steht. Selbst, wenn sie
genau wüsste, dass die Nudeln nicht vergiftet sind,
würde sie diesen Fraß nach mehr als einem Tag nicht
anfassen.

Erheblich schlimmer als der in ihren Eingeweiden
nagende Hunger ist aber der Durst, der ihr die Zunge

am Gaumen kleben lässt. Da sich heute niemand um sie gekümmert hat, gab es auch kein frisches Wasser, und ihr ohnehin nicht sehr üppiger Vorrat ist längst aufgebraucht. In ihrer Not hatte sie sogar versucht, aus der Waschschüssel zu trinken. Die darin gelöste Seife brennt ihr jetzt noch im Rachen. Im Haus war es zudem den ganzen Tag über totenstill.

*Die schlafen sicher nur ihren Rausch aus*, redet sie sich immer wieder ein. *Morgen werden sie sich um mich kümmern!* Den erschreckenden Gedanken, man könne sie verlassen haben, und sie nun völlig allein hilflos Hunger und Durst ausgesetzt ist, will sie gar nicht erst aufkommen lassen. Zu schrecklich ist diese Vorstellung für das gerade einmal elf Jahre alte Kind. Trotz allem, was diese Leute ihr angetan haben!

Entschlossen kippt Samantha die ungenießbaren Nudeln voller Ekel ins Klo. Die leere Ketchupflasche pfeffert sie hingegen wütend in eine Ecke. *Wäre die Flasche wenigstens aus Glas, dann hätte ich vielleicht eine Waffe, und sei sie noch so unbedeutend. Der Inhalt war aber auch nicht von schlechten Eltern!* Schließlich legt sie sich auf ihr Bett und weint sich in den Schlaf.

# Kapitel 13

Es hatte dann doch länger gedauert als gedacht. Viel war es zwar nicht, was sie bis jetzt noch herausgefunden hatten, aber die Zeit drängt, da nach wie vor keine Nachricht über eine geplante oder bereits stattgefundene Freilassung Samanthas eingegangen ist. Weder bei den Eltern des Mädchens noch sonst irgendwo. In Anbetracht dessen, dass die Entführer jetzt haben, wonach sie verlangt hatten, ist dies mehr als bedenklich. Sollte sich daran bis morgen nichts geändert haben, müssen wohl sämtliche Aktionen der letzten Tage als Fehlschlag gewertet werden!

*Fehlschlag! Wie sich das nur anhört*, grübelt Denise missmutig, während sie an der Seite ihres Partners zügig den Vernehmungsraum betritt. *Als ob es nicht um das Schicksal eines elfjährigen Kindes ginge! Aber nicht mit mir, Leute! Ich werde alles daransetzen, den Aufenthaltsort aus ihr herauszukitzeln! Doch mit den wenigen bekannten Fakten ist jetzt erst einmal taktieren angesagt, wir dürfen keinen Fehler machen!*

Nikola Friedmann, bei Alexander von Kaltenbach als Buchhalterin angestellt und dort unter der Woche wohnhaft, blickt ihnen gelassen entgegen, als sie mit den üblichen nichtssagenden Mienen Platz nehmen. Dies ist einer der Gründe, weshalb Denise und Tobias den Beginn ihrer Vernehmungen gerne hinauszögern und die Verdächtigen eine Weile ›schmoren‹ lassen: Deren Reaktion, wenn es dann endlich losgeht, kann nämlich höchst aufschlussreich sein!

*Jemand, der unschuldig festgenommen wurde und in diesem erdrückenden Ambiente stundenlang sich selbst überlassen wird, würde garantiert nicht so cool bleiben*, diagnostiziert Tobias ihr Verhalten, während er wie immer einen umfangreichen Stapel Papiere penibel am Tischrand ausrichtet. Das wenigste davon hat etwas mit dem aktuellen Fall zu tun und dient in der Menge lediglich der subtilen Einschüchterung. *Aber Gelassenheit ist schließlich kein Verbrechen!*

Die Kunst speziell bei dieser Vernehmung besteht darin, der Verdächtigen Informationen zu entlocken, ohne selbst welche preiszugeben. Denn sollte man sie am nächsten Tag gehen lassen müssen, darf sie keine Sekunde lang den Eindruck haben, in Gefahr zu sein. Man würde sie dann selbstverständlich observieren und von ihr im günstigsten Fall direkt zu Samantha geführt werden. Und die Auskunft aus der Forensik könnte sich ebenfalls noch als nützlich erweisen!

\* \* \*

Auf der anderen Seite des venezianischen Spiegels verfolgt Donner im Halbdunkel des Beobachtungsraumes die Vorbereitungen seiner Verhörspezialisten mit versteinerter Miene. Er steht unmittelbar vor der Scheibe und wirkt in seiner gesamten Körperhaltung beinahe wie ein Raubtier, das jeden Augenblick zum Sprung auf sein auserkorenes Opfer ansetzen will. Unvermittelt legt sich ihm von hinten ungewöhnlich sanft eine Hand auf die Schulter.

»Tobias und Denise sind ein Spitzenteam«, spricht Bettina Kowalski leise in sein rechtes Ohr. »Wenn sie ihr keine Informationen entlocken können, gelingt es niemandem!« Das ist zwar stark übertrieben, aber sie weiß, dass er im Grunde genau das jetzt hören will. »Und vergiss nicht, was wir heute alles herausfinden konnten! So erhalten wird durch den Einbruch sogar *zwei* Auskünfte: Nämlich, dass das Versteck vermutlich ganz in der Nähe ist, und dass man sich um das Wohl des Kindes sorgt. Weshalb hätten sie das Risiko sonst auf sich nehmen sollen, nur um ein Medikament für sie zu beschaffen? Und wir kennen jetzt ein weiteres Mitglied der Bande!«

Während das *dynamische Duo* heute Mittag unterwegs nach Windeck war, um den Einbruch zu untersuchen, war es Amara Jones gelungen, die *Facebook*-Seite der Schwester, Annika Friedmann, zu hacken, deren Aufenthaltsort weiterhin unbekannt ist. Und auf einem der vielen Urlaubsfotos und Bildern von Freunden und Bekannten war ein Mann mit Drachentattoo auf dem Unterarm zu sehen. Und nicht nur das, es gab auch einen Namen dazu in der Datenbank!

»Das aber wohl untergetaucht ist«, knurrt Donner in Anbetracht der Tatsache, dass der Mann an seinem meldeamtlich erfassten Wohnort seit Monaten nicht mehr gesehen wurde. »Und die Apotheke grenzt das Suchgebiet zwar ein, das ist richtig. Es bleiben jedoch noch etwa fünfzig Quadratkilometer, da suchen wir bis zum Sankt-Nimmerleins-Tag! Zudem fand dieser Einbruch am Wochenende statt, in der Zwischenzeit kann viel passiert sein!«

»Was bist du nur für ein alter Miesepeter!«, grinst Bettina in Anspielung auf seinen Vornamen. Donner ist außerdem für seinen Zweckpessimismus bekannt. »Aber da drin geht es jetzt los«, unterbricht sie sich mit einem Blick nach nebenan. »Lass uns zuhören, streiten können wir später immer noch!«

\* \* \*

»Sie wissen, weswegen Sie heute hier sind, Frau Friedmann?«, eröffnet Tobias Heller das Verhör im Plauderton, nachdem seine Partnerin die für das Protokoll vorgeschriebenen Informationen in das Mikrofon gesprochen hat. Im Wesentlichen sind dies die Angaben zur vernommenen Person, Anlass der Maßnahme und Namen und Dienstgrade der durchführenden Beamten.

Friedmann sieht ihn abschätzend an, ohne ihre Haltung auch nur um einen Millimeter zu verändern. »Keine Ahnung. Sagen Sie es mir!« Man könnte sie als attraktiv bezeichnen: mittelgroß, wohlproportioniert und mit einer recht angenehmen Stimme gesegnet. Nur die etwas zu vollen Lippen und die einen Hauch zu lange Nase stören den Gesamteindruck ein wenig.

»Sagt Ihnen der Name ›Samantha von Kaltenbach‹ irgendwas?«, fährt Tobias Heller ungerührt fort und achtet dabei genau auf ihre Mimik, die jedoch vollkommen ausdruckslos bleibt. Aber auch das ist eine Aussage. Wäre sie komplett ahnungslos, müsste sie jetzt zumindest überrascht sein.

»Nun, das ist die Tochter meines Arbeitgebers, wie Ihnen sicherlich bekannt sein dürfte. Es heißt, sie sei entführt worden?«

»Aber genau wissen Sie es nicht? Immerhin leben Sie auf dem Anwesen!«, mischt sich Denise Malowski ein. »Da müssen Sie doch etwas davon mitbekommen haben!«

»Nur die üblichen Gerüchte, die einem zu Ohren kommen, Frau Kommissarin. Ich bin schließlich nur ein winziges Rad im Getriebe, unsereins wird vom allgewaltigen Boss über sowas bestimmt nicht unterrichtet. War es das jetzt? Ich hätte noch eine Menge Arbeit zu erledigen!«

»Sie erinnern sich aber schon noch an Ihre Festnahme?«, wölbt Tobias über dermaßen viel Dreistigkeit die Brauen. »Man hatte Ihnen doch sicher den Grund dafür genannt, denn das ist bei uns Vorschrift. Oder hielten Sie das für einen Scherz?« Sein Gegenüber hebt dazu nur lapidar die Schultern. *Diese Frau ist eiskalt*, erkennt er erneut. *Das wird nicht leicht!* Mit einem Seitenblick zu Denise gibt er ihr zu verstehen, dass sie hier wie zuvor abgesprochen übernehmen soll.

Diese spielt jetzt ihren ersten Trumpf aus, und das im wahrsten Sinne des Wortes. Mit einer bewusst übertriebenen Geste knallt Denise eine Fotografie des Mannes mit dem Drachen-Tattoo auf den Tisch, als handele es sich um das Pik-As in einem Kartenspiel. Allerdings stammt diese Aufnahme aus seiner Strafakte. Dank Amara Jones haben sie diese Information kurzfristig erhalten.

»Kennen Sie diesen Mann?«, schießt sie ihre Frage ab und erzielt damit tatsächlich eine Reaktion: Die rechte Augenbraue der Verdächtigen zuckt für einen winzigen, kaum wahrnehmbaren Augenblick, doch den geübten Blicken der Kommissare ist dies selbstverständlich nicht entgangen.

* * *

»Hast du das Zucken ihres rechten Auges gesehen? Das war ein verdammt guter Schachzug, Denise hat sie voll erwischt!«, zollt Donner der Aktion nebenan seine Anerkennung. »Sie weiß jetzt, dass wir zumindest *einen* ihrer Kumpane namentlich kennen!«

»Und das, ohne ihn direkt mit ihr in Verbindung zu bringen«, nickt Kowalski beeindruckt. »Das wird sie hoffentlich etwas nervös machen, wenn ich auch nicht so recht glauben kann, dass ihre Abwehr damit bereits durchbrochen ist. Dazu ist diese Frau viel zu abgebrüht!«

* * *

»Den Mann habe ich noch nie im Leben gesehen!«, behauptet Nikola Friedmann nach einem eher beiläufigen, ja fast gelangweilten Blick auf die Fotografie. »Allerdings pflege ich nicht in diesen Kreisen zu verkehren. Wer soll das denn sein?«

»Wir nehmen an, dass es sich um einen Freund Ihrer Schwester handelt«, wirft Tobias ein. »Jedenfalls ist er in deren *Facebook*-Profil verewigt. Und ja, Samantha wurde in der Tat entführt, es hat sogar in der Zeitung gestanden! Laut einer Augenzeugin war ein Mann daran beteiligt, der exakt so ein Tattoo hat, wie *dieser* hier!« Er tippt zur Bekräftigung mehrmals heftig mit dem Zeigefinger auf das Bild. »Was sagen Sie dazu?«

»Dass Sie das Annika fragen sollten«, erwidert sie unbeeindruckt. »Was habe ich denn mit irgendwelchen obskuren Bekanntschaften meiner Schwester zu tun?«

»Sie wurden in den vergangenen Tagen mehrmals von einer Mobilnummer angerufen, die wir diesem Mann zuordnen«, behauptet Denise. »Sie haben den Verlauf in Ihrem eigenen Mobiltelefon zwar gelöscht, aber es gibt schließlich Einzelverbindungsnachweise. Uns reichen diese Indizien.«

»Es ist nicht verboten, sein Handy aufzuräumen. Und der Anruf? Keine Ahnung, wer das war. Da hatte sich wohl einer verwählt, mit der Entführung habe ich jedenfalls nichts zu tun. Wenn Sie schon meine Handydaten ausgewertet haben, wissen Sie ja sicher auch, dass ich das Grundstück seit Tagen nicht mehr verlassen habe!«

»Das besagt gar nichts«, bescheidet Tobias ihr. »Es gibt einen direkten Zusammenhang zwischen Ihrer Schwester und der Entführung Samanthas. Ein weiteres Indiz stellt die Handynummer dar, von der Sie angerufen wurden, und zwar *zweimal*! Das sind mir definitiv ein paar Zufälle zu viel! Wir werden uns die Überwachungsbänder anschauen, dann sehen wir ja, ob Sie das Grundstück verlassen haben. Bis zur endgültigen Klärung bleiben Sie unser Gast!«

»Tun Sie, was Sie wollen, Herr Kommissar!«, nickt Nikola Friedmann unbeeindruckt. Zu seiner Verwunderung stiehlt sich ein zufriedenes Lächeln auf ihr Gesicht.

* * *

»Was haltet ihr von der Sache?«, erkundigt sich Donner als Erstes bei Denise Malowski und Tobias

Heller, nachdem unter einigem Stühlerücken endlich alle ihren Platz eingenommen haben und Ruhe eingekehrt ist. Für Chrissie Ohlsen und Wolfgang Müller gilt dies nur bedingt, da sie lediglich virtuell über eine Videokonferenzschaltung ›anwesend‹ sind. Die Forensik ist diesmal durch deren Leiter Jürgen Vogel vertreten.

»Wir haben zwischen den Zeilen eine ganze Menge erfahren«, bekommt er zu seiner Verwunderung von Tobias zu hören, denn er selbst hatte die Vernehmung eher als Fehlschlag wahrgenommen. Aber ein studierter Kriminalpsychologe mag dies vollkommen anders sehen, auch wenn das Studium in Hellers Fall lediglich drei Semester umfasste.

Tobias zeigt auf die Tafel. »Erstens: sie kennt mit absoluter Sicherheit unseren Tattoo-Mann, den wir mittlerweile als Olaf Börner identifizieren konnten. Ihre Reaktion war diesbezüglich eindeutig«, fährt er fort und nickt beifällig in Richtung des Forensikers. »Richte Amara bitte meinen besonderen Dank aus, Jürgen. Und zweitens muss sie auf dem Gelände ihres Arbeitgebers zumindest *einen* Helfer haben!«

»Begründung?«, bellt Donner. Etwas voreilig, wie sich sogleich herausstellen soll. Bettina Kowalski an seiner Seite lächelt nur still vor sich hin, offenbar ist ihr ebenfalls aufgefallen, was ihm bisher verborgen geblieben ist.

»Das dürfte aber doch klar sein«, antwortet Denise anstelle ihres Partners und zeigt damit, dass man für diese Schlussfolgerung kein Studium benötigt. Dass der Chef nicht selbst auf diesen Gedanken gekommen ist, verwundert sie zwar ein wenig, aber er steht als Kommissariatsleiter und Verantwortlicher zuge-gebenermaßen von ihnen allen am meisten unter Druck. »Wir wissen aus dem Gespräch, das Chrissie gestern belauschte, dass sie *auf jeden Fall* draußen gewesen sein muss«, erläutert sie ihm. »Wenn sie jetzt auf die Androhung, diesbezüglich die Bänder der Videoüberwachung zu sichten, so cool reagiert, bedeutet das in meinen Augen nichts anderes, als dass sie jemanden kennt, der das für sich richtet!«

»Hm. Das stimmt natürlich«, brummelt Donner. »Du sprichst von einer Manipulation? Dafür kommen ja nicht so viele Mitarbeiter im Hause von Kaltenbach infrage, oder?«

»Da kommt eigentlich nur einer von der Security in Betracht, Chef!«, meldet sich Wolfgang Müller über den Videochat. »Darum werden wir uns kümmern. Wir könnten außerdem die Videobänder sichten!«

»Letzteres wird sicher nicht nötig sein«, lächelt Tobias siegesgewiss. »Wir wissen sowohl, *dass* Nikola Friedmann das Gelände verlassen hat, als auch, *wann* das in etwa war! Das kann nämlich nur am Wochen-ende gewesen sein, da sie in der übrigen Zeit brav an ihrem Arbeitsplatz saß, das habe ich schon gecheckt! Alles, was wir demnach zu tun haben, ist, die Bänder von Samstag und Sonntag auf eine Nachbearbeitung zu überprüfen. Kriegt Amara das bis morgen hin?«

»War das etwa eine Frage?«, grinst Vogel und setzt umständlich seine Lesebrille auf, während er mit der freien Hand einen Hefter aufschlägt. »Ich hätte da aber auch noch eine Kleinigkeit für euch. Und zwar haben meine Leute in der Apotheke an einer Schub-lade, in der unter anderem das gestohlene Medikament aufbewahrt war, Fingerabdrücke sichergestellt, die nicht dem Personal zugeordnet werden konnten. Und es gab einen Treffer dazu in der Datenbank ... Was habt ihr denn alle?«, fragt er ratlos in die Runde, weil er in lauter entgeisterte Gesichter blickt.

»Wir sind es seit Jahren gewohnt, dass du solche Informationen bis zum Schluss zurückhältst«, grinst Chrissie ihn vom Videochat an. »Dass du sofort damit herausrückst, hat uns allen einen Schock verpasst!«

»Ging diesmal nicht anders«, brummt Vogel. »Es ist nämlich auch das Einzige, was ich zu sagen habe!« Er wühlt in der Mappe herum und holt nach einigem Suchen eine Fotografie hervor, die er neben die des Tattoo-Mannes hängt. »Darf ich vorstellen: Christian Zobel, Ex-Knacki und Zellengenosse von Olaf Börner in der JVA Köln-Ossendorf!«

»Das ist der mit der Glatze!«, nickt Tobias. »Somit hätten wir jetzt zwei Entführer plus die Schwestern, von denen eine in Arrest ist. Olaf Börner und Annika Friedmann sind untergetaucht. Was ist mit Zobel?«

»Um den kümmere ich mich!«, lässt sich Bettina Kowalski erstmals vernehmen. »Sucht ihr hier weiter nach Hinweisen zum Aufenthalt des Mädchens, wir haben immer noch keine Mitteilung über ihre Freilassung erhalten!«

»Okay, dann wären die Aufgaben ja verteilt«, fügt Donner hinzu. »Chrissie und Wolfgang: Ihr bringt mir den Helfer von Nikola Friedmann! Vielleicht ist der etwas gesprächiger. An die Arbeit, Leute!«

\* \* \*

»Um was wetten wir, dass Zobel ebenfalls untergetaucht ist?«

»Um solche Dinge wettet man nicht, Tobias!«, gibt
Denise in ungewohnt gereiztem Tonfall zurück. »Uns
gehen nämlich so langsam die Optionen aus. Unsere
momentan einzige zumindest theoretische Informa-
tionsquelle schweigt verbissen, und ohne konkrete
Beweise können wir ihr auch keinen Deal anbieten.
Freiwillig wird sie uns aber bestimmt nicht sagen, wo
Samantha festgehalten wird!«

Der Gescholtene zieht unwillkürlich den Kopf ein.
Wenn Denise seinen vollen Vornamen benutzt, ist sie
meist ziemlich sauer auf ihn. Und bei Gewalt gegen
Kinder versteht sie sowieso keinen Spaß. »Hey! Das
war doch nicht so gemeint«, hebt er begütigend beide
Arme. Dann geht er spontan zum Flipchart und malt
mit ein paar Strichen eine abstrakt wirkende Grafik,
nachdem er das oberste Blatt nach hinten geschlagen
hat. Sie besteht im Wesentlichen aus unterschiedlich
großen Kreisen und Verbindungslinien dazwischen.

»Sieh mal, ich habe da etwas recherchiert, was uns
eventuell bei der Suche helfen könnte«, erläutert er
die Kritzelei und zeigt auf den größeren Kreis auf der
linken Seite. »Das hier ist das Gebiet, wo gestern das
Lösegeld abgeworfen wurde. Die von der Drohne
erfassten Männer waren zwar nur von oben zu sehen,
sind aber zumindest vom Typ her Börner und Zobel
ziemlich ähnlich. Von dort bis zu der Apotheke, das
ist der kleine Kreis ganz rechts, sind es etwa sieben
Kilometer.«

Anschließend markiert er den größten Kreis in der
Mitte mit einem dicken Kreuz: »Es wäre nur logisch,

wenn sich der Unterschlupf der Entführer und somit auch Samanthas Aufenthaltsort irgendwo in diesem Bereich befände, dann hätten sie zu beiden Lokalitäten maximal drei bis vier Kilometer zurücklegen müssen!«

»Ich weiß ja nicht, was dein Kunstwerk für einen Maßstab hat, aber das sieht mir schon reichlich weiträumig aus«, meint Denise stirnrunzelnd dazu. »Wie viele Quadratkilometer hätten wir denn im Zweifel abzusuchen?«

»Das werden so dreißig bis vierzig sein, schätze ich mal. Es handelt sich jedoch größtenteils um ländliche Gebiete und wir müssten uns ja vermutlich auch nur auf die frei stehenden Häuser beschränken. Ich habe mir das auf der Karte der Bundesnetzagentur angeschaut. Es gibt in dieser Gegend, wie auf dem Land üblich, nur eine Handvoll Funkzellen. Falls in einer davon das Handy eingebucht war, von dem Nikola Friedmann angerufen wurde, können wir das Gebiet bestimmt auf weniger als die Hälfte eingrenzen!«

»Besser als nichts ist es auf jeden Fall«, pflichtet sie ihm ohne nennenswerte Begeisterung bei. »Und eine Handvoll Funkzellen sind doch sicher schnell abgefragt.«

»Einen Tag wird es schon dauern. Schaden kann es aber ja schließlich nicht«, nickt Tobias und greift zum Telefon. »Versuchen wir es. Etwas anderes bleibt uns sowieso nicht, solange keiner von denen sein Handy einschaltet!«

\* \* \*

Samantha wird durch ein heftiges Rütteln an ihrer Schulter unsanft aus einem schrecklichen Alptraum geweckt. Sie muss einige Stunden geschlafen haben, denn es ist längst dunkel geworden. In ihrem Traum war sie auf der Flucht vor ihren Verfolgern durch ein finsteres, unheimliches Labyrinth gehetzt, ohne auch nur einen Schritt voranzukommen. Verschreckt blinzelt sie nun in das grelle Licht der Taschenlampe, die ihr direkt ins Gesicht gehalten wird.

»Du da! Mitkommen!«, herrscht die Frau sie aus der undurchdringlichen Schwärze dahinter an. Wie immer hat sie ihr Antlitz wohl auch dieses Mal mit einer Skimaske verhüllt, was Samantha aber nur anhand des dumpfen Klanges ihrer Stimme erkennt. Starr vor Entsetzen und Angst muss sie es zulassen, dass ihr die Hände mit einem dicken Strick hinter dem Rücken gefesselt werden. Abschließend werden ihr die Augen verbunden und etwas über den Mund geklebt.

»Wir beide machen jetzt einen kleinen Ausflug«, zischt ihr die Frau ins Ohr. »Wenn du dich wehrst, wird alles nur noch schlimmer für dich!« Anschließend schleift sie das total verängstigte Kind grob, als ziehe sie einen Sack hinter sich her, erst zur Tür und dann die Leiter hinunter, was wegen der gefesselten Hände und der Augenbinde ein paar Mal beinahe zu einem Absturz geführt hätte.

Im Haus ist es im Gegensatz zu dem Partylärm der vergangenen Nacht verdächtig still. Samantha findet sich irgendwann später auf dem Rücksitz eines Autos wieder. Wie sie dorthin gekommen ist, weiß sie nicht mehr. Die Frau hatte sie einfach mit sich gezerrt, und ihr war nichts anderes übrig geblieben, als ihr stolpernd zu folgen. Nun sitzt sie, gefesselt, geknebelt, blind und zitternd vor Angst auf dem Rücksitz, ohne jede Hoffnung, irgendwie aus dieser alptraumhaften Situation lebend herauszukommen.

Nach einer schier endlosen Zeit, die dem Mädchen wie Stunden vorgekommen war, erstirbt das monotone Motorengeräusch und kurz darauf wird die Fahrzeugtür auf ihrer Seite förmlich aufgerissen. Ihre Entführerin hatte während der gesamten Fahrt nicht ein Wort gesprochen. Auch jetzt sagt sie keinen Ton.

Samantha fühlt sich grob gepackt und aus dem Wagen gezogen. Ihre Beine drohen unter ihr nachzugeben, doch starke Arme fangen sie auf und die Frau, sofern sie in der Zwischenzeit nicht mit einem ihrer Kumpane getauscht hat, wirft sich das wehrlose Kind einfach über die Schulter und setzt ihren Weg nun zu Fuß fort. Samantha wimmert leise vor sich hin.

Plötzlich, es mögen zehn Minuten vergangen sein, wird sie unsanft abgesetzt und auf ihre Beine gestellt, wobei die Binde vor ihren Augen verrutscht und sie sich auf einer kleinen Lichtung inmitten eines finsteren Waldes wiederfindet. Der fast volle Mond direkt über ihr taucht die Szene in ein gespenstisches Licht.

Rundherum sieht sie nichts als lauter Bäume, und unmittelbar vor ihr steht als Sinnbild der Bedrohung die maskierte Frau und reißt ihr das jetzt nutzlose Tuch vollends herunter, gefolgt von dem Klebeband, das beim Abziehen einen scharfen Schmerz auf den Lippen hinterlässt. »Bitte, tun Sie mir nichts!«, fleht Samantha schlotternd und mit vor Angst zitternder

Stimme. Sie hat ja immer noch dieselben Sachen an, die sie in der Schule trug, und hier im Wald ist es zu dieser Stunde empfindlich kalt. »Ich sage auch ganz bestimmt niemandem was!«

»Es tut mir alles unendlich leid, Kleines!«, kommt es dumpf durch den Stoff der Skimaske und erstmals schwingt ein Hauch von Mitgefühl in der ansonsten gefühlskalten Stimme mit. Dann blitzt im Licht des Mondes ein großes Messer in ihrer Hand auf.

# Kapitel 14

Als Chrissie Ohlsen mit gesenktem Kopf aus dem Bad kommt, läuft sie ihrem Partner in die Arme, der sich direkt vor der Tür aufgebaut hat. »Huch!«, fährt sie erschrocken zusammen. Sie versucht, sich an ihm vorbeizuschieben, doch da könnte sie ebenso einen Baum wegdrücken wollen. »Ich hatte angenommen, du wärst bei deinem Boss! Hatte er nicht vorhin nach dir verlangt?«

»Hast du dich wieder übergeben? Du bist weiß wie eine Wand!«, ignoriert Wolfgang die Frage und sieht seine Freundin besorgt an. »Das geht nun schon die ganze Woche so, willst du nicht endlich mal einen Arzt aufsuchen?«

»Dafür ist keine Zeit, Wolfie! Und es ist auch nicht so schlimm, wie du denkst. Ich habe mir wahrscheinlich nur den Magen verdorben, das ist alles! So, und wenn du mich jetzt bitte vorbeilassen würdest? Wir sind schließlich nicht zum Vergnügen hier und ich werde mir heute einen ganz heißen Anwärter auf den ›Maulwurf des Monats‹ vornehmen. Gestern hatte er ja leider eine Freischicht. Wenn ich meine Tarnung nicht aufs Spiel setzen will, kann ich ihn aber nur während seiner Arbeit in der Überwachungszentrale auszuhorchen versuchen. Wann wäre da noch Zeit, zum Arzt zu gehen?«

»Wenn du meinst«, gibt er seufzend nach und tritt endlich beiseite. Gegen ihren Dickschädel kommt er sowieso nicht an. »Falls du Hilfe benötigst, weißt du ja, wo ich zu finden bin!«

Alexander von Kaltenbach hat eine ähnlich ungesunde Gesichtsfarbe, als er kurz darauf dessen Allerheiligstes betritt. Ehefrau Helene ist ebenfalls anwesend, sie ist leichenblass in einem Sessel zusammengesunken. »Man hat vor einer Stunde unsere Tochter gefunden«, informiert Samanthas Vater seinen Leibwächter auf Zeit mit belegter Stimme. »Ein Jogger entdeckte ihren leblosen Körper in einem Waldstück bei Hatterscheid!«

\* \* \*

### Zur selben Zeit im Kommissariat

»Ich habe euch hier zusammengerufen, weil wir soeben ein positives Ergebnis der Funkzellenauswertung erhalten haben, die ich gestern Nachmittag in Auftrag gegeben hatte!«, überfällt Tobias Heller die Kollegen, kaum dass diese ihre Plätze eingenommen haben. Von der Forensik ist Amara Jones erschienen. »Es handelt sich um die letzte bekannte Peilung des Handys, welches wir den Kidnappern zuordnen und das nach wie vor ausgeschaltet ist. Ansonsten hätten wir ihren Standort durch die stille SMS längst ermittelt«, nickt er der IT-Spezialistin zu.

»Bei dieser Abfrage waren zwei Parameter äußerst hilfreich: Erstens haben wir uns dabei auf die Gegend beschränkt, die zwischen der ausgeraubten Apotheke und dem Ort der Lösegeldübergabe liegt, weil mir das logisch erschien. Und zweitens gibt es dort, wie es in ländlichen Strukturen üblich ist, nur eine Handvoll Sendemasten, die dann jedoch flächenmäßig jeweils ziemlich große Gebiete abdecken.« Er nimmt ein DIN-A3-Blatt mit einer Grafik und hängt es an die Tafel.

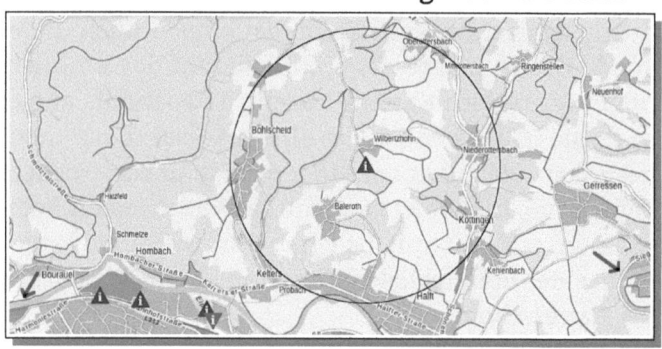

»Die Pfeile links und rechts unten markieren das Feld der Hubschrauberaktion und die Apotheke. Wie ihr seht, lag ich mit meiner Vermutung zum Standort des Handys beim Telefonat mit Nikola Friedmann am Dienstag richtig. In unserem Fall ist es allerdings eine einzelne Funkzelle, die eine Fläche von etwa zwanzig Quadratkilometern bedient und allein auf weiter Flur ist. Eine Triangulation zur genauen Ortung scheidet daher aus, da wir dazu mindestens zwei zusätzliche Peilungen benötigen würden.«

»Kann man den Abstand zum Sendemast nicht anhand der gemessenen Signalstärke einschätzen?«, fragt Bettina Kowalski nach. »Die wird doch ebenfalls dokumentiert, so weit mir bekannt ist!«

»Das ist leider ein unzuverlässiger Maßstab«, lässt sich Amara Jones vernehmen. »Funksignale können aus den unterschiedlichsten Gründen abgeschwächt werden, beispielsweise durch massive Hindernisse wie Häuser und Bäume oder eine schwache Antenne im Handy. Schaut einfach mal auf eure eigenen Telefone, ihr werdet sehen, dass jeder eine andere Signalstärke angezeigt bekommt, obwohl ihr euch doch alle im selben Raum befindet!«

»Das bedeutet im Zweifel, wir müssten mit einem Sondereinsatzkommando um die trotz des dörflichen Charakters viel zu zahlreichen Häuser ziehen«, bringt Denise Malowski es auf den Punkt. »Das ist keine gute Ausgangssituation für eine erfolgreiche Operation, zumal wir strikt jedes Aufsehen vermeiden müssen, solange wir über das Schicksal des Mädchens keine Gewissheit haben!«

»Wir könnten uns dabei doch zunächst lediglich auf einzeln stehende Häuser konzentrieren und diese einen Tag lang oder zwei observieren«, schlägt Tobias vor. »Und das Auto, mit dem die Kerle das Lösegeld abgeholt haben, muss ja ebenfalls irgendwo abgeblieben sein! Wir können wohl mit einiger Berechtigung davon ausgehen, dass es Annika Friedmann gehört, und somit ist uns das Kennzeichen bekannt!«

»Das sind doch alles kleine Ansiedlungen, da steht praktisch jedes zweite Haus allein«, weist Donner seinen Vorschlag als undurchführbar zurück. »Für eine Aktion dieser Art fehlen uns sowohl die Zeit als auch die notwendigen Leute! Hier ist immer noch ein Kind in akuter Lebensgefahr und Bettina wird uns in wenigen Stunden samt ihrem Team verlassen, schon vergessen?«

»Ich könne versuchen, einen weiteren Tag herauszuschinden«, bietet die BKA-Beamtin an, wird aber sofort mit einer Handbewegung des Kommissariatsleiters zum Schweigen gebracht, dessen Diensthandy in diesem Augenblick einen Anruf signalisiert.

»Du meldest dich genau zur rechten Zeit«, begrüßt er die Anruferin, ohne sie zu Wort kommen zu lassen. Ihre Nummer hatte er auf dem Display erkannt. »Wir sind im Besprechungsraum, schaltet euch doch bitte auf den Videochat!«

Wenige Augenblicke später blickt Chrissie Ohlsen unter ihrer blonden Stachelfrisur ungewohnt ernst auf die Versammlung herab. Sie ist etwas blass um die Nase und offenbar allein, von ihrem Partner ist jedenfalls nichts zu sehen. »Samantha wurde heute Morgen gefunden!«, sagt sie statt einer Begrüßung. »Sie lag in einem Wald unweit der Ortschaft Hatterscheid bei Ruppichteroth. Ein Jogger hatte sie dort im Morgengrauen entdeckt und sofort anhand des Fotos auf unserer Webseite erkannt!«

\* \* \*

»Oh, mein Gott!«, entfährt es Müller erschrocken, und schlägt sich sofort die Hand vor den Mund, als er sich der ganzen Tragweite der Information bewusst wird. »Aber das ist in der Gegend von Ruppichteroth! Wie um alles in der Welt kommt sie denn *da* hin?«

»Das ist doch im Augenblick vollkommen gleichgültig!«, reagiert Alexander von Kaltenbach ungewohnt heftig. »Ich muss mein Kind jetzt sofort sehen, alles andere ist absolut nebensächlich. Kommen Sie, wir nehmen den Helikopter!«

»Ich will selbstverständlich mitkommen, wie du dir sicher denken kannst!«, meldet sich Helene leise zu Wort. »In den Hubschrauber passen aber nur zwei Personen!«

Ihr Mann streicht ihr tröstend über den Kopf. »Ich weiß, aber ich möchte Müller wirklich gerne dabeihaben, Liebes! Das ist jetzt sehr wichtig! Viktor kann dich nachher mit der Limousine hinfahren, doch mit dem Helikopter geht es eben schneller und außerdem wird dir beim Fliegen immer schlecht. Wir sehen uns dann dort in einer Stunde!«

Die letzten Worte ruft er bereits auf dem Weg zur Tür über die Schulter. Müller, der dem Wortwechsel mit zunehmendem Unverständnis gefolgt war, wirft der Frau einen mitfühlenden Blick zu und eilt ihrem Ehemann unverzüglich hinterher.

\* \* \*

Für eine schier endlose Minute herrscht atemlose Stille im Besprechungsraum, in der man eine Stecknadel hätte fallen hören. Mit *dieser* Information hatte niemand gerechnet. Jetzt erst wird ersichtlich, dass offenbar alle Beteiligten ein mögliches Scheitern der eigentlichen Mission, nämlich Samantha unversehrt zurückzubringen, erfolgreich verdrängt hatten.

»Ist sie … Ist sie tot?«, findet Denise zuerst ihre Stimme wieder. Mehr als ein Hauch, der fast tonlos über ihre blutleeren Lippen kommt, ist es auch bei ihr nicht. Rundherum sind nur bleiche, erschrockene Gesichter zu sehen. Bettina, bisher zumindest nach außen die Nervenstärkste von allen, lässt eine Träne ungehindert über ihre Wange laufen.

»Sorry, ich war abgelenkt!«, stößt Chrissie hervor und legt ihr Handy aus der Hand, mit dem sie in der

Zwischenzeit kurz telefoniert hatte. »Ich hatte mich wohl unklar ausgedrückt … Samantha ist unverletzt, doch in einem desolaten Zustand. Sie hat Schrammen am ganzen Körper, aber durch das Medikament, das sie wohl eingenommen hatte, nicht ganz so viel Blut verloren. Sie war aber bewusstlos, als man sie fand und wurde in das nächstgelegene Krankenhaus nach Eitorf gebracht, wo man sie entsprechend behandelt hat. Wie ich gerade gehört habe, ist sie aufgewacht. Ihr Vater ist mit Wolfgang vor einer Viertelstunde hingeflogen. Sie dürften mittlerweile dort angekommen sein.«

Donner droht ihr mit dem Finger: »Jage uns bitte niemals wieder so einen Schrecken ein, junge Dame!« Die Erleichterung ist ihm aber ebenso anzusehen wie seinen Mitarbeitern, die soeben kollektiv aufatmen.

»Das arme Ding!«, flüstert Bettina. »Was mag sie in den vergangenen Tagen alles durchgemacht haben?«

»Viel wichtiger ist für uns jetzt die Antwort auf die Frage, wie sie dorthin gelangt ist!«, kommt Tobias zum Thema zurück. »Hatterscheid liegt etliche Kilometer westlich der Gegend, in der ich bis vor ein paar Minuten den Unterschlupf der Kidnapper vermutet hatte. Wir sollten das Mädchen umgehend befragen, vielleicht kann sie uns ja einen Hinweis liefern!«

»Einmal davon abgesehen, dass du herzlich wenig Mitgefühl an den Tag legst, ist auch bereits einer von uns bei ihr!«, wird er von Denise sofort zurechtgestutzt. »Warum wohl hat Alexander von Kaltenbach Wolfgang mitgenommen und nicht seine Frau? Der Kollege wird schon das Richtige tun. Das Kind ist in

Sicherheit, sorgen wir also jetzt lieber dafür, dass der Vogel in unserem Gewahrsam nicht davonflattert. Es bleibt nicht mehr viel Zeit für einen Haftbefehl!«

»Denise hat recht«, nickt Donner. »Samantha wird uns zwar sagen können, ob sie Nikola Friedmann gesehen hat, aber das kann dauern. Wir müssen jetzt vordringlich beweisen, dass sie das Grundstück am Wochenende entgegen ihrer Aussage doch verlassen hat, das würde uns mindestens einen Tag zusätzlich verschaffen. Hast du diesbezüglich etwas herausgefunden?«, erkundigt er sich bei Amara Jones.

»Ich habe in den Aufnahmen der Überwachungskameras von Sonntag zwei Stellen gefunden, die eine nähere Betrachtung wert waren«, beginnt die IT-Spezialistin, während sie ihre Unterlagen aufschlägt. »Dies waren die Sequenzen von Zeitcode *11:54:00* bis *11:59:00* und von *18:43:00* bis *18:48:00*, also jeweils exakt fünf Minuten, die mein Analyseprogramm als verdächtig ausgeworfen hat. Seht selbst!« Sie greift zur Fernbedienung des Mediencomputers und projiziert die von ihr erwähnten Szenen über den Beamer auf die Leinwand.

»Also, bis auf die Tatsache, dass sich während der gesamten zehn Minuten rein gar nichts tut, kann ich da jetzt wenig Verdächtiges erkennen!«, äußert sich Tobias unter beifälligem Gemurmel der anwesenden Kollegen, nachdem die Vorführung beendet ist.

»Das wird sich derjenige, der die Manipulationen vorgenommen hat, bestimmt auch gedacht haben«, lächelt Amara. »Für das bloße Auge ist es auch nicht zu erkennen, auf Pixelebene sieht das schon anders aus. Es gibt nämlich selbst in einem scheinbar unbewegten Videobild niemals zwei aufeinanderfolgende Einzelbilder, die absolut identisch sind. Irgendwas ist immer unterschiedlich, und sei es nur ein Lichtreflex. Und in den beiden besagten Sequenzen wiederholen sich jeweils *sämtliche* Bilder der ersten zweieinhalb Minuten!«

»Jemand hat also diese Abschnitte, in denen nur eine leere Landschaft zu sehen ist, einfach verdoppelt und etwas anderes dafür herausgeschnitten?«, vergewissert sich Donner. »Leider beweist das bezüglich unserer inhaftierten Verdächtigen gar nichts, solange wir nicht die Originalaufnahmen haben. Mit dieser dürftigen Indizienlage müssten wir sie spätestens heute Nachmittag nach Hause schicken. Es sei denn, ihr habt den Kerl gefunden, der ihr bei der Manipulation geholfen hat!«, wendet er sich hoffnungsvoll an die virtuell anwesende Kommissarin.

»Sagen wir mal so«, eiert Chrissie herum. »Es gibt einen heißen Kandidaten, der aber heute nicht zum Dienst erschienen ist. Seine Unterkunft ist verwaist, doch um die zu durchsuchen, benötige ich jetzt wirklich einen Beschluss. Das Hausrecht seines Arbeitgebers reicht nicht aus. Gestern hatte er Freischicht, da konnte ich ihn nicht ausfragen, ohne meine Tarnung zu gefährden. Außer Jan Petersen kommt aber eigentlich kaum jemand anderes in Betracht. Er hatte am Sonntag alleine Dienst in der Überwachungszentrale und hat wohl auch persönlichen Kontakt zu Nikola Friedmann. Ich sah sie am Montag aus seiner Unterkunft kommen, obwohl er selbst gar nicht anwesend war.«

»Er wird die Festnahme seiner Freundin irgendwie mitbekommen haben«, vermutet Bettina Kowalski. »Das ließ sich ja leider nicht ganz vermeiden, da ich vorschriftsmäßig mit einem Streifenwagen dort war. Er wird sich daher womöglich schon gestern davongeschlichen haben und höchstwahrscheinlich auf der Flucht sein.«

»So ein verdammter Mist!«, macht Donner seinem Frust Luft. »Aufgrund einer bloßen Vermutung stellt mir der Staatsanwalt keinen Haftbefehl aus! Nehmt sie euch nochmal vor!«, fordert er Denise und Tobias auf. »Vielleicht knickt sie ein, wenn sie erfährt, dass wir das Mädchen haben! Ansonsten kommen wir auf euren ursprünglichen Vorschlag zurück und grasen das Gebiet rund um die Funkzelle ab, auf Samantha müssen wir keine Rücksicht mehr nehmen! Chrissie, dein verdeckter Einsatz ist hiermit beendet! Um den Durchsuchungsbeschluss für Petersens Wohnräume werde ich mich umgehend kümmern, dafür werden die Verdachtsmomente hoffentlich ausreichen.«

\* \* \*

»Sie haben mir vorhin einen ordentlichen Schrecken eingejagt!«, beschwert sich Wolfgang Müller bei Alexander von Kaltenbach, während dieser seinen Helikopter langsam über dem Gelände kreisen lässt, um nach einem geeigneten Landeplatz Ausschau zu halten. Der Flug hierher hatte keine zehn Minuten gedauert, der Weg durch die Luft ist eben immer noch der Schnellste. »Ich dachte zuerst tatsächlich, Samantha wäre …«

»Sorry, ich hatte mich wohl etwas unklar ausgedrückt«, entschuldigt sich von Kaltenbach. »Es war nur ... Meine Kleine hatte ja das Bewusstsein noch nicht wiedererlangt, als man uns aus dem Krankenhaus anrief. Helene und ich waren dementsprechend etwas durch den Wind, wir wussten ja nicht, was mit ihr war. Aber nun ist Samantha aufgewacht, und es geht ihr offenbar den Umständen entsprechend gut. Ich brauche Sie jetzt in Ihrer Funktion als Polizeibeamter, das Kommissariat ist auch bereits informiert. Wir müssen nämlich unbedingt schnellstens herausfinden, wo diese Verbrecher mein Mädchen gefangen gehalten haben, und Samantha weiß es vielleicht!«

»Ja, so ergibt das einen Sinn«, nickt Müller verstehend. »Ich hatte mich ehrlich gesagt etwas gewundert, dass sie unbedingt *mich* dabeihaben wollten, statt ihre Frau ... Äh, halten Sie es für eine gute Idee, Ihren Hubschrauber ausgerechnet hier abzustellen?«, unterbricht er sich, als sein Pilot über einer großen Wiese nicht weit vom Hospital zur Landung ansetzt.

»Ach, stellen Sie sich nicht so an! In Notfällen darf man durchaus auch außerhalb der von der Luftfahrtbehörde genehmigten Plätze landen!«

»Aber das ist doch sicher Privatbesitz!«

»Haben Sie Kinder, Müller?«, stellt Alexander von Kaltenbach scheinbar zusammenhanglos eine Gegenfrage, wobei er ihn neugierig taxiert.

»Nein«, gibt er einigermaßen überrumpelt zurück. »Wir hatten bisher irgendwie nie so richtig Zeit, über eine Familienplanung nachzudenken. So ist das eben, wenn beide Partner bei der Polizei sind.«

»Wir sprechen uns zu diesem Thema noch einmal, sobald Sie welche haben. Um es anders auszudrücken: Es ist mir in dieser Situation schnurzpiepegal, wem diese Wiese hier gehört! Ich benötige jetzt dringend einen Parkplatz, und ich wünsche dem Eigentümer viel Spaß beim Abschleppen. Im Zweifel kaufe ich ihm das Grundstück einfach ab!«

Keine fünf Minuten später stürmt er bereits durch den Stationsflur in der zweiten Etage des Krankenhauses. Wolfgang Müller ist kaum in der Lage, Schritt mit ihm halten und holt ihn erst ein, als er von einem hageren Mann im weißen Arztkittel gestoppt wird, der soeben Samanthas Krankenzimmer verlässt. Die Tür, die er demonstrativ hinter sich zuzieht, lässt keinen Zweifel an seiner Absicht, zuerst ein Gespräch mit dem besorgten Vater führen zu wollen, bevor er diesem Zutritt gewährt.

»Waffen sind hier nicht gerne gesehen«, wendet er sich jedoch zunächst mit hochgezogenen Brauen an Müller, in dem er aufgrund seiner Statur einen Leibwächter vermutet. Dieser zückt nur stumm seinen Dienstausweis. »Sie müssen demnach der Vater von Samantha sein«, richtet der Arzt sich nun mit einem Nicken an den Besucher. »Ich bin Doktor Herkenrath und leite diese Abteilung.«

»Was ist mit meiner Tochter?«, unterbricht von Kaltenbach ihn ungehalten. »Lassen Sie mich durch, ich möchte sofort zu ihr!«

Der Chefarzt hebt begütigend die Hand. »Nur eine Minute, bitte. Es ist wirklich sehr wichtig! Samantha hat viele kleine Schnittwunden und Abschürfungen erlitten, vornehmlich an den Armen und im Gesicht. Wahrscheinlich hat sie sich die im Wald zugezogen. Wir haben ein Medikament zur Blutgerinnung bei ihr gefunden, was uns vermuten ließ, dass sie an Hämophilie leidet, ist das korrekt?«

Sein Gesprächspartner wider Willen nickt stumm mit dem Kopf, seine zunehmende Ungeduld mühsam bezähmend.

»Sie hat zwar einiges an Blut verloren, aber keine besorgniserregende Menge«, fährt Herkenrath daher fort. »Die Verletzungen sind jedoch nur oberflächlich und wurden abgeklebt, wundern Sie sich also nicht über die vielen Pflaster. Als man sie fand, war sie ohne Bewusstsein, was wohl einer großen Erschöpfung geschuldet war. Sie sagt, sie sei die ganze Nacht gelaufen und irgendwann eingeschlafen. Außerdem hat sie in den letzten beiden Tagen nichts oder kaum etwas gegessen, ihre Blutzuckerwerte sind dementsprechend niedrig. Sie bekommt derzeit eine Fusion. Ich werde Ihre Tochter später noch einmal gründlich durchchecken und wenn keine Komplikationen mehr auftreten, können Sie sie morgen oder übermorgen mitnehmen, denke ich. So, und jetzt gehen Sie hinein, Samantha hat bereits nach Ihnen gefragt!«

\* \* \*

»Sie haben meine Angaben sicherlich überprüft«, überfällt Nikola Friedmann die Kommissare, kaum dass diese ihr gegenüber am Vernehmungstisch Platz genommen haben. Ihr Äußeres ist tadellos, die Nacht in der Arrestzelle ist zumindest optisch spurlos an ihr vorübergegangen. »Nun, da Sie mir eine Beteiligung an der Entführung nicht nachweisen können, kann ich wohl gehen!« Sie erhebt sich selbstbewusst von ihrem Sitzplatz, als sei es das normalste der Welt, eine kriminalpolizeiliche Vernehmung aus eigenem Antrieb zu verlassen.

»Nicht ganz so schnell, Frau Friedmann!«, bremst Tobias Heller milde lächelnd ihren Eifer. »Bitte setzen Sie sich wieder hin, wir sind noch nicht fertig miteinander!«

»Unsre Spezialisten haben eindeutige Spuren von Manipulationen an den Überwachungsbändern vom vergangenen Sonntag festgestellt«, informiert Denise Malowski sie. »Was sagen Sie dazu? Ihr Alibi wird dadurch leider hinfällig!«

»Und selbst, wenn! Sagten Sie nicht, die Entführung wäre am Freitag gewesen? Da war ich definitiv auf der Arbeit!«

»Der Tag wurde überhaupt nicht erwähnt. Sie sind auf jeden Fall darin verstrickt und die Tatsache, dass ausgerechnet der Mitarbeiter, der am Sonntag Dienst in der Überwachungszentrale hatte, unauffindbar ist, macht es für Sie auch nicht besser! Was meinen Sie: wenn unsere Forensiker sich gründlich in den Wohnräumen von Herrn Petersen umschauen, werden sie dann Spuren Ihrer Anwesenheit finden? Die Schlinge um Ihren Hals zieht sich immer weiter zu!«

»Wir suchen immer noch nach den eigentlichen Entführern, von denen wir definitiv wissen, dass es sich um zwei Männer gehandelt hat«, fährt Tobias fort, nachdem Nikola Friedmann verbissen schweigt. »Wir werden Ihnen eine Verbindung zu denen früher oder später ohnehin nachweisen, Sie könnten Ihre eigene Situation aber erheblich verbessern, wenn Sie uns deren Aufenthaltsort nennen, es würde sich im

Falle einer Verurteilung höchstwahrscheinlich straf-
mildernd auswirken!«

»Kommt ihr mal kurz nach nebenan?«, ertönt jetzt
unvermittelt Donners Stimme aus dem Lautsprecher
der Gegensprechanlage. Die Ermittler schauen sich
ob dieser Störung achselzuckend an und erheben sich
synchron von ihren Plätzen. »Wir sind sofort wieder
zurück!«, nickt Tobias der Tatverdächtigen zu, bevor
er an der Seite seiner Partnerin den Raum verlässt.

»Was ist los, Chef?«, wundert sich Denise einige
Augenblicke später etwas ungehalten. »Wir waren *so*
nah dran, ihr alles aus der Nase zu kitzeln!« Sie zeigt
mit einem winzigen Spalt zwischen Daumen und Zeigefinger an, wie kurz sie ihrer Meinung nach vor
einem Durchbruch waren, als sie von ihm unterbrochen wurden. »Wir hatten gerade vor, beiläufig zu
erwähnen, dass Samantha gefunden wurde.«

»Genau das wollte ich verhindern!«, grollt Donner.
»Wir machen keine Deals mit Kidnappern, wenn es
nicht unbedingt notwendig ist! Diese Frau ist allem
Anschein nach die Rädelsführerin dieser Bande und
kommt am Ende womöglich mit einer Bewährungs-
strafe davon, weil sie ihre Helfershelfer verraten hat.
Ist aber auch für den Augenblick nicht mehr nötig!«

Er hält ihnen ein amtlich aussehendes Dokument
hin. »Das ist ein Haftbefehl! Wolfgang rief vorhin an.
Samantha hat vor Zeugen ausgesagt, dass sie Nikola
Friedmann während der Gefangenschaft zusammen
mit den Entführern gesehen hat. Damit ist ihre Täter-
schaft bewiesen! Da das Mädchen außer Lebensgefahr ist, haben wir nun Zeit genug, selbst nach deren

Versteck zu suchen und können uns einen Deal mit dieser gewissenlosen Person hoffentlich sparen!«

»Und wie sollen wir das anstellen?«, will Tobias wissen. »Die Parameter haben sich seit der Dienstbesprechung nicht wesentlich geändert, und da war es dir zu viel Aufwand! Oder hat Samantha auch gesagt, wo sie festgehalten wurde?«

»Nein, sie weiß nur, dass es ein abseits stehendes, wahrscheinlich älteres Wohnhaus ist. Wir machen es daher so, wie du es in der Besprechung vorgeschlagen hattest, es wird ja sicher nicht so schwer sein, sowas zu finden! Und die Parameter haben sich sehr wohl in einem wesentlichen Punkt geändert, wir müssen nämlich jetzt keine Rücksicht mehr auf eine Geisel nehmen! Ich fordere daher umgehend ein SEK an und dann fahrt ihr gemeinsam in das Gebiet dieser Funkzelle, ihr habt noch fast den ganzen Tag Zeit!«

# Kapitel 15

»… und dann hatte diese maskierte Frau plötzlich ein riesengroßes Messer in der Hand«, hört Wolfgang Müller Samantha gerade sagen, als er das Krankenzimmer nach seinem Telefonat mit Donner erneut betritt. Das Mädchen hatte zuvor von der leider missglückten Flucht erzählt und welche besondere Rolle vermutlich Annika Friedmann dabei gespielt hatte.

»Ich hatte ja solche Angst, dass sie mir was antun wollte«, berichtet das Kind den atemlos lauschenden Zuhörern. »Aber sie hat nur die Fesseln zerschnitten und gesagt, ich solle verschwinden, bevor sie es sich noch anders überlegt. Ich bin gelaufen, bis ich nicht mehr konnte. Dann wurde mir irgendwann schwarz vor den Augen. Hier im Krankenhaus bin ich wieder aufgewacht!«

Das Zimmer ist jetzt brechend voll. Außer Müller und den Eltern ist auch Alina Thaler anwesend. Sie sitzt auf der Bettkante und lässt ihre Freundin nicht eine Sekunde aus den Augen. Helene von Kaltenbach hatte sie auf dem Weg hierher zu Hause abgeholt und als gelungene Überraschung mitgebracht. Zunächst aber hatte sie ihren kleinen Liebling weinend in den Arm genommen und so fest an sich gepresst, als wolle sie ihr Kind niemals wieder loslassen.

»Für Nikola Friedmann wurde soeben ein Haftbefehl ausgestellt«, verkündet Müller den Eltern. »Wir
vermuten in der anderen Frau ihre Schwester. Die
Namen der beiden Männer, von denen Ihre Tochter
berichtete, sind uns zwar bekannt, zu ihrem Aufenthaltsort haben wir aber nur einen vagen Verdacht.
Eventuell gibt es ein fünftes Mitglied – ebenfalls einer
Ihrer Mitarbeiter – der jedoch geflüchtet ist.«

»Und die Angaben meiner tapferen Tochter helfen
Ihnen nicht weiter?«, will Alexander von Kaltenbach
mit unüberhörbarem Stolz über den erwiesenen Mut
seines kleinen Lieblings wissen. »So viele allein in der
Landschaft stehende Häuser wird es dort schon nicht
geben!«

»Leider ist das aber doch der Fall«, schüttelt Müller
den Kopf. »Als Anhaltspunkt haben wir lediglich eine
Funkzelle, die eine Fläche von etwa zwanzig Quadratkilometern abdeckt. In ländlichen Gegenden ist eine
geschlossene Bauweise eher die Ausnahme und die
Beobachtung Ihrer Tochter beweist nur, dass es sich
um ein Gebäude am Ortsrand handeln muss. In die
andere Richtung hat Samantha nicht geschaut, dort
können durchaus Häuser gewesen sein. Tut mir leid,
aber so ist es nun einmal. Wir können ja schlecht mit
einem bis an die Zähne bewaffneten Sondereinsatzkommando in jedes einzeln stehende Haus stürmen
und uns anschließend in aller Form für den entstan-
denen Kollateralschaden entschuldigen, wenn wir an
der falschen Adresse waren!« Er kann nicht wissen,
dass seine Kollegen sich in diesen Minuten mit genau
diesem Vorhaben auf den Weg machen.

»Mein Papa kann das Haus doch von oben mit dem Hubschrauber erkennen!«, lässt sich Samantha jetzt vernehmen. Alle schauen sie verblüfft an, während sie ihrem Vater kichernd etwas ins Ohr flüstert.

\* \* \*

»Wir werden das Zielgebiet eine halbe Stunde vor dem SEK erreichen«, versucht Wolfgang Müller, den Lärm der Rotoren zu übertönen. »Es wäre allerdings wenig hilfreich, wenn diese Burschen bei unserem Anblick Verdacht schöpfen! Wir sollten im Falle eines Erfolges bereits jetzt das weitere Vorgehen planen.«

Samanthas Vater hatte ihm glaubhaft versichert, in der Tat bei der Suche nach dem Versteck behilflich sein zu können. Müller hatte daraufhin umgehend im Kommissariat angerufen und von seinem Chef die Erlaubnis erhalten, vorauszufliegen und dem bereits in Marsch gesetzten SEK gegebenenfalls den Weg zu weisen. Jeder noch so kleine Hinweis könne nützlich sein, so Donner.

»Ach was, das hier ist ein Zivilhubschrauber! Und was soll eigentlich der Konjunktiv? Ich hege über den Ausgang der Aktion nicht den geringsten Zweifel, Sie etwa?«, gibt Alexander von Kaltenbach zurück.

»Ich habe Samantha ja erst heute kennengelernt. Ihre Tochter ist wirklich eine beeindruckende kleine Person!«, weicht Müller einer direkten Antwort aus.

»Sie nötigt unsereinem mit ihren elf Jahren in der Tat eine gehörige Portion Respekt ab, nicht wahr? Sie ist eben eine echte von Kaltenbach!« Trotzdem er laut sprechen muss, um sich verständlich zu machen, ist der Stolz in seiner Stimme nicht zu überhören.

»Sie wissen aber schon, dass wir nachher ein recht großes Gebiet abzusuchen haben?«, wechselt Müller das Thema. »Allein an der Peripherie des Kreises, den die Funkzelle abdeckt, befinden sich rund ein halbes Dutzend Ansiedlungen. Wir sprechen hier immerhin von einem Kreisumfang von fünfzehn Kilometern, und innen drin sind noch weitere Dörfer!«

»Ich glaube eigentlich nicht, dass wir diesen Kreis komplett umrunden müssen«, gibt der Pilot nach kurzem Nachdenken zurück. »Samantha sagte doch vorhin, sie hätte in der Nacht der Lösegeldübergabe einen Hubschrauber in der Ferne gehört. Wenn das wirklich meiner war, kann das gesuchte Haus nicht weiter als drei oder maximal vier Kilometer von dem Feld in Eitorf entfernt sein, und das auch nur bei sehr günstigem Wind. Folglich müssen wir uns zunächst lediglich auf die südliche Peripherie des gedachten Kreises konzentrieren, alle anderen Ortschaften sind meines Erachtens zu weit weg!«

»Klingt logisch. Und Sie sind wirklich sicher, das Haus sofort zu erkennen?«, vergewissert sich Müller. »Wollen Sie mir nicht doch verraten, was Samantha Ihnen vorhin zugeflüstert hat?«

»Warten Sie es ab, Sie werden schon sehen«, gibt Alexander von Kaltenbach sich weiterhin geheimnisvoll. »Ich bin mir dessen sogar absolut sicher. Wenn meine Tochter sagt, ich werde das Haus aus der Luft erkennen, dann ist das auch so.«

* * *

»Hier ist nichts«, hebt Alexander von Kaltenbach zehn Minuten später die Schultern. Auf den Dächern der beiden südlichen Ortschaften waren nur Schornsteine und Dachziegel zu sehen gewesen. Auf einem der Kamine war ein Storchennest, das er jedoch nicht beachtet hatte.

»Hier außen weiter herumzukurven bringt nichts, wir fliegen daher zunächst in den Innenbereich des gedachten Kreises«, verkündet er seinem Passagier. »Der Ort Baleroth liegt innerhalb der von mir errechneten Entfernung und besteht aus kaum mehr als etwa einem Dutzend Häusern, die dazu noch recht großzügig verteilt sind. Und drumherum gibt es viel Wald, Wiesen und Felder. Geradezu ideal für jemand, der ungestört sein will!«

»Das Storchennest kommt nicht infrage?«, fragt Müller sicherheitshalber noch einmal nach.

»Nein, ganz sicher nicht. Es ist etwas Persönliches. Etwas, das ich sofort erkenne, wenn ich es sehe!«

»Wie das da vorne?«, ruft Müller aus und zeigt auf ein abseits stehendes Haus am Ortsrand, etwa vierzig Meter vor ihnen. Direkt unter einem winzigen Dachfenster hängt ein lindgrünes Stück Stoff, auf dem in großen, leuchtend roten Lettern etwas ungelenk ›F1‹ gemalt ist. Ein aufgedrucktes gelbes Smiley vervollständigt das seltsame Bild.

»Sie haben Adleraugen, Müller!«, lobt Alexander von Kaltenbach ihn. Er stoppt sofort die Fahrt und lässt den Helikopter auf der Stelle schweben. »Das ist es!«, nickt er kurz darauf selbstzufrieden. »Wir haben das Versteck der Entführer gefunden! Rufen Sie Ihre Kollegen an und geben Sie denen die GPS-Koordinaten durch, die ich Ihnen gleich nennen werde! Ich denke, das SEK wird in einer Viertelstunde hier sein, wir hingegen verschwinden jetzt besser von hier!«

* * *

Die beiden Mannschaftswagen des SEK mit einem kompletten Zug unter der Leitung von Polizeihauptkommissar Ulf Meyer, ein Audi der Siegburger Kriminalpolizei mit Denise Malowski und Tobias Heller an Bord, sowie zwei Streifenwagen rollen langsam über den schmalen Wirtschaftsweg und bleiben am Rand eines Wäldchens im Schutz der Bäume stehen. Die von Wolfgang Müller übermittelten GPS-Koordinaten weisen auf ein Haus hundert Meter voraus. Es wirkt verlassen, innerhalb der Umzäunung lässt sich keine Menschenseele blicken und auch das erwartete Auto von Annika Friedmann ist nirgends zu sehen.

»Dort regt sich nicht einmal eine Maus«, stellt der Kommandant fest, nachdem er das Haus eine Weile mit einem leistungsstarken Fernglas beobachtet hat. »Sie sind sich bezüglich der Lokalität sicher?«

»Einigermaßen«, hebt Denise die Schultern. »Herr von Kaltenbach hat beim Überfliegen ein Kleidungsstück wiedererkannt, das seine Tochter wohl außen am Dachfenster befestigt hatte. Sehen Sie?«, zeigt sie mit der Hand auf die bewusste Stelle.

»Hm«, brummt Meyer. »Ein Unterhemd mit einem hübschen Smiley! Aber warum um alles in der Welt steht da ›F1‹ drauf, und was bedeutet das?«

* * *

»Das ist so eine Art ›Running Gag‹ zwischen uns«, hebt von Kaltenbach auf Nachfrage Müllers zu einer Erklärung an. Er hatte den Helikopter unter erneuter

Missachtung sämtlicher Vorschriften mit der gemurmelten Bemerkung, dass es sich in gewisser Weise ja um einen Polizeieinsatz handele, ein gutes Stück von der Wohnbebauung entfernt auf einem unbewirtschafteten Feld abgestellt. Wolfgang Müller hatte vor etwa einer Minute per SMS die Mitteilung erhalten, dass das SEK in Stellung gegangen sei. Zu sehen ist die wie immer bestens getarnte Truppe von hier aus aber nicht.

»Samantha hat mir einmal einen Witz erzählt, der von einem ertrinkenden Computer-Freak handelte, der statt ›HILFE‹ eben ›F1‹ ruft. Sie wissen schon: Das ist die Taste mit der Hilfefunktion unter Windows. Anschließend hat sie sich schief gelacht, weil ich den Witz weder verstanden hatte, noch besonders lustig fand. Seitdem sagt sie jedes Mal, wenn in einem Satz ›Hilfe‹ vorkommt, stattdessen ›F1‹. Sie wusste, dass ich es sofort richtig interpretieren würde.«

»Das würde aber sonst niemand gewusst haben!«, schüttelt Müller über diese sehr kindliche Sichtweise verwundert den Kopf. »Das hätte ganz schön ins Auge gehen können!«

»Samantha ist immerhin erst elf! Und schauen Sie sich das Kind doch einmal an. Sie ist nur ein Strich in der Landschaft, auf dieses winzige Unterhemdchen passt auf gar keinen Fall das Wort ›HILFE‹. Außerdem war sie felsenfest davon überzeugt, dass ich nach ihr suchte, als sie den Hubschrauber in der Nacht zuvor gehört hatte. Mein kleiner Engel weiß natürlich, dass ich sie niemals im Stich lassen würde. Nein, diese Botschaft war ganz allein für mich bestimmt!«

\* \* \*

Der SEK Einsatzführer breitet eine großformatige Karte auf der Kühlerhaube eines Streifenwagens aus, seine drei Gruppenführer beugen sich sofort interessiert darüber. Denise und Tobias haben sich vorerst mit der zweiten Reihe begnügen müssen, hier ist jetzt Sachverstand gefragt. »Das Zielobjekt liegt am Ortsrand und ist von den unmittelbaren Nachbarhäusern exakt einundfünfzig beziehungsweise dreiundvierzig Meter entfernt«, erklärt Ulf Meyer seinen Männern. »Wir dagegen hätten von hier aus etwa die doppelte Entfernung zurückzulegen und wären bei einem Ansturm für dreißig Sekunden weithin sichtbar.«

Er zeigt auf eine Stelle sechzig Meter westlich, wo der Wald eine Art ›Halbinsel‹ ausbildet. »Wir können im Schutze der Bäume ungesehen dorthin gelangen und werden dann beim eigentlichen Ansturm nur für kurze Zeit ungeschützt sein. Ihr beide«, weist er die Männer links neben sich an, »schlagt mit euren Leuten einen großen Bogen und pirscht euch hinter den Nachbarhäusern vorbei auf die Rückseite, wo ihr eine Flucht in den Ort hinein zu verhindern sucht. Zugriff auf mein Kommando. Ausführung!«

Während die beiden mit jeweils drei ihrer Kameraden fast lautlos davonhuschen, wendet sich Meyer an die Ermittler: »Wir begeben uns jetzt an die von mir bezeichnete Stelle. Sobald meine Leute in Stellung sind, stürmen wir los und können die verbleibenden dreißig Meter selbst mit voller Montur in etwa fünfzehn Sekunden überbrücken. Sind wir erst einmal auf dem Grundstück, entwischt uns niemand mehr!«

* * *

Es waren nicht mal zwölf Sekunden, wie Tobias im Schutz ihres Verstecks beeindruckt mitgezählt hatte. Die Spezialisten in der ersten Reihe hatten innerhalb weniger Augenblicke mit kräftigen Drahtscheren ein Loch in den Maschendrahtzaun geschnitten, groß genug, um ihren Kameraden einen Durchschlupf in gebückter Haltung zu ermöglichen.

Die Ersten, die auf diese Weise das Grundstück entern, sind die Männer mit dem Rammbock. Dreißig Sekunden später ist die hölzerne Haustür zu Kleinholz verarbeitet und acht gepanzerte und bis an die Zähne bewaffnete Polizisten stürmen in geordneter Formation ins Innere. Bis auf das Zertrümmern der Tür spielt sich alles in vollständiger Lautlosigkeit ab. Im Haus regt sich immer noch nichts. Sind die Vögel etwa ausgeflogen?

Nach einer Zeit, die Denise und Tobias beinahe wie Stunden vorgekommen ist, in Wirklichkeit aber nur Minuten währte, kommt Hauptkommissar Ulf Meyer in Begleitung zweier Männer wieder zum Vorschein. Seine Miene drückt Besorgnis aus. »Wir haben drei leblose männliche Personen vorgefunden«, berichtet er militärisch knapp. »Schwacher Puls, womöglich vergiftet. Ihrer Beschreibung nach handelt es sich dabei um die Gesuchten, von einer Frau keine Spur. Im Dachgeschoss fanden wir Hinweise auf die Anwesenheit einer Geisel und bei den Männern im Wohnzimmer eine größere Summe Bargeld. Rettungsfahrzeuge sind angefordert!«

Tobias Heller greift wortlos zu seinem Handy, um den Chef über diesen Teilerfolg zu unterrichten. Dazu muss er sich wegen der äußerst schlechten Signalqualität hier im Wald einige Meter aus dem Schatten der Bäume entfernen. Als er wieder zu den anderen tritt, ist seine Miene entspannt.

»Annika Friedmann wurde vor einer Stunde von der Bundespolizei an der deutsch-niederländischen Grenze festgenommen!«, verkündet er mit hörbarer Genugtuung. »Sie hatte einen Teil des Lösegeldes bei sich und wollte sich absetzen. Fall abgeschlossen!«

»Na, dann einen herzlichen Glückwunsch!«, ertönt eine sonore Stimme hinter ihm. Wolfgang Müller ist mit Alexander von Kaltenbach soeben hinzugetreten, nachdem sie von ihrem Standort aus das offensichtliche Ende der Operation mitangesehen und es vor Neugier nicht mehr ausgehalten hatten.

»Ich finde es vor allem gut, dass meine Schwester den Abschluss des Geiseldramas hautnah miterleben durfte, bevor es für sie und ihre Mannschaft zurück nach Wiesbaden geht«, freut sich Denise. »Bettina hat wirklich ausgezeichnete Arbeit geleistet, und es ist zu einem großen Teil ihr Verdienst, dass wir jetzt hier stehen!«

»Das sagt ausgerechnet eine, die ihr fast die Augen ausgekratzt hätte, als sie unangemeldet im Kommissariat erschien, um die Leitung der Ermittlungen an sich zu reißen«, grinst Tobias anzüglich.

Denise streckt ihm nur die Zunge heraus. »Davon verstehst du nichts, Blut ist eben dicker als Wasser!«

»Apropos zurückkommen«, wendet er sich immer noch feixend an Wolfgang. »Ich soll vom Chef schöne Grüße ausrichten und die frohe Botschaft verkünden, dass der verdeckte Einsatz mit sofortiger Wirkung beendet ist und der Ernst des Lebens auf dich wartet. Du kannst gleich mit uns fahren, Chrissie ist bereits vor einer Viertelstunde angekommen und hat sogar schon euer Gepäck mitgebracht!«

Alexander von Kaltenbach tritt einen Schritt vor. »Jetzt heißt es wohl, Abschied zu nehmen!«, äußert er sich nach einem verlegenen Räuspern und gibt erst Denise Malowski und dann Tobias Heller die Hand. »Ich möchte Ihnen persönlich für Ihren unermüdlichen Einsatz danken, wir fühlten uns keinen Augenblick alleingelassen! Ich werde mich sicher noch auf die eine oder andere Weise erkenntlich zeigen, meine Verbindungen reichen bis in allerhöchste Kreise, wie Sie sicher wissen. Richten Sie bitte auch Frau Ohlsen meine Wertschätzung aus, sie hat ebenfalls hervorragende Arbeit geleistet!«

Dann wendet er sich abrupt an seinen ›Bodyguard‹ auf Zeit: »Begleiten Sie mich noch ein Stück zum Helikopter, Müller?« Dieser beantwortet die unausgesprochene Frage der Kollegen mit einem ratlosen Heben seiner Schultern und folgt nachdenklich dem charismatischen und in jeder Hinsicht außergewöhnlichen Mann, der für einige Tage so etwas wie sein Boss war.

# Kapitel 16

*Vier Tage später*

*Montag, 12. Juli, 10:00 Uhr*

»Ich möchte mich zunächst ganz herzlich bei euch allen für euren Einsatz bei den Verhören bedanken!«, beginnt Donner das morgendliche Briefing, wobei er jeden seiner Leute einzeln der Reihe nach anschaut. Bei Denise Malowski verweilt sein Blick einige Augenblicke länger. Es ist die erste ›normale‹ Dienstbesprechung nach den Aufregungen der vergangenen Tage und beinhaltet wie üblich die Würdigung des soeben aufgeklärten Falles.

»Fünf Vernehmungen, davon immer mindestens zwei gleichzeitig, waren nicht leicht zu händeln und dass dafür erneut ein Teil des Wochenendes geopfert werden musste, war leider auch nicht zu vermeiden«, führt er seinen Monolog fort. »Natürlich haben sich diese Leute, wie das in solchen Kreisen ja üblich ist, gegenseitig der Anstiftung zu der Tat bezichtigt, um den eigenen Kopf aus der Schlinge zu ziehen. Dies erforderte naturgemäß mehrere Wiederholungen der Verhöre. Doch nun, da wir sämtliche Aussagen ausgewertet, miteinander verglichen und auf offensichtliche logische Fehler überprüft haben, ergibt sich endlich ein stimmiges Bild über die Rollenverteilung in dieser Gruppe. Es ist üblich, dass ich an dieser Stelle die Faktenlage erläutere, ich möchte euch jedoch heute darum bitten, ausnahmsweise einmal selbst die jeweils gewonnenen Erkenntnisse darzulegen.«

»Fangen wir bei den Herren der Schöpfung an«, erhebt Tobias Heller seine Stimme. »Olaf Börner und Christian Zobel waren unserer Einschätzung nach in dieser Gruppe eher kleine Lichter und für das Grobe zuständig, also die Entführung und das Einsammeln des Lösegeldes. Für eine derart detaillierte Planung, wie sie uns hier untergekommen war, fehlt ihnen die Intelligenz! Es steht aber außer Frage, dass sie an der Sache beteiligt waren, da sie zusammen mit einem Teil der Beute in dem Haus festgenommen wurden, in dem Samantha gewaltsam festgehalten wurde.«

»Den Rest des Lösegeldes hatte Annika Friedmann bei sich, als man sie an der deutsch-niederländischen Grenze einkassierte«, nickt Denise. »Es waren genau 200.000 Euro, was ihre Einlassung bestätigt, sie habe sich lediglich mit ihrem Anteil absetzen wollen. Dazu mischte sie Börner, Zobel und Petersen, der mittlerweile dorthin geflüchtet war, ein starkes Schlafmittel in die Getränke, mit denen sie den Erfolg ihres Coups gefeiert hatten. Sie hatte aber versehentlich oder aus Unkenntnis die Dosis zu hoch angesetzt, weswegen die drei sich glücklich schätzen können, dass wir sie rechtzeitig fanden. Eine Tötungsabsicht ist ihr jedoch nicht nachzuweisen.«

»Das Gericht wird ihre Rolle bei der Freilassung Samanthas sicher würdigen«, hakt Donner an dieser Stelle ein. »Nicht auszudenken, wie das sonst für das Kind ausgegangen wäre!«

»Die drei Männer hatten vor, sich des Mädchens zu ›entledigen‹, zumindest hatten sie das angeblich so während des abendlichen Saufgelages gesagt«, fährt Denise fort. »Annika Friedmann bekam ihrer Aussage gemäß Gewissensbisse, gab ein im Haus gefundenes Schlafmittel in die Getränke, und flüchtete mit dem Kind, sobald ihre Kumpane eingeschlafen waren. In einem Wald in der Nähe von Hatterscheid, etliche Kilometer von ihrem Unterschlupf in Eitorf entfernt, setzte sie das Mädchen aus. Sie fungierte übrigens bei der Entführung tatsächlich als Fahrerin. Ihre Finger-abdrücke wurden in der Stretch-Limousine nachge-wiesen, die in der Garage gefunden wurde.«

»Kommen wir nun zur Hauptverdächtigen«, über-nimmt Christina Ohlsen. »Nikola Friedmann ist nach einhelliger Meinung der Kopf dieser Bande. Sie hatte durch ihre Tätigkeit umfassende Kenntnisse über die Lebensgewohnheiten ihres Arbeitgebers und konnte ihren Komplizen draußen rechtzeitig Bescheid geben, wenn etwas nicht planmäßig verlief wie zum Beispiel die BKA-Beamten im Zug. Wolfgang und mich hatte sie allerdings nicht eine Sekunde im Verdacht, Spione zu sein«, fügt sie stolz hinzu.

»Das wurde ihr dann ja auch letzten Endes zum Verhängnis«, stellt ihr Partner und ›Mitspion‹ klar.

»Richtig. Sie dachte sich den gesamten Plan aus und war ebenso für die Logistik verantwortlich. Dazu rekrutierte sie zunächst ihre Schwester, die mit einem vorbestraften Straftäter zusammen war, wie sie wusste. Dieser wiederum hatte enge Kontakte zu einem ehemaligen Zellengenossen, und schon waren drei ihrer Mitverschwörer gefunden. Sie führten auch die Entführung durch. Der Vierte im Bunde war aber das Genialste überhaupt, denn Jan Hinrich Petersen macht nicht nur einen unbedarften Eindruck auf seine Mitmenschen, wodurch er mir anfangs nicht verdächtig erschien. Er ist zudem der Eigentümer des Anwesens, das als Versteck für das entführte Kind diente!«, lässt sie die Bombe platzen, denn diese Information ist absolut neu!

»Und wieso ist euch das nicht schon früher aufgefallen?«, wundert sich Donner. »Wir hätten uns die ganze Sucherei mit Hubschrauber und allem drum und dran sparen können!«

»Erstens hatten wir Petersen gerade mal zwei Tage vor der Festnahme auf dem Schirm, ohne ihm allerdings zunächst eine Tatbeteiligung nachweisen zu können. Und zweitens ist dieses Haus gar nicht auf seinen Namen eingetragen. Er hat es im letzten Jahr von einer verstorbenen Tante geerbt und bisher nicht im Grundbuch umschreiben lassen. Ich bin zufällig darauf gestoßen, als ich seine Papiere gesichtet habe. Da war auch ein Erbschein dabei!«

»Okay. Kommen wir jetzt zur Beweislage. Es dürfte euch freuen, dass wir jedem der fünf eine Beteiligung nachweisen können! Da wäre beispielsweise dieses auffällige Tattoo, das sowohl von der Tatzeugin Alina Thaler als auch später während der Gefangenschaft von Samantha von Kaltenbach eindeutig identifiziert wurde. Weiterhin geben die Anrufverläufe in den Handys detailliert Auskunft darüber, dass man rege miteinander Kontakt hatte. Nicht zuletzt fanden wir nicht nur drei der Täter einträchtig in dem Haus vor, sondern ebenfalls Fingerabdrücke aller Verdächtigen einschließlich denen von Nikola Friedmann, die laut Samantha am Sonntag dort anwesend war. Übrigens hat Petersen die Manipulation der Überwachungsbänder mittlerweile zugegeben. Eine Tötungsabsicht bezüglich Samantha können wir ihr hingegen wohl nicht nachweisen, da das von Chrissie mitangehörte Telefongespräch diesbezüglich nicht eindeutig genug war.«

»Stimmt, da war nur die Rede von ›loswerden‹«, erinnert sich Tobias an die entsprechende Notiz im Bericht. »Das genügt natürlich nicht für eine Anklage wegen Anstiftung zum Mord. Dennoch dürfte für jeden der Kidnapper eine langjährige Haftstrafe drin sein. Der Strafrahmen für Entführung in besonders schweren Fällen, und einen solchen sehe ich hier als gegeben, reicht von zehn bis zu zwanzig Jahren Freiheitsentzug.«

»Ohne Samanthas Aussage würden wir aber nicht so gut dastehen«, erinnert Denise die Kollegen an die heldenhaften Aktionen des Mädchens. »Wenn es ihr nicht gelungen wäre, ihre Aufpasser auszutricksen, ließe sich die Beteiligung Nikola Friedmanns so leicht nicht beweisen. Als Freundin des Besitzers hätte sie durchaus zu einem früheren Zeitpunkt dort gewesen sein können. Schade nur, dass ihre beherzte Flucht so ein schnelles Ende nehmen musste. Wäre Samantha zur anderen Seite des Grundstücks gelaufen, hätte sie gesehen, dass da etliche Häuser in der Nachbarschaft waren, wo man ihr hätte helfen können!«

»Richtig genial war es aber, mit dem Ketchup, den man ihr zu den Nudeln gegeben hatte, ›HILFE‹ auf ihr Unterhemd zu schreiben und dieses auf das Dach zu legen«, würdigt Donner zum Abschluss die Leistung des kleinen Mädchens. »Ohne diesen Hinweis hätten wir tagelang suchen können!«

»Nicht ›HILFE‹, Chef!«, grinst Wolfgang Müller. »Sie hat ›F1‹ geschrieben. Aber das mit dem Ketchup stimmt.«

»Wie auch immer, das habe ich sowieso nicht so ganz verstanden!«, brummt der Kommissariatsleiter unter dem tosenden Gelächter seiner Leute. »Jedenfalls ist dieser Fall abgeschlossen!«

* * *

Wie immer nach einem erfolgreichen Abschluss einer Ermittlung hat man sich auch heute wieder im Anschluss an die Besprechung im Büro der Hauptkommissare zu einer kleinen Nachlese zusammengefunden. Und natürlich, weil es hier den besten Kaffee im ganzen Kommissariat gibt. Bevor aber jemand anderes ein Wort sagen kann, erhebt sich Denise von ihrem Platz und schlägt mehrmals mit dem Löffel an ihre Tasse, wie es allgemein üblich ist, wenn eine Rede folgt. Sie wirkt ungewohnt ernst.

»Jetzt, wo wir bis auf den Chef alle hier versammelt sind, möchte ich endlich etwas loswerden, das mir schon seit geraumer Zeit im Magen liegt«, verkündet sie stockend. Es fällt ihr sichtlich schwer, weiterzureden. »Ich habe sehr lange darüber nachgedacht und bin zu dem Ergebnis gekommen, dass ich diese ganze Gewalt, mit der wir es tagtäglich zu tun bekommen, einfach nicht mehr ertrage. Der Entführungsfall hat mir dann den Rest gegeben.«

»Du hast doch nicht etwa vor, dich in ein anderes Kommissariat versetzen zu lassen?«, reagiert Tobias erschrocken, obwohl er eigentlich darauf vorbereitet hätte sein müssen. Viel zu deutlich waren die Anzeichen in den letzten Wochen, dass Denise irgendetwas ausbrütet. Und sowohl ihre Schwester als auch seine Frau hatten es ihm ja im Grunde bestätigt.

»Nein, das nicht«, schüttelt Denise den Kopf und Chrissie, Wolfgang und Tobias atmen sofort hörbar auf. Etwas vorschnell, wie sich sogleich herausstellt. »Ich will es kurz und schmerzlos machen: Ich werde zum Ende dieses Monats den Dienst quittieren und nur noch für meine Familie da sein. Ich bin viel zu selten daheim und die Kinder sind jedes Mal ein Stück gewachsen, wenn ich nach Hause komme. Sven rief vorhin an, dass die Adoptionspapiere in der Post waren. Ich habe jetzt offiziell zwei Kinder. Ich möchte nicht eines Tages aufwachen und erkennen, dass ich ihre schönste Zeit einfach so verpasst habe!«

»Aber … Das kannst du nicht machen! In unserer Partnerschaft bist unbestritten du das dynamische Element und ich nur ein halbes Duo! Wenn du gehst, bleibt mir nicht einmal mehr das. Ohne dich bin ich nichts!«

»Meine Entscheidung steht, Tobias! Der Chef weiß auch schon Bescheid. Und so schlimm wird es sicher nicht werden. Chrissie könnte dann deine neue Partnerin sein, sie ist verdammt gut und ein perfekter Ersatz für mich. Und Wolfgang könnte wieder mit Horst gemeinsam ermitteln.«

»Ich fürchte, daraus wird auch nichts«, lässt sich Chrissie nach einigen Sekunden der Stille mit einem hintergründigen Lächeln vernehmen. »Also gut, ihr sollt die Ersten sein, die es erfahren: Wolfgang und ich bekommen ein Baby!«

»Das ist also der Grund dafür, dass unser Riesenbaby in den letzten Tagen dauernd wie ein Honigkuchenpferd grinst«, vermutet Tobias und klopft dem werdenden Vater kameradschaftlich auf die Schulter. »Glückwunsch, Alter!«

»Ach, ich freue mich ja so für euch!«, schließt sich Denise mit leuchtenden Augen an und nimmt die Freundin in den Arm. »Wann ist es denn so weit?«

»Wir wissen es selbst auch erst seit Freitag, da war ich wegen der ständigen Übelkeit endlich beim Arzt. Ich bin in der fünften Schwangerschaftswoche, unser Kind wird also etwa Ende März oder Anfang April zur Welt kommen. Wir freuen uns schon sehr darauf!«

»So endet es, wie es begonnen hat«, seufzt Tobias theatralisch. »Ich allein als Einzelkämpfer mit zwei zu nichts zu gebrauchenden Oberkommissaren!«

»Ach, du Armer!«, rufen Chrissie und Denise wie aus einem Mund und alle brechen in ein nicht enden wollendes, befreiendes Gelächter aus.

»Übrigens werden Chrissie und ich bald heiraten«, wird Wolfgang dann aber schnell wieder ernst. »Den genauen Termin geben wir euch rechtzeitig bekannt. Und weil eine Familie viel Geld kostet, habe ich mich nach eingehender Beratung mit meiner zukünftigen Frau dazu entschlossen, ein sehr gutes Angebot anzunehmen, das mir unlängst gemacht wurde und das man eigentlich gar nicht abschlagen kann. Alexander von Kaltenbach hat mich nämlich gefragt, ob ich als sein persönlicher Leibwächter bei ihm anfangen will.

Mit geregelten Arbeitszeiten und doppeltem Gehalt, und den Pilotenschein werde ich dann auch machen! Na, was sagt ihr dazu?«

»Da waren's nur noch zwei«, seufzt Tobias erneut.

»Ach was, achtet nicht auf den alten Muffkopp!«, lacht Denise. Es ist das erste Mal, das man sie einen typisch rheinischen Begriff sagen hört. »Wir freuen uns selbstverständlich alle für euch! Ich will doch hoffen, dass wir zur Hochzeit eingeladen sind?«

»Und es gibt zwei Freiflüge im Monat für jeden von uns!«, fügt Tobias mit erhobenem Zeigefinger hinzu. »Auf Lebenszeit!«

* * *

**Am Abend**

»So, das war's!« Denise klappt das Kinderbuch zu, das sie vor zwei Jahren gekauft hatte, als Leonie in diesem Alter war und aus dem sie nun Nicklas eine Geschichte mit einem selbstverständlich glücklichen Ausgang vorgelesen hatte. Sie handelte passenderweise von einem kleinen Waisenjungen, der nach vielen aufregenden Abenteuern schlussendlich eine neue Familie gefunden hatte. »Und jetzt schlaf gut, mein Schatz!« Sie deckt ihn noch einmal sorgfältig zu und gibt ihm einen Kuss.

Nicklas denkt jedoch dieses Mal gar nicht daran, dieser Aufforderung Folge zu leisten, und setzt sich stattdessen ruckartig auf. Er schaut sie mit großen Augen lange an und man kann förmlich sehen, wie es in ihm arbeitet. »Leo hat gesagt, du bist jetzt meine neue Mama!«, platzt es schließlich aus ihm heraus. Seine kleine Stirn furcht sich in kindlicher Konzentration. »Aber ich hab doch schon eine Mama, und die ist im Himmel!«

*Dieses Kind hat seine Ohren überall*, denkt Denise seufzend. Heute waren ja endlich die langersehnten Adoptionspapiere in der Post, die sie und Sven jetzt nur noch unterschreiben müssen, um endgültig und offiziell zu den Eltern von Nicklas zu werden. Leonie wird das anschließende Gespräch mit ihrem Mann irgendwie mitbekommen haben.

Unglücklicherweise besitzt das ansonsten lebhafte und stets zu Streichen aufgelegte Kind die Fähigkeit, bei Bedarf mucksmäuschenstill sein zu können und sich dadurch unsichtbar zu machen. Man müsste schon in jeder Ecke nachschauen, bevor man etwas bespricht, was das Mädchen nicht hören soll.

»Natürlich ist sie das!«, lächelt sie und wuschelt ihm zärtlich durch die dichten Locken. »Aber man kann nie genug Mamas haben, weißt du? Ich habe ja auch mehr als eine, du hast deine beiden Omas doch schon kennengelernt!«

Denise erinnert sich lebhaft an den ersten Besuch mit ihm bei ihren Adoptiveltern in Hennef. Nicklas hatte nur Augen für die zwei Isländer auf der Weide hinter dem Haus. Er hatte nie zuvor Pferde aus der Nähe gesehen und war deshalb zutiefst beeindruckt. Tagelang sprach er von nichts anderem. »Und warum hast *du* zwei Mamas?«, will der Kleine sofort wissen.

»Oh, das ist kompliziert. Ich werde es dir erklären, sobald du etwas größer bist. Versprochen.« *Lass dir ruhig viel Zeit damit*, fügt sie in Gedanken hinzu. »Ich möchte dir jetzt aber erzählen, wozu man überhaupt eine Mama braucht: Die ist nämlich *ausschließlich* dazu da, kleine Jungs und Mädchen vor allem Unheil dieser Welt zu bewahren und zu knuddeln und ihnen beizustehen, was auch immer passiert! So, und jetzt schlaf ganz schnell ein, denn morgen früh fahren wir alle zusammen wieder zu den Pferden!«

Nicklas scheint mit dieser Auskunft und der verlockenden Aussicht auf den nächsten Tag zufrieden zu sein, denn er legt sich gehorsam hin und kuschelt sich sofort in seine Decke. »Ich hab dich lieb, Mama!«, murmelt er noch schläfrig, bevor ihm endgültig die Äuglein zufallen. Denise verlässt auf Zehenspitzen das Zimmer und läuft auf dem Flur ihrem Ehemann direkt in die Arme.

»Entschuldige, Herzblatt«, gesteht er zerknirscht sein Versäumnis, »ich habe mich im Büro irgendwie verbummelt. Ich will trotzdem noch schnell unserem Sohn gute Nacht sagen.«

Denise wischt sich verstohlen zwei kleine Tränen aus den Augen. »Nicklas schläft schon, ich habe ihm aber von dir auch einen Kuss gegeben.«

Sven schaut seine Frau besorgt an. »Hast du etwa geweint?«, erkundigt er sich stirnrunzelnd. »Ist es wegen der Arbeit? Bereust du deine Entscheidung, ab jetzt nur noch Mutter zu sein?«

»Das sind bloß Freudentränen«, erwidert sie und schmiegt sich zärtlich in seine Arme. »Mach dir keine Gedanken, ich hab meine wahre Bestimmung endlich gefunden. Aber der Beruf war ein wichtiger Meilenstein dorthin, denn ohne ihn stünde ich nicht da, wo ich jetzt bin. Wir beide wären uns niemals begegnet«, erinnert sie ihn an ihr erstes Zusammentreffen. Sie hatte Sven damals als Zeugen, wenn nicht sogar als Verdächtigen in einem Mordfall vernommen, und es hatte von Anfang an heftig zwischen ihnen gefunkt.

»Wir hätten keine süße, wenn auch etwas vorlaute Tochter, und nicht zuletzt wäre Nicklas nicht in unser Leben getreten. Ich bin einfach nur überglücklich, und um dem Ganzen die Krone aufzusetzen, hat der Kleine vor kaum einer Minute zum ersten Mal ›Mama‹ zu mir gesagt!«

»Schade!«, tut Sven, als sei er maßlos enttäuscht. »Und ich hatte so sehr gehofft, er sagt zuerst ›Papa‹, wie seine große Schwester!«

»Das hast du sowieso nur geträumt«, lacht sie und gibt ihm einen Kuss. »Leo war noch kein halbes Jahr alt und hat nur vor sich hin gebrabbelt. Außerdem kennt Nick dieses Wort überhaupt nicht, er hatte ja bis jetzt keinen Vater. Ach übrigens: Ich habe ihm versprochen, dass wir morgen früh alle zusammen zu meinen Eltern nach Hennef fahren. Nimm dir also nichts vor!«

»Leo und Nick«, wiederholt Sven versonnen. »Das klingt irgendwie gut. Was meinst du, Schatz?«, flüstert er ihr ins Ohr. »Sind nicht eigentlich aller guten Dinge drei?«

# Schlusswort des Autors

Nun ist es also passiert: Sie halten den unwiderruflich letzten Teil der Serie um Denise Malowski und Tobias Heller in den Händen! Warum jetzt so plötzlich? Nun, ich werde als Autor gewiss nicht Monate vorher ausposaunen, dass die Serie sich ihrem Ende zuneigt. Für aufmerksame Leser*innen war das aber eigentlich abzusehen, denn im Laufe der Zeit entwickeln sich Protagonisten ebenso wie real existierende Personen weiter und damit ist das im Grunde vorprogrammiert. Wer nun aber glaubt, dass man als Autor eine umfassende Kontrolle ausübt, der irrt gewaltig!

Gerade meine heimliche Hauptperson Denise hat mir in den nun insgesamt 23 Bänden immer wieder gezeigt, dass sie ein gewisses Eigenleben entwickelt hat, und am Ende kam es selbst mir als ihr Schöpfer fast so vor, als lebe sie tatsächlich. Ich denke aber, sie hat sich ein ruhiges und beschauliches Leben mit der Familie nach all den Jahren redlich verdient. Gönnen wir es ihr!

Dass eine Krimiserie irgendwann einen Abschluss haben wird, muss jedem Autor von Anfang an klar sein, alles andere ergibt keinen Sinn. Ich habe mir daher lange überlegt, wie dieses Ende wohl aussehen könnte. Harmonisch sollte es schon sein und natürlich gewaltfrei. Ich denke, ich habe mit der vorliegenden Geschichte eine Lösung gefunden, mit der alle leben können.

Nun ist es wohl an der Zeit, ein erstes Resümee der vergangenen sechs Jahre zu ziehen. Selbstverständlich hat nicht jedes Abenteuer meiner Ermittler die Zustimmung der Leser*innen erfahren, aber das geht schon in Ordnung. Man kann es eben nicht jedem recht machen und trifft natürlich nicht immer den Geschmack aller Menschen, allerdings setzen 85 % positive Bewertungen ein deutliches Zeichen, denn es ist immer die Mehrheit, die entscheidet!

Es bleibt mir nun die angenehme Pflicht, mich bei allen meinen Leser*innen für die erwiesene Treue zu bedanken, was ich hiermit mit Freude tue! Es hat mir einen Riesenspaß bereitet, diese Serie zu schreiben und freue mich über die vielen positiven Reaktionen, besonders über die, die mich per E-Mail erreichten.

Es ist ja auch nicht wirklich das Ende. Ein Wiederaufleben der Serie nach Dallas-Vorbild wird es zwar definitiv nicht geben, Einzelromane mit bisher nicht behandelten Kriminalfällen der Siegburger Ermittler sind aber nicht auszuschließen. Auf jeden Fall dürfen Sie sich auf die neue Krimiserie »SOKO Rhein-Sieg« freuen, in der Sie auch sicher den einen oder anderen Protagonisten wiederfinden werden. Lassen Sie sich überraschen!

Allen, die keine meiner zukünftigen Publikationen mehr verpassen möchten, empfehle ich, sich in den Newsletter einzutragen, den ich auf meiner Homepage anbiete. Ihre E-Mail-Adresse wird selbstverständlich absolut vertraulich behandelt und nicht für zweifelhafte Werbezwecke missbraucht!

Ihr René Falk

# Das Ermittlerteam

**Denise Malowski**, Jg. 1981, begann ihre Laufbahn als Kriminalkommissarin bei der Kripo Köln und wechselte später zur Siegburger Kriminalpolizei. Dort ist sie seit 2009 die Partnerin von Tobias Heller. In ihrer kargen Freizeit übt Denise den Kampfsport Taekwondo aus und besitzt den schwarzen Gürtel für den 3. Dan. Sie ist 1,70 Meter groß, schlank und hat grasgrüne Augen, deren Farbe je nach Stimmung oder Lichteinfall in ein helles Braun zu wechseln scheint. Das lange, hellbraune Haar ist meist aus Bequemlichkeit zu einem Pferdeschwanz gebunden. Ihr ganzer Stolz ist ein himmelblaues Smart Cabrio, von ihrem Partner oft als Spielzeugauto bespöttelt. Verheiratet ist sie seit 2015 mit dem Steuerberater Sven Leuchner, die gemeinsame Tochter Leonie wurde 2016 geboren.

**Tobias Heller**, Jg. 1979, studierte nach dem Abitur einige Semester Kriminalpsychologie an der Universität Bonn, brach dann aber bald das Studium ab und bewarb sich bei der Kriminalpolizei. Dort bildete er zunächst ein Ermittlungsteam mit der damaligen Kriminalkommissarin Melanie Klein, die er bald darauf heiratete. Die Ehe scheiterte jedoch zunächst, im Jahr 2016 wagte das Paar aber einen zweiten Anlauf. Heller ist 1,85 Meter groß und hat eine sportliche Figur. Das dunkelblonde lockige Haar trägt er schulterlang. Seine bevorzugte Kleidung besteht aus Jeans, Turnschuhen und Lederjacke, was einen krassen Gegensatz zur immer modisch korrekt gekleideten Kollegin Malowski darstellt.

**Horst Weiland**, Jg. 1988, besuchte das Gymnasium in Troisdorf, wo er im Alter von zehn Jahren seinen Klassenkameraden Wolfgang Müller kennenlernte. Die Freunde sind seit ihrer Schulzeit beinahe unzertrennlich und gingen nach dem Abitur gemeinsam zur Polizei. Seit 2013 bildet er mit Müller ein Ermittlungsteam beim Kriminalkommissariat 1 in Siegburg, wo sie den Hauptkommissaren Malowski und Heller unmittelbar unterstellt sind. Horst Weiland ist 1,80 Meter groß und sportlich. In der Freizeit nimmt er oft an Marathonläufen teil. Er ist seit 2012 verheiratet und hat mit der Grundschullehrerin Birgit Weiland einen gemeinsamen Sohn, der 2014 geboren wurde.

**Wolfgang Müller**, Jg. 1988, hinterlässt mit seinen knapp hundert Kilogramm Gewicht, einer Körpergröße von 1,89 Metern, breiten Schultern und einer tiefen Bassstimme auf den ersten Blick einen eher behäbigen Eindruck, weswegen seine Freundin ihn liebevoll Brummbär nennt. Mit einer hohen Intelligenz, einer raschen Auffassungsgabe und einem Abiturzeugnis mit Bestnoten punktet er aber in jeder Hinsicht. Seit 2016 ist der bis dahin als überzeugter Junggeselle bekannte Ermittler mit Kriminalkommissarin Christina Ohlsen liiert, mit der er fest zusammenlebt und auf Wunsch seines Vorgesetzten seit dem Jahr 2019 auch beruflich ein Ermittlungsteam bildet.

**Christina Ohlsen**, Jg. 1991, ist seit 2016 im Team, wo sie zunächst die Stelle einer Kommissaranwärterin bekleidete und aufgrund überragender Leistungen schon ein Jahr später zur Kommissarin befördert wurde. Ebenso wie Tobias Heller studierte sie nach dem Schulabschluss an der Universität in Bonn, wo sie Rechtswissenschaften belegte, aber schon nach kurzer Zeit aus einer inneren Überzeugung zur Polizei ging. Die nur 1,62 Meter große, zierliche Christina wird von den Kollegen meist Chrissie gerufen und hält sich zwei zahme Frettchen mit den Namen Quasimodo und Esmeralda als Haustiere. Sie ist Ju-Jutsu Meisterin mit schwarzem Gürtel für den 2. Dan und eine ausgezeichnete Schützin mit einer konstanten Trefferquote von 100 %.

**Peter Donner**, Jg. 1967, ist der Leiter des Kriminalkommissariats 1. Der Erste Hauptkommissar regiert das Kommissariat mit strenger, aber gerechter Hand. Er ist bei allen Mitarbeitern beliebt und überlässt die Ermittlungsarbeit meist seinen Leuten. Verheiratet ist er seit 1994 mit Adelheid Donner. Er ist 1,77 Meter groß und von untersetzter Gestalt, was ihn kleiner erscheinen lässt. Sein schütteres Haar besteht im Wesentlichen aus einem dunkelblonden, leicht angegrauten Kranz. Seine Laufbahn begann er bei der uniformierten Polizei, wo er während einer Tatortsicherung dem leitenden Ermittler durch eine ausgezeichnete Beobachtungsgabe und einen analytischen Verstand auffiel. Wegen akuter Personalknappheit wurde er daraufhin kurzerhand zur Kriminalpolizei versetzt.

**Amara Jones**, Jg. 1990, ist die Tochter nigerianischer Einwanderer. Die gebürtige Münchnerin studierte Mathematik und Informatik, bevor sie in der Forensik der Kripo Siegburg die Stelle der IT-Spezialistin als Nachfolge Klaus Dreyers übernahm. Sie hat in beiden Studienfächern einen Master und ebenso wie ihr Vorgänger ein untrügliches Gespür für alles Technische. Ihr unüberhörbarer bayrischer Akzent steht in einem lustigen Kontrast zu ihrer tiefschwarzen Hautfarbe.

**Jürgen Vogel**, Jg. 1971, leitet die forensische Abteilung der Kripo Siegburg seit vielen Jahren. Der meist kauzig wirkende Wissenschaftler liebt seinen Beruf und schwarze Zigarillos über alles. Mit einer Körpergröße von 1,92 Metern und einer extrem hageren Gestalt wirkt er in seinen Bewegungen oft unbeholfen, ist jedoch in seinem Fachgebiet der forensischen Spurenanalyse eine anerkannte Koryphäe und sowohl bei seinen Mitarbeitern als auch bei den polizeilichen Ermittlern sehr beliebt.